文治
© wénzhì books

更好的阅读

致命魔术

THE PRESTIGE

[英] 克里斯托弗·普瑞斯特 著
林玉葳 译

北京联合出版公司
Beijing United Publishing Co.,Ltd.

图书在版编目（CIP）数据

致命魔术 /（英）克里斯托弗·普瑞斯特著；林玉葳译．—— 北京 ：北京联合出版公司，2017.7
ISBN 978-7-5596-0453-8

Ⅰ．①致… Ⅱ．①克… ②林… Ⅲ．①科学幻想小说－英国－现代 Ⅳ．① I561.45

中国版本图书馆 CIP 数据核字（2017）第 115685 号

THE PRESTIGE by CHRISTOPHER PRIEST
Copyright Christopher Priest 1995
First published in Great Britain in 1995 by Simon&Schuster
Copyright©
This edition arranged with INTERCONTINENTAL LITERARY AGENCY LTD(ILA)
Through Big Apple Agency, Inc, Labuan, Malaysia.
Simplifed Chinese edition copyright
2017 Beijing Xiron Books Co.，Ltd
All rights reserved

著作权合同登记　图字：01-2017-3704
本书译文经厦门墨客知识产权代理有限公司代理，由立村文化有限公司授权使用。

致命魔术
作　　者：（英）克里斯托弗·普瑞斯特
翻　　译：林玉葳
责任编辑：徐　鹏
封面设计：xtangs@foxmail.com
版式设计：棱角视觉

北京联合出版公司出版
（北京市西城区德外大街 83 号楼 9 层　100088）
北京嘉业印刷厂印刷　新华书店经销
字数 270 千字　880 毫米 ×1230 毫米　1/32　12.25 印张
2017 年 9 月第 1 版　2017 年 9 月第 1 次印刷
ISBN 978-7-5596-0453-8
定价：39.80 元

献给伊丽莎白和西蒙

致命魔术

目 录

C O N T E N T S

第一章

安德鲁·卫斯理

1

这个故事源自一列穿越英格兰北行的火车上，不过我很快发现它其实早在一百多年前就已开始。

当时我无暇顾及其他：我正忙于追踪一则宗教教派事件。当天早上，父亲寄来的那一封厚厚的信还原封不动地被我放在膝上——父亲打电话来告知时，我正心不在焉——莎娜大声关上卧室门，怒气冲冲地抱着满箱的唱片经过，正准备离开我。所以，我只好应付着说："好的，爸，您寄过来，我再看看。"

看完《纪事报》的早版后，我在餐车上买了三明治和速溶咖啡，接着拆开父亲寄来的信封。一本大开本的平装书滑落，里面夹着一张字条和一个对半折的旧信封。

字条上写着：

亲爱的安迪，这就是我向你提过的书。我想这就是之前给我打过电话的那个女人寄来的。她问我知不知道你在哪里。我把信封附上，邮戳有点模糊，你看看可否辨认。你母亲想知道你何时过来和我们暂住，下星期如何？

爱你的父亲

我终于记起父亲电话里的一些内容。他告诉我那本书已经寄到，寄书的女人谈到了些我家人的事，似乎是我们的远房亲戚。我当时真该多留心父亲的话。

那本书就在这里，书名为《魔术的诀窍》，作者是个叫艾尔弗雷德·博登的人。从封面来看，这是一本关于纸牌戏法、手势技巧以及使用丝巾等的魔术教学用书。首先引起我兴趣的是，虽然它是最近才出版的平装本，但内文似乎是从很古老的版本抄过来的：从排版方式、书中的图解、章节标题和人工手写都可以看出来。

我不知道为什么该对这种书感兴趣。不过作者的名字很眼熟：博登是我出生时的姓。不过我很小就被领养了，一直跟养父母姓。现在我的全名是安德鲁·卫斯理。虽然我知道自己是被领养的，但一直都认为邓肯和吉利安·卫斯理是我的父母亲，我像爱父母亲一样爱他们，也表现得像他们的儿子。这些都是千真万确的。我对亲生父母毫无感觉，完全不好奇他们为何把我送给别人收养。即使现在成年了，我也不想追查他们的下落。那一切都属于遥远的过去，他们与我无关。

不过有件事令我十分困扰。

我几乎肯定自己是双胞胎中的一个，我和弟弟在领养时被拆散了。我不知道为什么会这样，也不知道弟弟在哪儿，但我一直认为他和我是同时被领养的。我开始意识到他的存在是青少年时期。一次偶然的机会，我读到书中的一段文章，描写许多双胞胎明显被一种无法解释的超自然感应紧密相连。就算相隔数百里或住在不同国家，这些双胞胎还是会一起感受痛苦、惊讶、快乐和沮丧，一方会传送这些感觉给另一方，反之亦然。读到这段文章是我生命中重要的一刻，突然间，一切豁然开朗。

从有记忆的那天开始，我就一直觉得有另一个人与我分享生活。年幼时，除了真实经验之外，没有任何特别的事发生，所以我并没有多想，总认为其他人也会有相同的感觉。长大后，我才发觉没有朋友经历过这种感觉，这变成了一个谜团。因此，读那本书让我如释重负，这段文章似乎解释了一切。我有个双胞胎弟弟在某处。

那种紧密结合的关系某种程度上是模糊不清的，但是被关心甚至被监视的感受，却又非常明确。其实这种感觉并不强烈，但偶尔会有比较直接的讯息传来，又相当犀利，真正的交流通常都不是用言语来表达的。

譬如有一两次我喝醉了，随即感觉到弟弟的惊恐焦虑在我体内渐增——是一种他担心我受伤出事的恐惧。还有一次，深夜里我刚从一场派对中脱身，正想开车回家，但一股非常强烈的担心闪过我脑中，我发觉自己渐渐清醒。我尝试形容这种感觉让当时同行的朋友们了解，但他们只是笑笑不当一回事。尽管如此，当晚我异常清醒地开车回家，这是一种无法解释的感觉。

有时候会轮到我感受到弟弟正遭遇痛苦、惊吓或是威胁，我会让他知道我感同身受，并传送冷静、安心之感。这是个我可以运用却无法理解的感应机制。据我所知，这现象虽然被多次记录下来，但还没有令人满意的解释。

然而，在我的例子中还有另一个谜。

我不仅无法查出弟弟的下落，档案上也显示我没有任何兄弟，更不用说另一个双胞胎兄弟。关于被领养前的生活，我的确只有片段的回忆，当时我只有 3 岁，根本不记得弟弟的事情。父母对此事丝毫不知。他们说收养我时，并没有任何迹象显示我有弟弟。

被收养者有些法定权利，其中最重要的是保护你不受亲生父母的接触：他们不能用任何法律上的方式来联络你。另一项权利是，成年后，你可以询问被收养的种种细节，比如查出亲生父母的名字和办理收养手续的是哪一家法庭，从中调查相关记录。

满 18 岁后，我开始追查一切，盼望尽可能找出有关弟弟的消息。收养中心让我去伊林地方法院，那里存着我被收养的文件记录。我发现是生父安排我被收养，他名叫克莱夫·亚历山大·博登。我生母是黛安娜· 露丝· 博登（娘家姓艾灵顿），但她在我出生后不久就去世了。我以为这是我被安排由别人收养的原因，但事实上，我在生母死后两年多才被收养，这期间是生父独自扶养的我。我的本名是尼古拉斯·裘力斯·博登。没有其他小孩被领养的记录或不同说法。

之后，我去核对伦敦圣凯瑟琳医院的出生记录，但那也证实了我是博登夫妻唯一的孩子。

尽管如此，我和双胞胎弟弟仍然保持超自然感应，并且从那时起一直持续下去。

2

这本书由美国的多佛出版社发行，是一本装订精致的平装书。封面画着一位身穿晚礼服的魔术师，故弄玄虚地指向一只木柜，柜子里冒出一位笑容灿烂的年轻女子，她的衣着在那个年代或许是有伤风化的。

作者名字下方印着：寇德戴尔爵士编注。封面下方有一排粗体白字的叙述文字写着：受誓言护卫的秘诀书。

封底有一段更长的文字，说明得更详细：

这本书 1905 年在伦敦初次发行，而且是限量发行，只卖给那些准备对内容秘诀起誓的专业魔术师。初版现在已经非常罕见，坊间难寻。

这是首次给一般大众购买的新版，完全未经删减并保留所有原版的插画图解，还有英国当代著名业余魔术家——寇德戴尔爵士的注释和补充文字。

作者艾尔弗雷德·博登，著名的“新瞬间转移”幻觉发明者。博登的艺名是“魔术大师”，可谓本世纪前十年最重要的舞台幻术家，早年因约翰·亨利·安德森而接触魔术，并且是奈维尔·马斯基林的徒弟，他是当代的胡迪尼、大卫·德凡特、程连苏和比阿捷·德·科尔陶。当时他以英国伦敦为基地，但经常在欧美巡回演出。

虽然本书不纯粹是严格的操作指南，但里面有对魔术方法的广泛解析，这本书让外行人和专家都能洞悉理解这位最伟大的魔术师。

发现我的祖先曾是魔术师还是蛮有趣的，但我对魔术并没有特别的兴趣。有些魔术很乏味——特别是扑克牌戏法之类的。有时在电视上看到的假象的确能给人深刻的印象，但对于那些效果实际上如何达成，我从来不感兴趣。我记得有人曾说过魔术的缺点：魔术师愈想保护秘诀，愈显得平庸无奇。

艾尔弗雷德·博登的书中包括一大段扑克牌戏的窍门，还有一段是香烟和铜板的戏法，另外加上一些素描说明。最后有一章节介绍舞台上的幻觉假象，用许多图解说明内藏隔间的柜子、有暗底的箱子、具有吊高设备并藏在幕布后的桌子以及其他道具装置。我浏览了这几页的内容：

我在 1901 年开始执笔。

我的本名是艾尔弗雷德·博登。我这一生是由我一直赖以为生的许多秘密组成。在这里，第一次也是最后一次，我会写下这些秘密，这是唯一的版本。

1856 年 5 月 8 日我出生在沿海城镇哈士汀，是个充满活力的小孩；父亲是镇上的商人，也是修造车轮和木桶的专家。我们的房子……

我想了一下这位作者坐着写回忆录的情景。不知为何，我想象他是一个高大黑发的严肃男子，蓄有胡须，稍微驼背，戴着窄边的老花眼镜，在微弱的灯光下写作。家中其他人都保持谦恭的宁静，以给大师安静的空间写作。事实毫无疑问是另一个不同的故事，但对祖先的刻板印象是很难抛开的。

我想知道自己和艾尔弗雷德·博登有什么血缘关系。假使是直系血缘，就表示他如果不是我的堂哥或伯伯叔叔，就应该是我的曾祖父或曾曾祖父。若他出生在 1856 年，写这本书应该是在四十岁左右，因此，他应该不是我的祖父。他应该是比我祖父更早一代的人。

序言和主要内容一样，描写方式大同小异，用几段冗长的文字说明此书的由来。这本书似乎以博登的私人笔记为根据，并没有打算公开发行。寇德戴尔做了相当完整的旁注说明，并增加大部分戏法窍门的描述。书中没有额外记载博登的传记资料，但如果读完整本书，我想大概可以得到一些资讯。

我不晓得这本书会不会告诉我任何关于弟弟的蛛丝马迹，是他保持着我对原生家庭唯一的兴趣。

这时我的手机响了，我立刻就接了起来。打电话来的是索尼亚，我的主编伦恩·威克曼的秘书。我立刻想到一定是伦恩要她打给我，确定我是不是在火车上。

索尼亚说："安迪，车子的安排有变动，艾瑞克·兰伯特去修理刹车了，所以车子现在停在修车厂。"

她给我修车厂的地址，说我可以到谢菲尔德开回车子——那是一辆行驶里程数很高、出了名爱抛锚的福特。这样我倒不用开自己的车了。伦恩也是，如果有公家车可用，绝不会用自己的车。

我问："大叔有说其他事吗？"

"比如？"

"这采访还要进行吗？"

"要啊！"

我再问："公司有其他消息吗？"

索尼亚说："我们得到加州公立监狱的传真确认，法兰克林还在那儿蹲监狱。"

"好吧！"

挂了电话，我随即拨了父母家的号码，跟父亲通了话，说我正在前往谢菲尔德的途中，会从那里顺道去峰区（Peak District），如果他们不介意（他们当然不介意），我就过去，晚上也就住他们那儿了。父亲听起来很开心，他和吉利安仍然住在柴郡的威廉斯洛，而我现在在伦敦工作，所以并不常去看他们。

我告诉父亲书我收到了。

“你知不知道那女人为什么把书寄给你？”

“一点都不晓得。”

“你打算读吗？”

“我平常不会看那种书的，不过或许有一天我会读读。”

“我注意到书是一个叫博登的人写的。”

“对，那女人有说什么事吗？”

“没有，我想没有。”

挂电话后，我把书收进手提箱，凝视车窗外的乡间景色。天色灰暗阴郁，雨水在车窗玻璃上留下一条条痕迹。我试着琢磨起我被派来调查的那起事件。我替《纪事报》工作，是所谓的专栏记者，一个比实际工作内容来得冠冕堂皇的称号。事情的实际状况是父亲以前是新闻工作者，替《纪事报》的姐妹报——《曼彻斯特晚报》工作。对他来说，我得到这个工作让他很骄傲，虽然我一直怀疑他帮我拉过关系。我不是很优秀的记者，受训课程上也没表现得很突出。我一直很担心，有一天必须向父亲解释为什么我要辞掉他认为最好的英国报社里的一份好工作。

此刻，我心里很挣扎，这次要采访的事件有一部分是几个月前发稿的另一个故事牵扯出来的，关于一群 UFO 的狂热者。从那时起，伦恩·威克曼——我的主编就指派我采访所有有关女巫集会、升空飘浮、自然燃烧、麦田圈和其他怪诞的超自然题材。在大部分案子中，我发现一旦真正进行调查，一般而言，这些事并没有太多可着墨之处，而且明显的，我发稿的故事中只有少数几则被刊登。即使如此，威克曼还是继续派我采访这些事。

但这次的事件有个出人意料的转折。威克曼告诉我有人从某个教派打电话来问《纪事报》是否可以采访这件事。如果可以，还要求我去采访。他们看过我的文章，认为我适当地表现出了我坦率的怀疑，因此，他们完全信赖我报道的客观准确性。正因如此，这次采访看起来似乎又是一次没意义的浪费时间。

有一个新兴教派叫“耶稣基督极乐教会”，在德比郡郊外建立了一个社区。几天前一位女性会员自然死亡。她的家庭医生和女儿当时都在场。当她瘫在床上，垂死时，一个男人进入房间。他站在床边，双手做些抚慰的手势。没过多久那女人就死了，没对其他两人说什么，那男人则立刻离开房间，之后再也没有人见过他。死者的女儿和房间内两位教派成员认出那男人就是教派创始人——法兰克林·帕特里克神父，因为传说他可以同时在两地出现，教派以他为中心茁壮成长。

这个事件有两个值得报道的原因：第一，这是第一次非教派成员见证到法兰克林同时在两地出现，其中一个人还刚好是当地有名望的医生；第二，法兰克林当时的下落是很确定的，大家都知道他在加州公立监狱坐牢，索尼亚刚才也在电话上确认了他仍然在监狱里。

3

那社区位于克德罗的山峰区外围，克德罗曾是石板采矿业中心，现在则仰赖当天来回的游客观光事业。村庄中央有间国家信托商店、马术俱乐部、几间礼品店还有一家饭店。

当我驾车穿过峰区时，山谷弥漫着冷飕飕的细雨，雾气遮掩住两旁高耸的岩石山岭。我在村里停下来喝了杯茶，心想或许可以和当地居民聊聊极乐教会的事，但咖啡厅里除了我之外再没其他人，吧台的女侍说她每天从切斯特菲尔德开车过来上班。

我坐在那里，不知是否该在上路前匆匆吃顿午餐，弟弟却突然与我联系。那感应迥异于往常，而且非常急切。我讶异地转身，心想这屋子里有人要对我说什么。我低头闭上双眼，想聆听更多讯息。

但再无只言片语，也没有明确的内容。我不能够回答，或者将感受写下来，甚至根本无法用言语表述。而那感觉像是期望、快乐、刺激、喜悦、鼓励。

我试着传送问题回去：这是为什么？为什么欢迎我来？你为什么要鼓励我去做？是和这个教派有关吗？

我等待着，知道我提出的问题不会得到任何回应，但还是希望弟弟再传来另一些信号。我尝试在精神上跟他取得联系，我想也许他与我的接触就是他表达自我的方式，然而在这样的意识准备下，我却什么也感受不到。

我的表情一定透露出了内心翻腾的情感，因为吧台的女侍好奇地盯着我瞧。我匆匆喝完茶，还了杯子，客气地笑了笑，然后赶紧走到外面发动车子。当我关上车门时，弟弟传来了第二个讯息。跟第一个讯息一样，这是个催促我去找他的信号，而我仍然无法用言语形容。

4

极乐教会的入口位于斜向马路的陡峭私人车道，由两道铁门和警卫室把守着。另一边入口的栅栏铁门也是紧闭的，上面还标示着“闲人免进”。两个入口构成了里外之分，所以我把车停下，走向警卫室。墙上有个新式门铃，下方贴着公告：

耶稣基督极乐教会欢迎你

访客有事须先预约

预约安排请拨克德罗 393960

修理工人或其他请按两次铃

耶稣爱你

我按了两次门铃，但听不到有门铃声。

墙上一个木架上放着一些小册子，还有一个有投币孔的挂锁式铁箱，被螺丝钉坚固地钉在墙上。我拿了一本册子，将一张五十便士塞进箱子，然后回到停车处，背靠着挡泥板阅读起来。册子封面写着“教派简史”，并刊有法兰克林神父的照片。剩下三页是些《圣经》引文。

我往栅栏门看去，发现大门稍稍开启，因此我回到车上，往铺满沙石的坡道开去。上坡后，路开始弯曲，一旁有片渐渐隆起的草坪，灌木林立，在薄雾笼罩的细雨中枯萎低垂着。较低的一边是浓密的杜鹃花丛。车子继续前行，从后视镜我发觉栅栏门已然关闭。主屋随即出现在我眼前：一栋不起眼的四五层楼建筑，屋顶覆盖着黑色石板，看起来很坚固的墙壁则由阴沉的深褐色砖块和石头构成。高而窄的窗户映出大雨磅礴的茫茫天空。这地方给人毛骨悚然的阴森感，然而当我开往停车场时，我再次感应到弟弟的讯息，催促我继续向前。

停好车后，我看到一块指示访客方向的牌子，于是按指示沿着房屋墙边的碎石小径向前走，避开茂密常春藤滴落的水滴。我推开一扇门，走进狭窄的走廊，那里闻起来像陈旧的木材和尘土，使我想起以前学校地下室的回廊。这建筑物散发着与学校同样的戒律感，不同的是，这屋子沉浸在一片寂静中。

前方是一扇标示着“待客处”的门，于是我敲了敲门，但没有任何回应。我伸头进去瞧瞧，房里空无一人，只有两张看起来很旧的铁桌，还放了一台电脑。

此时有脚步声传来，我转向走廊，一名拿着信封袋和文件夹的纤瘦的中年妇女出现在楼梯转角处，她的脚步在未铺地毯的木质阶梯上十分响亮，看见我在那里，她以好奇的眼神打量我。

我问："我在找霍洛威夫人，您就是吗？"

"我就是。有什么我帮得上忙的吗？"

她完全没有我预期的美国口音。

"我叫安德鲁·卫斯理，来自《纪事报》。"我拿出记者证，但她只瞥了一眼，"能否请教你几个有关法兰克林神父的问题？"

"神父现在人在加州。"

"我也这么认为，但上周发生了一件事……"

霍洛威夫人说："你指的是哪件事？"

"我听说有人在这里看到法兰克林神父？"

她缓缓地摇头，背对办公室的门站着："卫斯理先生，我想你一定弄错了。"

我说："神父在这里出现时，你有看到他吗？"

"没有，他没来过这里。"她开始阻挠我提问，这是我万万没料想到的。

接着，她反问我："你与我们的新闻处联系过吗？"

"他们在英国吗？"

"我们在伦敦有办事处，所有媒体采访都要通过他们安排。"

"我是被叫到这里来的。"

"是新闻处找你来的吗？"

"不是。但我听说法兰克林神父现身之后，《纪事报》收到了一个采访的邀请，你认为没这回事吗？"

“你是指提出邀请？这里没有人跟你的报社接触过。如果你指的是我否认神父曾经出现，那么的确是。”

我们互相瞪着对方。我在挫败感和怒气间挣扎，每当事情进行得不顺利，我就会怪自己没经验又不够积极。其他记者似乎总能应付霍洛威太太这种人。

我又提出要求：“我可以见这里的负责人吗？”

“我是行政负责人，其他人都只负责教学授课。”

我打算放弃，却还是做了最后挣扎：“我的名字对你有任何意义吗？”

“应该要有吗？”

“有人指名邀请我过来。”

“那是新闻处，不是这里。”

“等一下。”我走回车上去取威克曼给我的资料，当我返回时，霍洛威夫人仍然站在楼梯下方，但已少拿一沓文件。

我站在她身旁，翻开威克曼给我的信息。那是一张传真电报，上面这么写着：

致《纪事报》专栏编辑伦恩·威克曼先生，你所要求的采访详情如下：德比郡克德罗之耶稣基督极乐教会，在A六二三路往北的村落半里之外。车可停在主栅栏边或庭院中。霍洛威夫人是行政主管，她会提供资讯给你的记者安德鲁·卫斯理先生。

K.安吉尔

“这跟我们没关系，对不起。”霍洛威夫人说。

我问：“谁是K.安吉尔？先生还是小姐？”

“她是这栋楼东边私人侧厅的住户，和教会没有关系。谢谢。”霍洛威夫人很客气地抓着我的手肘把我推往门口，她说沿着碎石路走有一道栅栏门，那是私人侧厅的入口。

我说：“如果这当中有误会我很抱歉，我不知道是怎么一回事。”

“如果你要询问更多教会的资讯，可以向新闻处探听，那是他们的职责。”

“好吧！”雨下得比之前还大，而我没带大衣，临走时我问，“可以再请教你一件事吗？目前这里的成员都不在吗？”

“当然不是，这星期有超过两百人在此受训。”

“但感觉像是空无一人。”

“这里每个人都是一体的，我们的极乐是静默寡言的。我是唯一被允许白天可以发言的人，祝你好运。”

说完，她重新返回大楼。

5

我决定回复主编，他交代我采访的报道很明显地已不再是新闻。站在滴落雨水的常春藤下，我注视着毛毛细雨飘过山谷，拨了威克曼的专线，心中充满不祥的预感。过了好一会儿他才接起电话，我告诉他发生的事。

他问我："你看到那封电报没？那上面说有个叫安吉尔的人。"

"我现在正在那栋屋子外。"我告诉他我的推断，这一切是故意安排的，"我不认为这是一次采访邀请，可能是邻里间的争执。你知道的，抱怨某件事或其他事。"不过我很快就想到这绝不是抱怨噪音。

电话那头是一段很长的沉默。

然后威克曼说："去见见那邻居，看看是否有蛛丝马迹，然后回电给我，如果没有，今晚就回伦敦来。"

"今天是礼拜五，我还想今晚去探望我的父亲和母亲。"

威克曼以挂电话回应我。

6

我来到建筑的东边侧厅，一位中年妇女在大门处迎接我，我称呼她安吉尔夫人，但她只是记下我的名字，并且很仔细地看着我的记者证，然后带我到旁边的房间等待。房间的空间很大，庄严堂皇，并以印度地毯、珍贵的古董椅子和光泽优美的桌子装饰着，简单又亮眼。我穿着因旅途奔波而皱巴巴又被雨水溅湿的西装。我觉得自己实在衣衫不整。

大约五分钟后，那中年妇女返回，她说："凯瑟琳夫人现在可以见你。"然后我被带到楼上一间宽阔舒适的客厅，这里面对整座山谷，窗外是朦胧可见的高大岩石悬崖。

一位少妇站在开放式的壁炉旁，炉里燃烧着冒烟的圆木。我朝她走去，她伸出双手迎接我。这突如其来的动作使我觉得自己是在拜访贵族，因此放下警戒心。她的态度很热情，外形也令人有好感。她黑发、身材高挑，还有着宽阔的脸庞和坚毅的下巴，发型则使尖锐的轮廓变得柔和。她的双眼隔得很开，整张脸有种不安、神经质的急切感，就好像她在担心我可能会说出什么或在想什么。

她很正式拘谨地迎接我，但当那中年妇人一离开房间，她的态度就转变了。她介绍说，她叫凯特·安吉尔，而不是凯瑟琳，请我不要理会她自己都很少用的头衔。她问我是否真的是安德鲁·卫斯理，我说是。

“我想你已经去过这建筑物的主要大楼。”

“极乐教会？我差点连大门都进不去。”

“我想那是我的错。我警告过他们你会来，但霍洛威夫人不太高兴。”

“是你传送那电报给我的报社？”

“我想见你。”

“我想也是，但你究竟为什么要见我？”

“等一会儿告诉你，但我还没吃午餐，你呢？”

我告诉她我稍早曾在村庄停留，但只吃了顿早餐。于是我跟着她到一楼，帮我开门的妇人叫作马金太太，她正在准备冷盘肉片、奶酪和沙拉等简单的餐点。坐下来后，我问凯特·安吉尔为什么要我从伦敦大老远跑来，难道只为目前看来徒劳无功的采访？

她说：“我不认为这是徒劳无功。”

“我今晚必须送一篇报道回去。”

“嗯，也许有点困难。你吃肉吗，卫斯理先生？”

她把冷盘递给我。我们用餐时，客套话继续下去，她问我关于报社、工作、住所等问题。我还是意识到了她的头衔，因此有些拘束，但我们聊得愈久，我就感觉愈轻松。她有些犹豫不决，甚至紧张，而且当我说话时，她屡次目光游移，之后才回到我身上。我想她不是对我说的话缺乏兴趣，而只是一种习惯。例如我发觉她伸手拿桌上的东西时，手会颤抖。

当我觉得终于是时候了，才开始询问她的私事。她说，我们身处的这栋家族资产已经有三百多年了。山谷大部分土地都是她们家族的资产，几片农场则已经出租。她父亲是一位伯爵，居住于海外。母亲已逝世，剩下唯一的亲人是现在和先生、孩子住在布里斯托的姐姐。

这栋房子曾住了整个家族和好几位仆人，直到第二次世界大战爆发，这栋建筑物大部分被国防部征作英国皇家空军的地方指挥总部。此时，她的家人被移到东侧厅——至少东侧厅一直是整栋房子最讨人喜欢的地方。

战后，皇家空军撤离，房子被德比郡议会接管为办公室，而目前的租户（她的措辞）是1980年开始租下这里的。起先她的父母亲对美国宗教教派搬进来的事有些担心，但那时候家里需要钱，所以一切都很顺利。教会不公开讨论他们的教义，成员也都很有礼貌、很迷人。到现在，她自己或村庄居民也不觉得教会成员可能会做什么犯法的事。

此时我们已经用完午饭，马金太太端来一些咖啡。

我问："所以，把我带到这里的那则报道，也就是那位神父同时在两地现身，是毫无根据的？"

凯特说："可以说是，也可以说不是。教派仪式事实上是根据他们领袖的教导，法兰克林神父是有圣痕的人，也被认为可以同时在两地出现，但这种情形从来没被单独的见证人目击过。"

"但真的是这样吗？"

"我实在不确定，这次有一位本地医生涉入，不知为何，她跟一家小报说了些事，报社于是刊登了简短肤浅的事件说法。这是后来我才在村里听说的。我不觉得这会是真的，他们的领袖不是被关在美国的监狱吗？"

"如果这事确实发生了，那就很有趣了。"

"看起来比较像是个骗局。举例来说，艾丽兹医生怎么会知道神父长什么样子？单凭任何一个会员的传言？"

"所以你早已知道这故事的真假？"

"但我想见你，这个男人能在两地同时出现实在太不可思议了，我无法相信。"

凯特以一种认为我也会觉得有趣的态度微笑。但我一点也不清楚她在说什么。

我说："你为何不直接打电话给报社或写封信给我？"

"对，我可以这么做。但我不能确定你是不是我认为的那种人，所以我想先见见你。"

"我不明白你为何认为这种宗教狂热教派和我有关？"

"只是刚好，你知道那些具争议的幻觉假象等。"她再次用期待的眼神看着我。

"你认为我是谁？"

"克莱夫·博登的儿子，不是吗？"

她试着迎向我的凝视，但不自觉地又将眼神移走。虽然没有其他事，但她紧张不安的逃避态度使交谈气氛显得紧绷，桌上剩下的午餐还摆在我们之间。

我说："克莱夫是我的生父，但是我3岁时就被领养了。"

"嗯，我果然是对的，许多年前我们还小时就见过面了，你那时叫尼克。"

我说："我可能那时太小了所以不记得，我们是在哪里见过面？"

"这里，在这栋房子里，你真的不记得了吗？"

"完全想不起来。"

"你有没有任何当时的记忆？"

"都是很零碎的片断，但是我对这房子的确一点印象也没有。这应该是会留给小孩印象的那种房子，不是吗？"

"好吧，你不是第一个这样说的人，我妹妹就很讨厌这房子，恨不得赶快搬走。"她从身后的柜子里拿出一个小铃铛，然后摇了两下，“通常午饭后我会喝点小酒，你要陪我喝一些吗？”

“好，谢谢。”

马金太太很快就出现，凯特站起来说：“马金太太，卫斯理先生和我今天下午会待在会客室。”

走上宽阔的楼梯，我有一股想要逃避凯特·安吉尔和这房子的冲动。她比我自己还了解我，然而我却对那段人生不感兴趣。不管愿不愿意，很明显今天我不得不重新回到博登的身份。首先是一位博登写的书，现在是这个，一切都有关联。但我发觉凯特的好奇心并没有传染给我，为什么我要在乎那个抛弃我的男人和家族呢？

她带我进去看我们第一次见面的房间，还立刻关上门。她似乎感觉到了我想逃开的渴望，所以想尽可能留住我。

在沙发椅和一张靠背长椅之间的小桌上，有个银质托盘放着几瓶酒、几个玻璃杯和一桶冰块。其中一杯已装满酒，大概是马金太太准备的。

凯特示意我坐下，然后她问：“你要喝什么？”

事实上我是想喝杯啤酒，但托盘上只有烈酒。我说：“你喝什么我就喝什么。”

“这是美国威士忌加苏打水。你也要吗？”

我说好，看凯特调酒。她盘腿坐在靠背长椅上，然后一口气喝下半杯威士忌。

她问：“你可以待多久？”

“只够喝一杯的时间。”

“我有很多事想跟你谈，还有很多事想问你。”

我说：“我不认为我可以帮上什么忙。”

现在她比较镇定了，我开始以比较客观的角度来观察她，她和我年纪相仿，是个不难看的女人，很明显喜好杯中物，并已习惯酒精的作用。这让我觉得亲切，因为我周末也喜欢和朋友喝两杯。她的目光一直游移不定，令我很不安，就像是她看到有人在我背后动来动去，而我看不到。

她说：“有个很简单的问题或许可以节省很多时间。”

“好吧。”

“你有没有一个双胞胎弟弟？或是很小就去世的弟弟？”

我无法克制自己的惊讶。我放下酒杯，擦拭洒在腿上的酒：“你为什么这么问？”

“你有吗？或是你曾经有？”

“我不知道。我想我曾经有个双胞胎弟弟，但我一直找不到他，我是说，我不确定。”

她说：“你的回答在我预料之中，却不是我希望的答案。”

7

我说：“如果这和博登家族有关，我也同样告诉你，我与他们一点都不熟。你知不知道？”

“对，但你是博登家族的一员。”

“我曾经是，但对我来说，这已经没有任何意义。”

突然间，我瞥见这年轻女人的家族，在世世代代延续中，可回溯至三百多年前：相同姓氏、祖宅，相同的一切事物。我的家族根源则只能追溯到 3 岁。

“我想你不知道被领养的意义，当我只是个小男孩的时候生父就抛弃了我。如果我为此哀伤悲悼过了后半辈子，那我早已没办法做任何事。很久之前我就把它封锁起来，因为我必须这么做。现在，我有新的家人。”

“你弟弟还是博登家族的一员。”

每当凯特提到我弟弟，我都感到挂念、好奇和一阵自责的痛楚。她似乎是利用他来击破我的防卫。弟弟的存在已变成是我这辈子隐秘的事实，是我完全私人的部分。然而，现在这位陌生人谈到我弟弟，好像她早就认识他了。

我说：“为什么你对这件事感兴趣？”

“当你第一次听到我这个人、看到我的名字时，有没有想到什么？”

“没有。”

“那你有没有听说过鲁伯特·安吉尔这个人？”

“没有。”

“或是幻术家‘伟大的丹顿’？”

“没有，我对前任家人的唯一兴趣是，也许通过他们，有天我能查出双胞胎弟弟的下落。”

当我们谈话时，凯特不停喝着威士忌，现在杯子又空了，她向前倾身再调制一杯酒，而且还想帮我添酒。我想到自己等会儿还要开车，于是在她倒太多前赶紧把杯子收回来。

她说："我认为你弟弟的命运和一百多年前的事息息相关。我的祖先鲁伯特·安吉尔，你说你从未听说过他，而且没有理由要知道他，但他是上个世纪末一位舞台魔术师，以'伟大的丹顿'为艺名，那个时代所有舞台魔术师都使用浮华夸张的艺名。他是一连串恶毒攻击下的受害者，被一个叫艾尔弗雷德·博登、同样是幻术家的男人——你的曾祖父所害，你说你不知道这件事？"

"不知道，只知道那本书是你所谓的博登写的，那是你寄给我的吧？"

凯特点点头："仇恨持续了很多年，他们不断攻击对方，经常干涉阻碍对方的舞台魔术秀。这世仇纷争记载在博登的书中。至少，他这一方是这样记载的。你读过那本书了吗？"

"我今天早上才拿到书，还没空读。"

"我想你读了后会很想知道发生了什么事。"

我不解，为什么要一直谈论博登家族？

他们在太遥远的过去，而我对他们的认识非常少。凯特·安吉尔在谈论自己感兴趣的事，但我却没多大兴趣。我礼貌性地聆听她说话，但她绝不会知道，我内心深处充满了反抗，像小孩被拒绝时，无意识地为自己建立起的防卫机制。为了适应新家庭，我必须抛弃对旧家庭所知的一切，我需要强调几次才能让眼前的女人相信这点？

她说要给我看某些东西，于是放下酒杯，走到我座位后的一张靠墙桌子，弯腰伸手开下面的抽屉，她的洋装颈部部位往前下垂，我偷瞄了一眼：纤细的白色肩带，隐约可见的蕾丝胸罩，紧紧贴附在里面的上胸部弧线。她得把手伸进抽屉，为此她转过身来，伸展手臂，然后我看见她修长的背部曲线，她的肩带透过单薄洋装的材质再次清晰可见，头发垂落在她脸庞。

她试着把我牵扯进一件我完全不了解的事情中，我却粗俗地上下打量她，想着和她上床会是什么样子：和一位高贵的女士上床，是记者在办公室常常开的玩笑。不管怎样，那是我的生活，对我而言，它比这些有关古老魔术师的事更有意思并且难解。凯特问我住在伦敦哪里，却没有问我和谁一起住，所以我没和她谈到赛尔达的只言片语。聪敏、性情激烈的赛尔达，留着一头短发，戴鼻环，穿装有饰钉的靴子，有副女人梦寐以求的好身材。

她大前天晚上告诉我她要一段开放的关系，于是在半夜十一点转头离开，拿了一大堆我的书和唱片。从那晚起我就再也没有看到她，即使她过去也曾这么做过，我还是开始担心了。我想问这位高贵可敬的女士有关赛尔达的事，不是因为我好奇她可能会说什么，而是赛尔达对我而言很重要。

“你认为我应该如何夺回赛尔达的心？或是，我要怎样辞掉报社的工作，又不表现出拒绝父亲的好意？如果赛尔达搬出去，我要住到哪里？因为那是赛尔达双亲的公寓。如果不工作，我将靠什么生存？还有如果我弟弟是真有其人，现在他人在何处，我该如何找到他？”

以上任何一件事对我来说，都比从未听闻的祖先世仇来得重要，尽管他们其中一位出了书，或许内情很有意思。

“我好久没把这些拿出来了。”凯特的声音因费力将手伸进抽屉而稍许低沉。她搬开一些相簿并堆在地上，同时伸手到抽屉深处的后面：“在这里。”她拿出一沓凌乱、尺寸不同，显然老旧且褪色的纸张，摊开在靠背长椅上，开始翻阅之前，她拿起了酒杯。

“我的曾祖父是个着魔般做事且严谨的人。他不只保存所有东西，还把每一样都贴上标签，编成目录放在柜中。在我成长时期，父母亲有句话：爷爷的东西，我们不能乱动，我们甚至不被准许看他的东西。罗莎莉和我都忍不住想看看。当罗莎莉结婚离家后，我趁着独自一人在这里时，终于全部找出来看了，并且整理好了。我把一些设备和戏服以不错的价格卖了出去。还在曾是他书房的房间里找到了这些节目单。”

凯特说话时始终仔细翻看那些节目单，现在她递给我一张发黄的纸片。它被一折再折了好多次，折痕十分明显，磨损并且起毛，几乎快裂开了。那节目单属于皇后剧院，剧院位于斯托克纽因顿的艾芙陵路上。是从4月14日到21日，包含下午和傍晚演出的节目单。

“节目安排细节请接洽报纸广告。”

节目单上以红字打印着表演者名单，包括爱尔兰男高音丹尼斯·卡拉汉“让爱尔兰喜悦充满你心”，其他的表演包括麦基姐妹“美丽动人女歌手三重唱”，森美·雷纳多“触拨你的肋骨，女皇陛下”，罗伯特与罗伯塔·弗兰克斯“最美的吟诵”。凯特向我靠过来，用食指指着一个名字，那就是伟大的丹顿“世上最伟大的幻术家”。

“实际上他那时还未成为一位伟大的幻术家，他一生大部分时间都很拮据，直到去世前几年才真正出名，这张节目单是1881年的，是他终于开始成功之时。”

“这些是什么意思？”我指着节目单边缘一栏整齐排列的墨印数字。还有更多数字在背面。凯特说：“那是伟大的丹顿着魔似的文件归档方式。”她离开靠背长椅，不拘小节地跪在地毯上，朝向我这边，看着我手中的节目单。

她继续说：“我还没全部弄懂，但是第一个数字代表工作。总账写在某个地方，有他表演过的完整节目。在那总账下面，他写下自己完成多少实际的表演，多少是白天场次和其他的傍晚演出。接下来的数字是他使用的实际戏法列表，此外，他有大约十二本笔记本在书房里，描述所有他可以完成的戏法招数。”

她递过来一些本子：“我这里有几本他的笔记本，你可以看看一些他在斯托克纽因顿所用的戏法，甚至比那更复杂，因为大部分戏法有微幅的变化，而他也全部把这些做交互参考。看这里的数字，我想那是他的薪俸：十基尼。”

“那样的薪水算好吗？”

“如果是一个晚上，那就算相当优渥。但那可能是一整个礼拜的薪俸，所以只是普通收入。我不认为皇后剧院是个大剧院。”

我拾起其他整叠的节目单，就像凯特说的，每张都有类似暗码的数字注解。

她说："所有装置也都贴上了标签，有时我真怀疑他如何抽离那一切，回到这世界中养活自己。但当我清出地下室，我发现每一件设备都有识别的数字号码，且每件在索引里都有个位置指示，可以交互对照到其他的档案。"

"也许有其他人帮他做这些事。"

"不可能，笔迹全是一样的。"

我说："他什么时候去世的？"

"这点也很奇怪，报纸上说他死于1903年，在时报上也有一篇讣闻。但是村庄的居民说接下来的一年他还住在这里。而奇怪的是我发现他剪贴簿上的讣闻，是粘贴住并且有标签和编上索引的，就像其他的所有东西一样。"

"这怎么可能？"

"不知道，艾尔弗雷德·博登在书中有提到这件事，我是从那里得知的，之后我试着找出他们之间发生的事。"

"你还有更多他的东西吗？"

凯特伸手再拿几本剪贴簿，我帮自己再倒了一小口美国威士忌，我以前从没喝过这种酒，但现在发现自己还蛮喜欢的。我也喜欢凯特坐到地上，窝在我腿旁，说话时转头看着我，让我能瞄到她的胸前，她或许早已察觉。

待在那里有点令人困惑迷惘，我不太能理解自己为何在此和一位陌生女子谈论着魔术师、童年时的相见，而不是在进行采访，并照原定计划开车去看爸妈。我想到弟弟，感觉到一股满足。不像先前接收到的催促，他让我留下来。

屋外似乎很冷，午后的天空开始变暗。奔宁山那边雨下个不停，冷风从窗口持续吹进来，凯特又丢了一根圆木到炉火中。

第二章

艾尔弗雷德·博登

1

我在 1901 年开始执笔。

我的本名是艾尔弗雷德·博登。我这一生是由我一直赖以为生的许多秘密组成的。在这里，第一次也是最后一次，我会写下这些秘密，这是唯一的版本。

1856 年 5 月 8 日我出生在沿海城镇哈士汀，是个充满活力的小孩。父亲是镇上的商人，也是修造车轮和木桶的专家。

我们的房子在曼诺尔路 105 号，沿着一座山丘盖在连绵蜿蜒的坡地上。房子后方是座隐蔽的陡峭山谷，盛夏时节是牛羊放牧之地。山丘前端隆起，在我家和大海之间还有更多房子。我父亲是从那些房子和周围的农场田地中的一家商店开始发迹的。

我们的房子是这条路上最高大的，因为它盖在通往后院和储藏小屋的通道上方，我的房间在房子临街的那一边，就位于街道正上方：房内只有木质地板以及单薄的木板胶泥隔间，一年到头整个房间都喧闹嘈杂，冬天来临时则极度寒冷。我就是在那房间里慢慢茁壮成长，成为现在的我的。

我是一位职业魔术师，更是位幻术大师。

2

我该暂停一下了，虽然还这么早，但我不打算用一般自传的方式来写我的生活，就如同我说的，我的生活是一连串的秘密。秘密是我工作的本质。首先让我考虑一下撰写的方式，描写自己秘密这样的举动或许会被看作是背叛自己，当然，我是幻术家，可以让观众只看到我想让你看到的部分。谜题则暗示在其中。

因此，唯一公平的方式是我应该从头开始说明这些紧紧相连的主题——秘密和对秘密的了解与欣赏。

以下是个范例。

在魔术表演时，变戏法的人总会暂停一下，往脚灯方向前进一步，在炫目的灯光下直接面对观众。表演者可能不会开口，而只以手势表示："看我的手，没有任何东西藏在里面。"然后伸出手让观众看到他的手心，并张开十指以证明没东西被夹在手指中。接着他会转动双手，将手背也给观众看，让众人确定他的双手空无一物。

为了消除观众还存有的任何疑虑，魔术师可能会稍稍翻动他的外套及袖子，把袖口往后拉一两寸，让观众看清楚他的手腕，证明那里也没有藏任何东西。

接着他会表演戏法，在观众确定他双手皆空之后，他就从手中变出一些东西：扇子、活生生的鸽子或兔子、一堆纸花，有时候甚至是燃烧的灯芯。这是件矛盾、不可思议的事！观众对此感到惊讶不已，喝彩声和掌声响起。

这怎么可能呢？

变戏法的人和观众已进入我所谓的“默许的巫术协定”。这协定没有被言明，更确切地说，观众几乎没有察觉到这样的协定可能存在，但就是有这样的协定。

当然，表演者根本不是巫师，反倒更像是一个扮演巫师的演员，并希望观众相信他和黑暗魔力有接触，哪怕只是短暂的片刻。同时，观众也知道他们所目睹的不是真的巫术，但他们不会道破此事，也会配合表演者的期望与要求。在这迷惑欺诈的巫术表演中，演出者保持幻觉的技巧愈高明，他会被认为愈优秀。

表面上看来，向观众显示双手空无一物的举动，本身是这项协定的一个构成要素。这协定意味着大批的特殊条件。举例来说，正常的社交往来，一定要别人证明他双手皆空的机会能有多频繁？而且再考虑这点吧：假使魔术师突然间变出一个花瓶，而没有事先暗示观众这样的无中生有是不可能的，就会看似毫无戏法可言。没有观众会鼓掌。

这正是我的表演原则。先强调一点，当我写这些文字时已将默许协定暂时抛弃，所以读者应该了解，接下来所叙述的不是巫术，只是巫术的幻觉表象而已。

首先我会让你看看我的手，掌心对外，十指张开，然后我会说（请注意）：这本笔记里的每个字都千真万确，它们关于我的生活与工作，连细节也是准确无误的。

现在我转动双手，所以你可以看到我的手背，我会对你说：这里所写的一切都将不同于以往的，比如媒体报道的我的事业生涯，或出现在传记参考书上的我的名字。

最后，我将袖口往上拉，让你看看我的手腕，然后我会说：毕竟，这是为我自己所写，或许也是为了家族和我见不到的后代子孙而写，而不是写给其他人读，所以写下错误的陈述对我有什么好处？确实，有什么好处？

因为我已展现空无一物的双手，你必然已开始期待接下来的幻术秀，而且会默默认同它。我即将开始描写许多欺诈蒙骗的行为，而那就是我的生活。谎言包含在这些字眼里，从开头的第一句即是。这是主导其后发展却又隐而不显的原则，或许你们也不易察觉。

我已因谈论实话、客观的记载和动机而错误地指示你。就好像当我展示空无一物的双手时，你已遗漏重要的讯息，所以现在你是从错误的角度看事情。每位舞台魔术师都相当清楚，有些观众会因此受挫，声称厌恶被蒙骗愚弄，有些则会宣称发现了魔术的秘密，而大多数的快乐观众，会单纯地视幻觉为理所当然，并且为娱乐而享受魔术带来的乐趣。然而，总是会有一两个将秘密带走，甚至因解不开其中奥秘而烦恼。

3

在继续叙述我的表演生涯之前，这里有另一则趣闻逸事也能说明我的方式。

我年轻时，很流行亚洲魔术秀，大部分是由欧美的魔术师打扮成中国人的样子，但有一两位却真的是来欧洲表演的中国人。其中一位，或许是他们当中最优秀的，来自中国上海的朱连魁，艺名金林福。

我只看过一次金林福的表演，几年前在雷斯特广场上的艾德菲剧院。表演结束后，我到后台呈上名片，他马上就邀请我到更衣室。他没有谈论魔术戏法，但我的目光被身旁架子上他那最有名的道具深深吸引：一个大金鱼玻璃缸。鱼缸显然是凭空被变出来的，带给表演极为惊人的高潮。他请我检查这个鱼缸，鱼缸看起来很正常，里面至少有十几只观赏鱼，全部都是活的，水也装得好好的。因为我知道这戏法的秘密，所以我试图提起玻璃缸，却对它的重量感到讶异。

金林福对我这吃力的举动没说什么。显然他不太确定我是否知道他的秘密，他不愿说话，以免泄露秘密，即使对同行专家也一样。我不知道如何显示自己的确知道秘密，所以也默不作声。

我在他那里停留了 15 分钟，从头到尾他都保持坐姿，对我的恭维客气地点头。这时他已换下舞台服，身穿暗色长裤和一件蓝条纹衬衫，脸上还有演员化妆用的油彩。当我起身要离开时，他从镜子旁的椅子上站起来，引领我到门口。他走路时低着头，手臂松弛地垂在两侧，并且拖着脚走着，好像腿疼痛不已。

如今，好些年过去，而他也已经逝世了，我可以揭露他慎重保护的秘密——那天晚上有幸可一窥的使人着迷的戏法全貌。

金林福所有的舞台表演，都有他著名的金鱼缸表演，准备在观众没有察觉时悄悄登场。他将它的存在很灵巧地隐藏起来——鱼缸藏在他爱穿的下摆飘垂的中国长袍下，用两膝夹住，准备在节目最后做出这引起轰动、奇迹般的演出。

观众从来不会猜到这戏法是如何完成的，虽然片刻的逻辑思考就可解答这个谜团。然而，逻辑本身就是不合理的！唯一能藏匿沉重容器的地方就是他的长袍之下，但从逻辑上来说是不可能的。因为很明显的，金林福身体虚弱，连走路都很费力，总是拖着身体行走，当他在节目最终鞠躬时，还需寻求他的助手扶持，并且一跛一跛地被带离舞台。

事实却完全是另一回事。金林福是个体力极佳、身体强健的人，用脚拖着容器行走理所当然在他能力范围内。容器的大小和形状都让他像个拖着脚行走的中国人。

因为他的举动会引起注意，对秘密泄露造成威胁，所以为了保护这个秘密，他一辈子都拖着脚走路：无论何时，在家里或大街上、白天或夜晚，他从不以正常姿态行走，只因唯恐秘密被揭露。

魔术师天性如此。观众非常清楚魔术师会反复练习好多年，仔细谨慎地排练每一场表演，但很少有观众明白变戏法的人所渴望行骗的全貌，显然，藐视正常的作风变成生活中每一刻摆脱不了的习惯。

金林福正是如此着魔般地欺诈蒙骗，而现在你已读过关于他的事，可能会想当然地认为我也有我的障眼手法。我的手法掌控了我的一生，主宰我所做的每个决定，规范我的一举一动。甚至到现在，当我开始撰写这回忆录时，它也控制了我可能会写什么或不写什么。

我已将自己的行事方式和表面上空空如也的双手展示相比较，但事实上，每件事都说明了一个健康的人为何会步伐不稳。

4

因为车轮修理的生意很好，后来父母亲就送我到佩勒姆女士们所管理的佩勒姆学院，校址位于东伯尔街中世纪城墙遗迹的旁边，距海港很近。在那里，海滩满地腐烂的鱼散发出持续不散的恶臭，伴随银鸥发出的嘈杂叫声。

我学习阅读、写作和数学，还有一些历史、地理和令人生畏的法语课。这些对于未来都很有用处，特别是当时毫无兴趣学习的法文，后来却有意料外的用处。因为成年后，我所扮演的舞台角色是法国魔术师。

我上学的路要横越西部山脊，山脉在此隆起，大部分道路都可通向陡峭狭窄的小径，穿越哈士汀许多空地上的柽柳树丛。那时哈士汀正是发展时期，有许多新建房屋和旅馆提供给夏季旅客膳宿。

不过因为学校在旧城那边，所以我很少仔细观察家乡。后来度假区在白石区那边兴建，大块岩石被一一炸开，然后铺成延伸的海滨人行道。尽管如此，好几百年以来，哈士汀镇中心的生活方式，始终一如往昔。

我可以说很多父亲的事，但为了将重点放在自己的故事上，我应该有所节制。我爱我父亲，也从他那儿学了许多木柜制造的技术，他一定没有料想到我会以此挣得名声和财富。

父亲工作很努力、认真严肃、聪明有才智，并且有他自己的慷慨方式，对员工十分公道。他不上教堂，不是虔敬之人，他以一种善良的利己主义照顾全家人，既不伤害别人，也不刻意避免牟利。

父亲是个杰出的木工师傅和车轮修理匠。最后我终于了解，他那些全家人必须忍受的情绪爆发原因为何（曾经发生过几次），父亲的暴躁一定是因为内心的挫败感，但挫败感来自什么原因，我却无法完全确定。我从不是他情绪最糟糕时的发泄目标，成长期间我变得有点惧怕父亲，但我对他的爱是很深的。

母亲的名字是贝特西·梅·博登（娘家姓则是罗伯森），父亲的全名是约瑟·安德鲁·博登。我们兄弟姐妹一共七人，然而其中一个婴儿时就猝死，所以我只知道五个。我不是最年长的，也不是老幺，没有特别被双亲偏爱。我和兄弟姐妹在还算和睦的家庭气氛中成长。

12 岁那年，我被迫辍学，被带到父亲的车轮修理场做车匠学徒。成年的生活就此开始。从那时起，我与成年人相处的时间比与其他小孩还长。这段经历让我清楚自己未来想从事的职业，有两个决定性的因素。

第一个因素是相当单纯的木头搬运管理。木头陪着我长大，每当拾起木头、磅材或锯木时，我都会想：木头的感受是什么？从最初搬运木材起，我就对木头产生了尊敬之心，并意识到木头用途广泛。

当木材恰当地干燥好，利用它的天然纹理时，木头是美丽、坚固、轻巧柔顺的。它几乎可以变成任何形状，或是被运用黏附在其他材质上。你可以彩绘、染色、漂白和弯曲它。而且木头如此普遍却又抢眼，某些木制品能给人一种坚固的沉静感。

简言之，木头是幻术家理想的媒介。在修理场，我并未因为是老板的儿子而享有优惠待遇。上工的第一天就被派去学车轮修理场最艰难、辛苦的工作——和另一个学徒被派去锯木窖工作。

每天 12 小时的工作使我变得强壮，还有那从未料想到的辛苦（我们清晨六点开工到晚上八点收工，只有三次短暂的吃饭休息时间），工作教导我去畏惧，同时尊敬木材的沉重厚实。

好几个月的启蒙工作之后，我被调去做比较精巧、不需体力的砍柴、车削和刨木的工作，制造车轮的轮辐。这期间，我接触到车轮修理匠和其他工人，反而很少见到之前与我一起工作的学徒。

大概是我工作一年多后的某天早晨，一名叫罗伯特·努安的雇佣工匠来到修理场，预备整修因暴风雨而损坏的后墙，这是急需重新装修的工作。而努安的到来，是我未来生活的方向改变的第二个因素。

我忙着工作干活，几乎没注意到他，但到中午一点午休时，努安过来坐在我和其他人吃饭的桌旁，并拿出一盒扑克牌，问有没有任何人想玩猜纸牌。一些较年长的人逗弄他，并警告其他人不要靠近，但还是有一些人留下观看。

小数目的金额开始转手，但都不是发生在我身上，因为我没有可挪用的闲钱。有一两个工匠倒愿意赌点便士。令我着迷的是努安玩牌流畅自然的样子。他动作好快！再用温和有说服力的语调说些旁白，然后向我们展示三张纸牌的花色，以快速又流畅的动作把纸牌朝下放在面前的小盒子里，用细长的手指将纸牌四处移动，然后停下手，要我们猜哪一张是王后。工匠们眼力比我慢，他们发现的概率比我少很多。（尽管我也经常是错多于对。）

之后，我对努安说："你怎么做的？可以表演给我看吗？"刚开始他试着用手空晃，随便说说想敷衍我，但我表现得很坚持："我要知道你是如何办到的。王后那张牌是放在三张的中间位置，而你只移动了纸牌两次，且王后不是我想的那张。戏法秘诀是什么？"

因此某一天午休时间，他没和其他工匠赌博，反倒带我到车棚一处安静的角落，表演给我看如何运用三张纸牌，以手瞒眼。王后和另一张牌被轻轻夹在左手的大拇指和中指之间，一张叠在另一张的上面；右手放着第三张牌，当纸牌归位时，他双手交叉地移动，在纸牌上推动他的指尖，然后短暂停顿一下，暗示王后是先被放下的那一张。

但事实上，一定是另外两张的其中一张迅速滑到王后下面。这是很典型的戏法技巧，它的正确名字是"三纸牌赌博游戏"。 当我了解整个方法后，努安又展示了一些其他的戏法技巧。他教我如何把纸牌藏在掌心，有技巧地洗牌而不把顺序洗乱；如何切牌从而让某张挑出的牌出现在手的最上方；还有如何出牌迫使观众挑到某张特定的牌。

他用一种轻松的方式表演，卖弄炫耀技巧而非示范。他大概没有意识到我的全神贯注。

当他结束实地的示范，我尝试做出发皇后牌的骗人技法，但纸牌却被我丢得满地都是。我一再尝试，之后努安觉得看我练习很无聊就走了，他走开后，我还是试了很长一段时间。

当天傍晚，我独自一人待在卧房，我已完全掌握“三纸牌赌博游戏”的技巧，并开始练习白天时匆匆看过的其他技法。

某天，努安的彩漆工作完成，他离开了车轮修理场，从我的人生中离去。我从此再也没见过他。但他影响了一个冲动的青少年。我打算一直练习，直到精通目前所知的技法。我还很性急地从图书馆借来一本书，书名叫《戏法》。

戏法、魔术手法、花招，成了我生命中首要的兴趣爱好。

5

接下来三年，我的人生呈现平行发展。一方面，我从青少年迅速长大成人；另一方面，父亲很快发觉我已经掌握了很多专业技巧，可以成为一个出色的木匠，而车轮工匠的粗工并不能让我发挥最大的才能。此外，我开始学习以双手变魔术。

我一生中这三部分就像多股绳索般相互交织着。父亲和我需要维持生计，我在车轮修理场主要的工作还是和我们的商品有关，就是车桶、车轴以及车轮。而当父亲有空时，他或其他的工头会教我制造家具这种较精细的手艺。

父亲已为我在这一行安排好未来，如果我能证明自己已够熟练，他会在我学徒期满后帮我成立家具制造厂，让我自己经营生意。他则打算从车轮修理场退休后过来帮我。这期间，他某些人生的挫败清晰地摊在我面前，我的木匠技巧重新唤起他年少时的雄心壮志。

同时，我所具有的另一种技能，我视为真正的技能，正在急速发展。我所有空闲时间都用在练习魔术的戏法窍门上。特别是，我学习精通所有纸牌戏法。我认为手部技巧的熟练是所有魔术的基础，就像最复杂的交响乐中基础的主音阶。虽然很难获得关于此的参考事物，但有关魔术的书籍确实存在，只要勤快点还是可以找到的。

我的房间位于拱门上方，夜里总是寒冷无比，每个夜里，我都站在全身镜前练习将纸牌藏于掌中，故意引导他人选牌，熟练地洗牌与铺牌，叫牌和摆成一扇牌，找到切牌和基础不同的伪装方法。

我学会误导观众的技巧，就是魔术师如何利用观众的惯常经验来混淆他们的感觉意识——金属质的鸟笼看起来非常坚固不可能倒塌，那颗球似乎大到不可能被藏在袖套里，经过锻铸的钢铁剑身想必绝不会弯曲……我很快累积所有这类的魔术技巧，致力于每种手法的练习，直到做对为止，然后再次专注在每次练习，直到精通为止。我从未停止练习。而我双手的力道和敏捷度是这练习的关键。

现在，我先暂停书写，想象自己的双手。我放下笔，将双手紧握放在面前，凑到灯罩的灯光下，试着以不同于平时的方式看着它们，以一种陌生人的角度看它们。

八根修长的手指、两根健壮的拇指，指甲修剪到刚刚好的长度，不是艺术家或工人的手，也不是外科医生的手，而是一双木匠变成魔术师的手。当我反转看着手心，我看到了苍白、几乎透明的皮肤，指关节之间有暗沉粗糙的斑点。当我用力绷紧肌肉，手心会凹陷，拇指的关节会像球一般圆滚滚的。

现在我翻过手来，看到细嫩的皮肤布满一层金色细毛。女人都被我的手迷住，还有人曾说她就爱我的手。即使后来成年，我还是每天锻炼双手。它们相当强壮，可以让一颗完整的橡皮网球爆裂。我可以用手指将钢钉折弯，手掌猛力推击能使硬木裂成碎片。我可以将一只手的第三和第四指尖稍稍翘起，同时其他的手指还能操作设备仪器，或在黑板上写字，或握住观众席上自愿上台参与表演的观众的手臂，在这所有过程中，我的手可以一直握着钢板，快速滑入铜板看起来不可能出现的地方。

我的左手有一道小疤痕，是年轻时体会到双手价值的痕迹。当时我常用纸牌、铜板或丝巾等慢慢聚积的魔术道具做练习，早已明白人类的手就是一部强壮、敏锐的精细仪器。

然而，木匠的工作对我的手来说是个煎熬，这是某天早上我在车轮修理场发觉的令人厌恶的事实。当时我在为车缘塑形，一刹那的失神，我竟粗心地用凿子深深割伤左手。我记得我站着，不敢相信这竟然发生在我身上，我的手指紧绷，像鹰爪一般，暗红色的血从深深的伤口处涌出，快速从手腕和手背流下。那天和我一起工作的较年长工匠已习惯类似的伤害，他们知道如何处理，伤口很快被绑上止血带，货车准备好直奔医院。

包扎后两周，没有流血或疼痛，也不是不方便，但伤口痊愈后，我发现我的手被毁灭性地切过，留下了永远的恐惧。

这事件在我身上没有留下永久的创伤。经过一段动作僵硬笨拙的沮丧时期后，手部的肌腱和肌肉逐渐放松，深长的伤口也逐渐愈合，两个月后就完全复原了。然而我把它视为一个警示。当时我的魔术戏法还只是嗜好，从未表演给任何人看，甚至不像罗伯特·努安用来娱乐工作伙伴。我所有的魔术戏法只供练习，在镜子前进行无声表演。它是个强烈的嗜好，一种热情，甚至是走火入魔的开端。我不能让任何受伤危及我的表演。

受伤的手因此成了转折点，使我做出生命中最重要的决定。受伤前，我只是受训的车轮修造工，有着全神贯注的消遣娱乐，之后我则变成一个年轻魔术师，无法允许任何事阻挠自己。我可以用手掌藏纸牌，或很灵巧地伸手到毛毡衬里的袋子中拿出隐藏的撞球，或偷偷塞一张五英镑纸钞到一颗预备好的柳橙中。

尽管这些事看似琐碎，但对我来说，却比下次再制造车轮时可能又会伤到手还要来得重要。

6

我没有再对自己提过这些事！什么事？对后来造成多大的影

响？我得停笔直到我自己弄清楚为止！

7

所以，我们现在谈到这里，我可以继续说下去吧？你们对我的人生已有最基本的了解，我会写我认为可以写的事。我并不打算写自己不赞同的事，只打算写下许多更长的故事。我很遗憾如果我像是在自欺欺人，也不是故意的。

8

我读了好几次前面的部分，我想我明白自己想表达些什么。只是我太惊讶了才会有先前的反应。现在我比较冷静了，到目前为止所写的都还可以接受。

但好多事都遗漏掉了。我想我得写自己与约翰·亨利·安德森会面这件事，因为正是通过他，我才获得奈维尔·马斯基林的正式接见。

应该也没有任何特别的原因让我不能直接切入这话题吧？

现在写，或者留下一个注释以后再写，这两个念头频繁地在我脑中切换。

不过我无论如何不能省略的包括：

1. 我发现安吉尔做了什么，还有我又对他做了什么。

2. 奥莉薇娅·温斯康（备注：不是我的错）。

3. 莎拉呢？小孩呢？

默许协定甚至延伸至此，不是吗？我是这么觉得。我不是删去一大堆，就是必须再写得更多更详细。

我很吃惊自己已经写了这么多。

9

1872 年，我 16 岁，约翰·亨利·安德森的巡回魔术表演来到哈士汀，并且在皇后路的盖尔帝剧院驻演一星期。我每晚都去看他的表演，尽可能买前面位置的票。我无法允许自己错失任何一场表演。当时，安德森先生不只是位巡回表演的舞台幻术家，还发明了许多难解的新奇效果，而且，他还鼓励提拔年轻魔术师。

安德森每晚表演一种“摩登木柜幻觉”特殊戏法。表演时，他会从观众席邀请一些志愿者上台。这些人（通常是男人）会帮忙把一只有轮子的高木柜搬上舞台，这柜子被架高以证明没人可以从底部的机关钻进去。

然后，这些志愿者会被要求从里至外仔细检查，确定柜子是空的，并将柜子每一面都依次转向观众，甚至是选择一位观众跨进柜子里待一会儿，证实里面空无一人。接着大家合力把门锁上，并用沉重的挂锁将其锁牢。

当志愿者还留在台上时，安德森再次转动木柜，向观众显示木柜被牢牢封住。然后他迅速打开挂锁，推开木柜门，一位身着宽松洋装、戴着大帽子、年轻貌美的助理从里面走出来。

每晚，当安德森先生征求志愿者上台，我都会很兴奋地站起来，等着被选上，但他每晚都不选我。我十分渴望被他选中！我想知道站在舞台镁光灯下面对观众会是什么景象。在安德森表演幻术时，我很想靠近点看木柜制造的方式。

我当然知道摩登木柜的秘密，因为这时我已学会——或者说已理解每项幻觉的组成方式，但能近距离察看顶级魔术师的木柜，会是个大好机会。那特殊幻术的秘诀在于木柜的制造方式。但是，唉，我并没有如此良机！

安德森巡演期间的最后一场秀，我鼓足勇气走到后台，在安德森离开剧院时，试着拦住他。我站在那里还不到一分钟，看门人就踏出小房间，过来跟我说话，他稍稍歪着头，好奇地看着我说："对不起，先生，安德森先生有交代，如果你出现在门口，请你进他的更衣室。"

毋庸置疑我当时有多震惊！我说："你确定他是指我？"

"没错，我很确定。"

我大惑不解，但还是兴奋极了，遵照看门人的指示，沿着窄小的通道和楼梯，很快发现那位明星魔术师的更衣室。接着在里面，我与安德森先生有了一次简短却令人兴奋的会晤。我不想在此详述，部分是由于历时久远，我无可避免地早已忘记细节，另外也是因为我会因为情感过分流露而不好意思。在剧院池座区看了一整个星期的表演，已让我确信安德森先生是一位出色的魔术师。他台上的言谈和呈现方式都很纯熟。而且，他的幻术手法是完美无瑕的。见到他，我几乎目瞪口呆，但一旦开口说话，我发现连珠炮似的赞美和热情滔滔不绝地从自己口中涌出。

我们一共讨论了两个有趣的话题。第一是他为何从未在观众席上挑选我。他说首演时他差点就选我了，因为我是第一个跳出来的人，可是某件事让他改变了主意。然后他在其后的表演又看到我，就意识到我一定是同行，是位魔术师（被冠上如此的认同，我高兴得心跳不已！），因此他谨防我上台参与。要是我别有用心，他不会知道，也不会有任何方法知道。

许多魔术师，特别是刚刚崛起的年轻魔术师，会试图窃取那些人气更高的同行的点子。我了解安德森先生为何如此谨慎。不过，他还是对怀疑我感到抱歉。

接着第二件事是这样的：安德森先生明白我的事业一定刚起步。因此，他帮我写了一封简短的介绍信，作为伦敦圣乔治厅的引见之用，在那里，我可以会见奈维尔·马斯基林本人。

就是大约此时，我被兴奋冲昏了头，年少的冲动情感变成痛不可堪的回忆。

与安德森先生会面约六个月后，我的确在伦敦见到了马斯基林先生，在这之后，我的魔术师职业生涯真正展开。

会见安德森先生，和会晤马斯基林先生的部分完全是略述。我不打算多说，也不打算写下我是采用什么方式来使自己的表演技巧完美，并使舞台表演获得成功的，只是他们的故事和这叙述文的要点还是有所关联的。

后来很长的一段时间，我从表演中学习魔术，但大体上，效果并不如预期，因此我对人生中这段时期不太愿意回忆。

然而，和安德森先生会面的特殊遭遇中，有一个很重要的因素。他和马斯基林先生是我的默许协定变成现在这样子前，我仅见过的两位重要魔术师，因此他们是唯一知道我表演诀窍的两位同行。

很遗憾，安德森先生现已逝世，而马斯基林一家，包括奈维尔·马斯基林先生，仍然活跃于魔术圈。我知道可以信赖他们会守紧口风——说得更直接些，我必须信赖他们。

有时候，我的秘密会岌岌可危，但我不会因此指控马斯基林先生。不，事实上，这罪犯我是相当熟悉的。

现在，应该回到写出这段回忆的目的，也就是我打岔前正要开始说的。

10

几年前，我的同行（如果我没记错的话，应该是大卫·德温特先生）曾说过："魔术师们保护他们的秘密，不是天大的秘密，也没有人们想的那么重要，而是因其琐碎而微小。舞台上创造出的精彩效果，常常是一些荒谬可笑的神秘细节所呈现的结果，魔术师必须承认这点。"

总而言之，这就是舞台魔术师自相矛盾之处。

如果秘密被揭露，戏法技巧就会被糟蹋，不仅是魔术师自己，同时，他们所娱乐的观众也明白这点。大部分人都沉醉在表演所创造出的神秘感上，无论对所目睹的表演感到多好奇，他们也不会想破坏这种气氛。

魔术师很自然会想保卫自己的秘密，如此才可继续以此为生，这是众所周知的。就算最后成了自己秘密的受害者，魔术师们还是不会改变初衷。在魔术师的表演生涯中，一项戏法表演得愈久，表演成功的概率就愈高，而且依此推演，他欺瞒的人群就愈多，因此对他而言，就越是有必要保护戏法的秘密。

秘密的影响是渐渐扩大的，许多人都会看到，其他同行会模仿或改编，魔术师会让它逐渐发展，所以表演会经年改变，促使新戏法更加复杂、无法解释。通过这一切，秘密继续存留，同时也保留了它微不足道的琐碎。并且，戏法的琐碎对名声也愈来愈有威胁性。秘密对魔术师来说，经常萦绕心头，无法释怀。

所以现在来到真正的主题。

如同金林福一般，我一生都以跛行来保卫秘密。我现在已有些年纪，而且老实说，也挣得一些财富，舞台表演已失去它全盛时期的魅力。为了保护那些少数人知道，甚至让更少数人知道的秘密，我后半辈子就要这样跛行着生活吗？我不这样认为，所以最后我将违反自己一生遵行的默许协定，写出“新瞬间转移术”。这是使我一炮而红的幻觉术名称，被许多人称为“世界上最伟大的魔术表演”。

我打算先写一小段观众看到的表演，然后再来揭开其背后的秘密！

这就是我说了这么多的目的。按照协定，我先就此搁笔。

11

足足三个星期，我克制自己不写这本书。我不需要说明原因，也不需要别人来告诉我为什么。“新瞬间转移”的秘密不是我能单独揭露的，一切到此为止。我着魔了吗？

这些年来，这秘密对我来说很宝贵，还因此经历了外界想一窥究竟的数不清的攻击。我大半辈子都在保护秘密，难道这还不构成默许协定吗？

但现在我知道所有秘密都是琐事。毫无价值的琐事！我竟奉献了一生在不重要的秘密上？当我反省这令人心烦的事实，回顾自己一生的表演，沉默的两个星期也悄悄溜走。

这本书、日记、故事——我应该叫它什么呢？它像我所记录的一般，是某项协定下的产物吗？我已彻底想清楚一切事情的关联了吗？

在默许协定之下，一旦我发表声明，就要为此承担责任，就如同这是我亲口说的话。目的、行为与言辞的统一，对协定是不可或缺的。因此，我不会删除之前允诺揭示秘密的句子（基于相同理由，之后我可能也不会删除现在所写的这些句子）。

然而，我的秘密还没有被揭发的迹象，甚至不再有此可能。

我得继续跛行下去，不管鲁伯特·安吉尔是不是还活着！有时候我的确会将他抛诸脑后，固执地将他这个人和其所作所为拉上遗忘之帘。但那浑蛋一直活着，他一刻不死，我的秘密就将面临危险。

我听说他仍然表演着他那个版本的“新瞬间转移”，而且持续地在脚灯照耀下做攻击性的评论，宣称观众看到的通常都是“抄袭，且从未改良过的表演”。这些评论和更多其他同行传来的传闻令我愤恨难消。

安吉尔已经想到位移的新方法，据说表演起来效果很好。然而，他表演的弱点是速度太缓慢。无论他声称可以做到什么，仍然无法和我一样快速表演这把戏，他一定非常想知道我的秘密，想到要疯了！

默许协定绝对不能打破。秘密绝对不能泄露！

12

既然安吉尔已被带进这故事，我应该叙述一下事情最先的起因，随后再详细述说我们的纷争如何而起。很快你们会清楚挑起仇恨的是我，而我毫无承担责任的骨气。

然而，我是因为遵守我所认为的最高原则才被引上歧途的，当我了解自己的所作所为后，确实有尝试修正。事情是这样开始的。

在职业魔术表演的边缘地带，有少数人认为魔术戏法很容易欺骗富有以及容易上当的人。他们使用与正统魔术师相同的手法和仪器设备，但他们称自己的手法效果是“真实的”。

可以理解的是，扮演巫师角色的舞台魔术师，他们的手法和真正的巫师还是存在一线之隔，而恰恰这一线之隔的差别才是至关重要的。

譬如，有时我会公开所谓“中国连环圈”的幻觉表演。我会从照明充足的舞台中央开始，若无其事地拿着金属环。我不会事先声明要用这些环做什么，观众所目睹的（表演者认为他们看到的，或表演者允许他们看到的），是十个大大的、分开的发亮金属环圈。观众席上的少数来宾，会被准许触摸检查这些环圈，他们代表观众检查这些环圈是坚固、无接缝或缺口的。

接着我会拿回环圈，令观众惊讶的是，我立即将所有环圈连成一串，高举着它，让大家都看得到。我会请一位观众来摸摸看，同时再次连接和解开，将一些环圈接合成数字或图形，然后迅速解开，随便将它们套进一只手臂或绕住我的颈部。

在戏法的结尾，观众会看到（事实上是他们认为自己看到的……），我再次握住十个分离的坚固环圈。

我是怎么做到的？答案是这样的戏法只有靠多年练习才可演出。

当然其中有秘密，但因中国连环圈仍是受欢迎的戏法，还有许多人在演出，所以我不能轻易揭露秘密。它是一个戏法花招、一种幻觉、一个显然不是什么奇迹的秘密，它是以技巧、鉴别力及表演能力来完成的。

以另一个表演相同幻术的魔术师为例，他可以运用完全相同的秘诀，却大声说自己是以巫术般的意念来接合和解开环圈的。他的表演会有什么不同的评语？他会看似毫无技巧可言，但富有神秘及特殊能力。他不仅是娱乐表演者，同时也是藐视自然规则的奇迹创造者。

倘若我或其他职业魔术师也在场，我应该告诉观众："那只是一个花招！那些环圈并非如其看起来的模样，你以为你看到了，其实没有。"

奇迹创造者会（虚假地）回应："我刚呈现给观众的是超自然力量的结果。假使你说它只是一种魔术戏法，那么请向大家解释它是如何做到的。"

至此，我不会回应。我有职业道德，不能揭露戏法是如何运作的。因此，奇迹似乎一直是个奇迹。

当我开始表演时，灵异效果或"招魂术"相当风行。有些是公开在剧院舞台上表演，其他的则是偷偷摸摸地在工作室或私人住处表演。这些表演都有共同的特色，他们声称能给那些刚丧亲或年长的人带来希望，让他们相信死后似乎还有另一个世界。大笔资金在这种寻求心灵慰藉的行为中被转手了。从职业魔术师的观点来看，招魂术有两个重要特色。首先，这使用的是一般标准的魔术师技巧手法；其次，骗子总宣称，魔术效果是超自然力量下的结果。换句话说，那些超自然能力被迫促成了错误的声明。

这正是激怒我的地方，因为任何称得上是舞台幻术家的人，都可轻易复制所有的戏法。那些表演死后还有来世而且灵魂可走动、死者可说话等超自然现象的，全都是骗子，却先于我在1874年抵达伦敦。在约翰·亨利·安德森的指导以及奈维尔·马斯基林的赞助下，我开始尝试在各家剧院和音乐厅找寻工作机会。

那个时代，舞台魔术很受欢迎，但伦敦充满聪颖敏捷的魔术师，进入那个圈子并不容易。我设法在那个圈子里得到了一个不太重要的位置，什么工作都做，虽然我的魔术表演很受欢迎，但声望的提升却很缓慢。

老实说，当我还在父亲的车轮修理场时，就开始着手计划这伟大的“新瞬间转移幻术”，然而，它离开花结果还有一段漫长的时间。

当时，招魂魔术师经常在报刊上宣传他们的魔术表演，而他们的有些戏法时常被讨论。招魂术呈现给大众的是比观众在舞台上看到的还要刺激、有效果的一种戏法。倘若魔术师有足够的技巧，可以使年轻的女士进入催眠状态，让她盘旋在半空中，这会使人们开始争论：为何不直接运用那技巧来与刚过世的死者沟通？真的，为何不呢？

13

我对鲁伯特·安吉尔的名字相当熟悉，所以当看到一个北伦敦的地址，就认出他就是那个固执己见又啰唆的专栏投稿者，常常在两三本私人流通的魔术期刊上发表文章。文中多半是嘲弄他眼中所谓的资深魔术师团体，因为他们仍坚持保有一些秘密和传统、古老得令人厌烦的风俗。我也遵循那些传统，却没加入与安吉尔的争论，不过有些我认识的魔术师倒是被他激怒了。

举一个典型的例子，安吉尔的其中一项主张是：假设魔术师们真如自己所说的那么技术高超，那就应该能在“四周环绕下”表演魔术，也就是魔术师应该被四面八方的观众围绕，不需要凭着构筑舞台刻意隔离观众，就能创造出许多幻象。

我有一位优秀的同事，很客气地回应了安吉尔一个显而易见的事实：如果真是如此，那么无论魔术师多么充分地准备表演，总会有一部分观众知道他的诀窍。安吉尔的回答是嘲讽其他的专栏文章，他说，首先，若从各个角度来观看这幻象，魔术的效果就会增加；其次，虽然一小部分观众可能识破，但这不重要！如果有五百位观众感到困惑，那有五个看到秘密的人相较之下就一点都不重要了。

这种说法对大部分专业魔术师而言简直是谬论，并非因为他们隐藏的秘密不可侵犯（安吉尔似乎如此暗示），而是因为安吉尔对魔术抱持一种偏激的态度，而且丝毫不在乎这些保存许久的传统。

鲁伯特·安吉尔因此大大出名，虽然不是他所想要的那种名声。我时常听到一种语带嘲讽、不怀好意的说法，说安吉尔先生很少在公开舞台上表演，因此，他的同事们无法瞻仰他那高超富有创新的魔术戏法。

我已经提过自己并未涉入争论之中，而且对安吉尔也完全没兴趣，然而不久后，命运之神就降临了。事件恰巧发生在我一位住在伦敦的姑姑身上，她刚失去一位亲人，非常难过，正打算去求助招魂师，在家中安排降灵仪式。我是从母亲写来的信中得知此事的，立刻引发了职业上的好奇心，我联络姑姑，迟来地安慰她失去老伴的遗憾，并自愿在她需要安慰之时陪伴她。

这天来临时，我很幸运地被姑姑邀请先行用餐，因为招魂师比预期提早一小时到达，这可把主人弄迷糊了。我想，招魂师来得早是预先计划好的，这样才能在那即将举行降灵仪式的房间里做充分准备。

他和年轻的一男一女两位助理，用黑色窗帘把房间弄暗，再把自备的家具抬进来，把不需要的家具移到旁边，接着卷起地毯露出地板，竖起一个木柜。那柜子的尺寸和外形，让我觉得是足够进行表演魔术的传统道具。

我很谨慎且专注地藏身暗处，所有准备工作都就绪了，我一点也不想让自己引起招魂师的兴趣，因为如果他够机警，也许会认出我来，上周，我的舞台表演已经得到一两家媒体的关注。

这位年轻招魂师年纪与我差不多，体格瘦弱，窄额黑发，看似谨慎，就像一只四处觅食的动物，他那些精准的手部动作，显示这是一个长年练习变戏法的人。而他的年轻女助理体态苗条灵活（我猜这体形使她可能会在幻术表演中被当作道具，结果我的猜测是错误的），她穿着深色高级衣料而且几乎没说话；另一个男助理是个身材魁梧、个头不高的年轻人，头发浓密、长相粗犷，拖着这些笨重家具行走时还频频抱怨。

当其他客人抵达时（姑姑邀请了八九个朋友来参加，大概可以分摊一些成本），招魂师的准备工作也完成了，于是他和助理们在准备的房间耐心坐着，等待约定的时间，这令我无法去检查他们的装备。

这场法事，包含开头的说明和营造气氛的停顿，共持续了一个多小时，主要是三段幻术，这么刻意谨慎的安排是为了创造疑虑、兴奋与感应暗示的感觉。

首先，招魂师表演倾斜桌面的幻术，动作、表情都十分戏剧化：桌子开始自动转动，然后不可思议地升高，使我们其中大部分人不安地趴在地上。在场所有人因为兴奋骚动而开始发抖，准备面对即将发生的事。

接着，通过女助理的帮助，招魂师似乎陷入了一种催眠的昏睡状态。然后他被他的助理们蒙住眼睛、塞住嘴巴并捆绑双手双脚，安置在柜子里。

不久，柜子里发出很多声响，一些可怕却又令人无法解释的奇异现象不知从何而生：奇怪鲜艳的灯光闪烁不停，又有喇叭、铜钹和响板的声音，还有从柜子中升起的令人毛骨悚然的“灵气物质”，飘进那被神秘灯光所照亮的房间。

招魂师终于从柜子中被释放出来并被松绑（柜子打开时，他仍一如之前被捆绑的样子），并奇迹似的从催眠状态中恢复知觉，接着开始当天的主要任务。他先简短却不失精彩地告知在场所有人进入神鬼阴阳交界的危险性，接着就陷入另一次昏睡状态，看似进入了另一端的世界，不久就可以分辨在场每个人已逝亲友的幽魂，于是，两个世界之间的安慰话语便相互传达。

14

这名年轻的降灵师是如何办到的？

我说过了，职业道德限制了我，当时不能说，现在还是万万不能透露那些无疑是魔术特效的秘密。

这种倾斜桌子的伎俩，实际上不算是变魔术的技巧（虽然在这次场合中，它也算是一种），而是一种鲜为人知的自然现象，也就是若有十位或更多的人聚集在一张圆形木桌旁，每个人轻轻将手掌心压到桌上，并被告知桌子很快会开始旋转，这现象即会在一两分钟内真的发生！

一旦感受到这运转，桌子就会开始向一边或另一边倾斜，突然一只灵巧熟练摆放好的脚，抬高了相称的桌脚，就会戏剧性地使桌子失去平衡，导致它升高又坠落到地板上，如果运气好的话，这会带领许多参与者进行一段充满惊奇兴奋、没有实际危险的魔术过程。

我不需要强调这张被使用的桌子是降灵师的众多道具之一，它是为了让四只木头桌脚能够连接到中间的柱子，如此一来，就有足够的空间让一只脚滑进桌下。

这个柜子的使用方式在此只能约略提及，一位技术高超的魔术师也许能轻易从牢不可破的枷锁逃脱，尤其当这些绳结是两位助理所绑的时候，一旦置身柜中，只要几秒钟的时间就足以自己松绑，接着可以再用别的方法呈现无法解释的超自然效果。

至于这仪式的主要目的——“灵媒接触”，也有标准技巧来强迫置入或替代物品，这是任何一位优良的魔术师都可以立即表演的。

15

我虽然去了姑姑家并且满足了职业上的好奇心，却觉得十分羞耻与后悔。告辞时我感到一股正义感驱使的愤怒：像这样一般的舞台幻术竟被用来欺骗一群受催眠、易受骗的观众。

我姑姑相信自己听到了挚爱丈夫带来的安慰，因为太过悲伤，她立即返回自己的房间。其余几位，似乎也被他们所听到的讯息深深感动，但只有我知道，那全部都是骗人的。

我有一股冲动，觉得应该在那年轻招魂师造成更多伤害之前揭发他的骗术。我很想当场跟他对质，可自己也有一点被他所表演的幻术吓到。当他和女助理在收拾装备的时候，我与那位有浓密头发的年轻人聊了几句，他给了我一张通灵者的名片。

这是我第一次读到那个即将对我穷追不舍的名字：

鲁伯特·安吉尔

千里眼 灵媒 降神术士

守口如瓶

伦敦伊斯林顿别墅四十五号

我那时很年轻也缺乏经验，对我认为高标准的事很坚持，根本没把这一行中的虚伪放在眼里。直到后来我开始觉得失望，才决定去追捕安吉尔先生，将他的骗术公诸于世。

不久之后，借由一些方法（现在我就略过不谈），他每一场降灵会的时间与地点我都了若指掌。

后来是伦敦郊区的一场降灵会，这一次我与这家子（母亲突然过世）的关系是特别安排的。我宣称自己是安吉尔的同事，在仪式前一天受他之托自行前往。在显然非常悲痛的情况下，那些家庭成员似乎也不太在意我的出现。

隔天在仪式之前，我早早站在屋外街道上。我证实了安吉尔提早到达并非巧合是所有准备工作的必要部分——如同上次在我姑姑家一样。

我窥伺到安吉尔和助理们把装备从货运车卸下，再搬进屋里。一小时后法会即将开始，我回到屋里，里面已经布置好，成为半黑暗的状态。

和上次一样，有倾斜桌面法术的降灵会开始了，很幸运的，当安吉尔正要开始时，我发现自己就站在他旁边。

“先生，我好像认识你？”他的语气温和却带着责问之意。

“没有吧？”我轻描淡写地回答。

“你有参加这种活动的习惯吗？”

“不会比你多，先生。”我尖酸地挖苦他。

他张皇失措地瞪我一眼来作为回应，但因为大家都在等他，他只好别无选择地开始。从那刻起，我想他已经知道我去那里是为了揭穿他，但是为了自己招灵能力的信誉，他继续用之前的手法来表演。

我则等待适当的时刻来临。揭穿桌子的秘密一点意义也没有，但是等安吉尔开始藏身木柜的演出开始，我想冲过去打开柜子，看他在里面做什么事。毫无疑问，我们会看到他的手挣脱了捆绑，吹着喇叭或是手指上有响板出声。

我仍然不动声色，经过思考之后，我决定等到灵媒来回传递讯息时，那时参与者的情绪会非常兴奋。安吉尔使用一些碎纸张，将它们卷成几个小球来演绎讯息传递的意境。家人的名字、物件或家庭隐私等类似的事都写在碎纸条上，安吉尔将这些小纸球贴在额头上来假装解读那些通灵的讯息。

当他准备真正开始时，我知道机会来了。我离开座位，破坏了大家互握手臂当成通灵区的默契，扯下最近一幅窗帘，屋外的光线射进屋里。

安吉尔大喊："发生了什么事？"

我高喊："各位，这个人是大骗子。"

这时他的男助理快速冲过来呵斥我："先生，快坐下！"

我再次强调："这些全都是他的障眼法！你们看藏在桌面下的那只手！有他解读所有讯息的秘密！"

那个男助理把手放到我的肩膀上，我看见安吉尔快速移动，带着愧疚把手中握住的一张关键字条藏起来，这家的父亲因愤怒和悲伤而脸部扭曲，他马上站起来，大声地斥责我，刚开始只有一个小孩在哭，后来全部的孩子都开始痛哭。

我挣扎着想摆脱那助理时，这家最大的孩子悲伤地喊："妈妈在哪里？她刚才还在这里！她刚才还在这里！"

我大喊："这个人是江湖术士、骗子、欺诈犯！"我想马上离开这房间，却看到那女助理匆匆跑到窗户那边拉起窗帘。我使劲地用手肘推挤，设法推开那些想攻击我的人，然后朝女助理扑过去，狠狠把她推到一旁，她就此趴在地板上。

这时我又大喊："他无法与死去的人讲话！你们的母亲根本没回来！"

房里顿时起了骚动。

"把他抓住！"安吉尔大喊，甚至盖过了喧哗声。

他的男助理再次抓住我，而女助理仍然躺在她先前滑倒之处，直瞪着我，表情扭曲且充满怨恨，这时安吉尔直挺挺地站在桌旁，镇静地直瞪着我。

他说："先生，我认得你，甚至知道你那可恶的名字，从今以后我会好好注意你的表演。"

然后他对助理说："把他赶出去。"

稍后，我躺在街道上，只好尽量不去注意路人瞠目结舌的注视，把衣服拉好，快速离去。

之后我开始承受自己的正直所带来的后果，本来我是为了不让一家人被骗钱而揭发了魔术师的戏法，但现在我开始怀疑自己的做法了。

安吉尔的客户从降灵法会所得到的慰藉，无论如何似乎都相当真诚。我还记得那些孩子脸上的神情——显示出他们的确被误导，认为去世的母亲从另一个世界带来安慰：我看到了他们天真无邪的神情、笑容以及相互对望的愉悦眼神。

这和平常舞台上魔术师精彩的表演带给观众欢乐的幻术有何不同？降灵法会真的更过分吗？在同样要付费的情况下，降灵法会比在音乐厅看表演更受人质疑吗？

我充满了懊悔之情，将近一个月都在痛苦沉思之中度过，直到我良心发现、充满极深的罪恶感才开始行动，我写了封低声下气的信寄给安吉尔，恳求他宽恕我，同时表达了我衷心的歉意。

我马上就收到了回信。他把我的信剪成碎片，还附上他的便条寄回，讽刺地挑衅我，要我以自己优秀的魔术手法来修复那封信。

两天后的晚上，我正在某处剧院表演，安吉尔突然从观众席里站起来并大喊："他的女助理就藏在帘幕后的柜子左边！"

那当然是真的，但除非幕布落下演出才能停止。我无计可施，只好继续表演戏法，尽可能用很多戏剧效果来介绍我的助理，然后在稀稀落落令人难为情的掌声中草草下台。弧形观众席前排的中央有个空位，看起来就像缺了颗牙。

所以，持续好些年的仇恨，就是从这时开始的。我只能说，年轻无知让我开了仇恨的头，我有不正确的专业狂热，还不熟悉人情世故；但是安吉尔也该负些责任，我的道歉虽然来得不够快，却诚心诚意，但他的拒绝却不怀好意。

当时安吉尔毕竟也很年轻，其实当时的情形已很难回想，因为我们之间的争议由来已久，并且还以许多不同的方式加深过。

如果我在刚开始就认错，安吉尔就必须接受记恨长久的责难。有很多次我对整件事感到心烦厌倦，试图忘掉一切，继续生活与工作，却发现对我不利的攻击一直在增加。

当时安吉尔常常想办法破坏我的魔术装备，所以我表演时，常常很微妙地发生一些意外状况。

记得有一天晚上，我想把白开水变成红酒却没有成功；又有一次，我想骄傲地从一顶华丽帽子里拉出一列旗帜，却只出现一条绳子；更有一次，我的女助理应该飘浮在半空中，结果却动也不动，只好丢脸地躺在床上。

甚至还有一次，我表演时剧院外的标示牌上出现了“他用的剑是假的”“你将选到的牌是黑桃皇后”，甚至还有“镜子把戏时，注意看魔术师的左手”等不胜枚举的破坏字眼。很多观众进场时，都会明显看到这些涂鸦。这些攻击也许会像笑话般随即消失，却很可能会破坏我作为魔术师的名声。这一点，安吉尔再清楚不过了。

我又怎么知道都是他在背后搞的鬼呢？如果我有某个演出被蓄意破坏，在事情开始出差错的那一刻，他会突然跳出来，在观众席上刁难我。

但更明显的是，这么多攻击事件中，行凶者揭露我魔术戏法的方式，证明了这个人一定是安吉尔。安吉尔只关心魔术的秘密，就是魔术师所宣称的“花招”或“窍门”。如果一个戏法完全依靠魔术师背后隐藏的柜子，那就只有这点会是安吉尔感兴趣的重心，他不会去想象、猜测机关可能的用法。

无论引起我们之间争端的理由有多少，根本上都是因为安吉尔对魔术的了解错误而且有限，那也是争论的核心，事实上，魔术的神奇不在于机关上的秘密，而是表演的巧妙手法。

正因如此，我的“新瞬间转移”是他从不曾公开攻击的一项幻术，因为那项表演是他能力所不及的。他就是无法理解它的手法，部分原因当然也是我保密功夫到家，但大部分还是因为我表演的手法。

16

制造出一个幻象需要三个步骤。

第一，布置场地，表演的本质需要在其中被暗示出来或解释清楚。表演的设备被摆出来，让观众看见。有时候，也得有观众席中的自愿者参加准备工作。当戏法被布置时，魔术师会尽一切可能去误导观众。

第二，魔术师想要呈现好的演出，得花上一辈子练习，再加上表演者与生俱来的天赋，只有这两者结合才能有近乎完美的表演。

第三，有时候叫作“效果”，又称为“声望”，就是魔术表演的产物，如果一只兔子从帽子当中被拉出来，很明显，这只在表演前根本不存在的兔子就可以称为那个戏法的“效果”。

“新瞬间转移”在幻象表演中相当与众不同，它的编排和表演吸引了观众、批评家和同行的注意。对身为表演者的我而言，声望是我最看重的。

幻象可归纳成不同的类型，不过事实上只有六种（除了唯心论幻象那种独特领域之外）。每一套曾经演出的戏法，都包含以下至少一种类型或是更多。

1. 产生：无中生有。

2. 消失：人或物的从有到无。

3. 转变：一样东西很明显变成了另一样。

4. 移位：两样或更多物体明显改变了位置。

5. 挑战自然法则：举例而言，挑战地心引力，或把坚硬的物品穿过另一样东西，从一个看似窄小根本无法容纳物体或人的地方，变出很多东西或人。

6. 神秘动力：使对象看似自动移位，例如让选定的纸牌从一沓牌中神秘地浮出。

要再次强调，“新瞬间转移”并不是典型的戏法，因为它至少用到了上述四种原则，大部分的舞台魔术只依赖一种或是两种，但我曾看过在欧洲大陆上演的精心制作的表演，用到了五种方法。

最后，是魔术的技巧。

魔术师所用的手法是无法清楚地分门别类的，因为只要谈到技巧，一位好的魔术师绝不会轻视任何一项。魔术的技巧可以简单到如将东西隐藏在背后，让观众看不到，但有时也会复杂到需要在剧院上使用先进的设施和道具，而且需要一群助理和配角来配合表演。

魔术师也可以选择传统技巧，纸牌戏法就是这样的花招，用一张或更多张纸牌以及令人眼花缭乱的背景布幕，便可以做到很多魔术效果而不会被发现，道具包括漆成黑色的桌子或是让观众看不清楚的东西，还有使用假人、替身、配角、替代物和窗帘等。

有创意的魔术师会欣然接受新奇的东西，世上任何一种新装置、玩具或是发明，都会引发魔术师的一个想法：“我怎么用它来变出一套新招数？”

因此，过去这几年来，我们已经看到一些新的招数，利用引擎、电话、电力还有烟雾炸弹玩具，创造出令人难忘的非凡效果。对魔术师而言，魔术本身一点神秘感也没有。我们会稍稍改变标准的手法以呈现自己表演的独特之处。对观众来说很新鲜或很神奇的戏法，事实上单纯只是专业人士对技术层面的挑战。

一旦发明了一套创新的魔术，没过多久，这个特效就会被其他人复制——一切只是时间问题。每一种魔术表演伎俩都可以解释，不管是使用隐藏的小隔间，还是巧妙放置镜子，或安排一位助理在观众席中假冒志愿者，甚或只是用很简单的方法去误导观众的注意力。

现在，我在你面前握住双手，再张开掌心，让你确定里面没藏东西，接着我说“新瞬间转移”就像其他的幻象表演一样可以解释。它不过是结合了一个简单但完全保密的技巧和许多年的练习、某种程度的误导观众以及传统魔术技巧。“新瞬间转移”已成为我表演事业的基石——就如同我很快会写到的，它同时也打败了努力找寻我的破绽的安吉尔。

17

莎拉和我以及孩子们在南部海岸共度了短暂假期，我也把笔记本带在身上。

我们先去了哈士汀，我好些年都没回去了。不过我们没停留太久。这地方开始没落了，更令人害怕的是这情形将持续下去。父亲去世后我卖掉的庭院，已经又被转卖给他人，现在是一家面包店。房子后面的山谷盖了很多新房子，不久之后，也会有通往阿什福德的铁路经过。

离开哈士汀之后，我们前往贝克斯希尔，然后是伊斯特本、布莱顿和博格诺。刚才提到笔记本是因为我之前试着羞辱安吉尔，最后却变成被他羞辱。除了这不太重要的细节之外，我对过去发生的事情、细节的说明，都是千真万确的。

关于这部分，我加入了许多意见，因此会有许多评论。这让我觉得很讽刺，花了那么多精力不过是要强调大部分的魔术秘密有多么琐碎。我不觉得我的秘密是件小事，不管我怎么写，其实这秘密很容易猜到，就像安吉尔对我做过的事，其他人可能也已经猜到了。

而任何人看到这段叙述，或许也能猜出来。你们唯一猜不到的是，秘密对我的人生造成多大影响，这也是安吉尔无法破解这整个魔法的真正原因，除非我给他答案，否则他绝不会高明到可以破解我费尽一生所保守的秘密，那是最重要的。

我还是不知道这部分为谁而写，为什么我要写这些关系到“后代”的事？这份回忆录会在魔术界出版和发行吗？

如果是的话，我必须把很多私人部分的详情删掉，我有一两位同事（当然包括了大卫·德温特和奈维尔·马斯基林）过去就已出版过他们魔术技巧的解释，还有我的启蒙恩师安德森先生，定期教授一些小招数的秘密来支付账单。

这一行的惯例是，发表这类文章可以被接受，虽然我还是认为只能在安吉尔死后（真正确定他死了！）才可以发表——这不是要出版给一般大众看的。

也许我可以开始叙述如何在观众面前表演魔术了。

18

“新瞬间转移”是历史久远、已改变许多的戏法，但它的手法基本上跟原来的大同小异。

改良版的表演会使用两个柜子或盒子，甚至两张桌子或两只板凳。一个放在舞台下，另一个放在舞台上，放置的地点是否正确其实不很重要，依剧院舞台的尺寸与形状变化。唯一的重点在于，两件物品要很明显地隔开，灯光要清楚照到道具，让观众从表演开始到结束都可以看清楚。

我应该先描述最古老也最简单的版本，当时这个幻象戏法就被称为“瞬间转移”。我的演出因为这套幻象而达到最高峰，从此之后，只有一些细节改变。现在的表演还是有早期的影子。

不是助理，就是换景的工作人员，或观众席上的志愿者会搬两个柜子到舞台上来，而且柜子里面看起来都空无一物，志愿者可以穿过柜子、打开柜门或检查锁链锁起来的后壁，还可以查看底下的轮子。最后这些柜子被推到各自的位置上，然后关好。

表演时我会先发表一段简短幽默的前言（用我的法式口音），内容是一个人梦想同时在两地现身。我会走向靠近自己的第一个柜子，然后打开柜门。

里面当然还是空的，我会从道具桌上拿一颗色彩鲜艳的大型弹力球，拍个一两次以证明它弹力十足，然后我便进入那第一个柜子，它的门暂时先开着。

我将球弹到第二个柜子的方向。

然后我在第一个柜子里赶紧将门用力关上。

接着我把第二个柜子的门推开，从里面跳出来，接住弹过来的球。

当我接住这颗球时，第一个柜子就会四面分开向外倒下，显示里面完全是空的。

最后，手里拿着这颗球，我会站在舞台脚灯前，答谢观众的喝彩。

19

现在来简单叙述一下前些年我的生活和工作。

我 18 岁时就已离家，在音乐厅当全职魔术师，然而就算有马斯基林先生的协助，工作还是很难找。当时的我，既没名气也没钱，有好几年我连生活费都付不起，只能当其他魔术师的助理，所以有很长一段时间，我是借着设计和制作柜子及其他表演设备的收入来缴房租的。父亲施加的木工训练很有用处，我成了一个有名的发明家和舞台幻象技师。

1879 年，我母亲去世了；一年之后，父亲也过世了。

1880 年年底，当时我不过三十岁出头，已经有自己的个人表演，艺名就叫“魔术大师”，那时，我经常表演各种不同形式的早期瞬间转移。

虽然魔术本身不是问题，但有很长一段时间，我对表演效果非常不满意。对我来说，密封的柜子似乎无法让观众对危险和不可思议的事物充满期待，虽然在许多舞台魔术表演里，使用这样密闭的柜子是很普遍的。

我慢慢找出方法去发挥幻象表演。我的开场表演是这样的：首先我用的桌子看似装不下我的盒子，其实它附有隐藏式折板，除此之外，再加上一段雄壮的音乐演奏。那时我在魔术圈中得到许多掌声，我平躺在凳子上，在表演瞬间转移时，让所有观众都能清楚看到并大感惊讶。

在 1892 年，我终于想出自己一直在寻找的表演，但不是一下子就成形的，这念头播下的种子，过了很久才逐渐发芽。

一位叫作尼古拉· 特斯拉的巴尔干半岛发明家，那年 2 月来伦敦推广一些新的戏法效果，当时他是电磁学的先驱，由于他来自克罗埃西亚，属于塞尔维亚人后裔，据说有令人捉摸不透的外国口音。

特斯拉打算来教授他擅长的几门科学课程，这种事在伦敦常见，通常我不太会去注意。但由于特斯拉在美国是颇具争议性的人物，他在电磁学应用方面的主张引发了一些科学争议，是时常被报道的话题人物，就是因为读了这些文章，我打算去搜集一些灵感。

我一直想要令人叹为观止的舞台效果，部分用以彰显瞬间转移的效果，部分用来隐藏。借由收集的新闻报道，我得知特斯拉先生能够制造一些伴随闪电与火花的高能量现象，而且无伤害人体与烫伤的担忧。特斯拉离开伦敦回美国之后，的确留下了一些不可磨灭的影响。不久后，伦敦和其他都市开始供应少量电力给那些负担得起的人购买。电力具有革命性的特质，所以常常可在报上看到有关电力被应用做什么或解决问题等报道。

过了一阵子，我听说安吉尔正准备上演瞬间转移的模仿秀，于是我开始觉得应该再次改进这幻术，我想这不会遭遇太多困难，或许真的可以在表演上应用电力。

于是，我开始匿名收集伦敦地区所有科学用品的存货。在我的技师托米·埃尔伯恩的帮助下，最后终于打造出瞬间转移的舞台设备。之后好几年，我就持续在这套表演上补充和改良，大概在 1896 年，我的舞台表演有了永久的新特效。它不仅引起满场观众的骚动，赚了很多钱，还让我的秘密更加无法被猜透。我的幻术表演在令人晕眩的闪烁电光下效果更好。

20

现在我要回忆到更早以前了。

1891 年 10 月，我娶了莎拉·亨德森，她是我在参加救世军旅社举办的慈善义演中认识的。当时她是其中一位义工，中场休息喝茶时，她坐在我旁边，对我的牌戏感到好奇，要求我多表演一些绝活儿，让她也能了解魔术戏法的窍门。因为她年轻又漂亮，我当然就照做，她迷惑的眼神让我沾沾自喜。

然而，这不仅是我初次为她表演，也是最后一次，魔术技巧与我们对彼此的爱意完全无关。认识不久后，我们就时常结伴同游，很快陷入爱河。莎拉出身高贵，即使她的父亲威胁要剥夺她的继承权，她还是选择了我。最后她父亲真的剥夺了她的继承权。

婚后我们搬到伦敦租屋而居，成功很快就降临在我身上。1893 年，我们在圣约翰伍德买下一栋大房子，从此定居下来，同一年，我们的双胞胎——格兰和伊莲也出生了。我一直把工作与家庭划分得很清楚，现在我要叙述的这段时间，我大多待在爱尔琴大道的办公室和工作室，有巡演时我就出国或到偏远地区，莎拉从未随行。

当表演在伦敦或没有行程时，我便在家和她过着平静满足的生活。我不断强调自己很满意家庭生活，是因为有件事快发生了。

我是否该继续写下去呢？

21

我想还是该写，我猜，我终于知道我在这里唠叨些什么了。

22

我刊登广告征求女助理，因为我的现任助理乔琪娜要结婚了，这让我蛮担心的，因为新进员工的加入总会产生一些变动，特别是像舞台助理这么重要的职务，当奥莉薇娅·温斯康写信来要求面试时，她的资历不太适合这职务，所以她的求职信函被我遗忘了一段时间。

她在求职信中提到自己26岁，做我的助理这个年纪就有点大了，但她自称是一位训练有素的舞者，已经做过一些魔术师助理的工作。的确有许多魔术师会聘请舞者，因为她们身材匀称、筋骨柔软，但我还是想雇用有助理经验的年轻女孩，而非只因这是个工作机会就来应征的人。

奥莉薇娅·温斯康的求职信是在好助理难求的情况下抵达的，所以最后我还是给了她面试的机会。

魔术助理并非人人都可胜任，年轻女孩必须具有某些特质，当然她必须要年轻，如果不是很漂亮，也必须讨人喜欢，以弥补外貌上的不足。除此之外，她还要有苗条的身材、柔软和强壮的身体，能在紧闭的暗处或站或蹲、跪下或躺平好几分钟，从道具中被放出来时，看起来又要非常轻松自在，完全看不出来之前的藏身痕迹。

她必须愿意忍受雇主千奇百怪的要求，一同成就他的幻象表演。

和一般的面试一样，奥莉薇娅的面试安排在我的工作室。这里有魔术柜、镜箱和有布帘的凹室以及很多所谓商业机密的使用道具。不过除了他们亲身参与表演的魔术，我从未真正向员工解释戏法是怎么来的。每项魔术表演背后都有合理的解释，我很清楚自己在做什么。

有一些舞台幻术和我表演过的魔术会用到利剑、短刀甚至是武器，这些道具会令观众觉得非常危险，特别是“新瞬间转移”的演出，充满了爆炸性电力反应和大量黑烟，常常会吓到前六排的观众！

但我不希望员工觉得工作危险，我唯一坚守秘密的戏法只有“新瞬间转移”，它的本质是隐瞒，甚至与我一同表演的女助理，不到魔术上演前最后一刻也不会知道工作的细节。不过很明显，我并不是在唱独角戏，同时代的其他魔术师也跟我一样。除了助理，还有托马斯·艾尔本——无可取代的工程师，以及两名负责帮他建造维修设备的年轻工匠。托马斯几乎是一开始就替我工作，在这之前，他曾短暂替马斯基林工作。

托马斯知道那个我一直全心保护的秘密，因为工作所需，他必须知道，但我信任他，我必须尽可能简单告诉他秘密，以表达我对他的信任。托马斯一生都在为魔术师工作，再也没有任何事可以让他惊讶，我此刻所知道的魔术戏法没有一项不是从他身上学来的，反之亦然。和他合作多年，他从没说过要退出——几年前他毅然退休了。他不曾向我泄露别的魔术秘密，我也相信他不会向其他人透露我的秘密。他是伦敦人，住在图腾汉，已婚但无子女，比我要年长许多，但我从来也不清楚他究竟年长我几岁，当奥莉薇娅开始替我工作时，我想他已经超过六十五岁，甚至接近七十岁。

奥莉薇娅来面试时，我就决定要雇用她了，她身材适中，体态轻盈优美，走着的时候，都会将头抬得高高的，五官也非常精致。她在美国出生，自称原本有美国东岸的口音，但在伦敦也居住和工作好几年了。

我将奥莉薇娅介绍给托马斯和乔琪娜认识，并问她是否有推荐函。我相当看重申请人的推荐函，若应征者有我认识的魔术师的推荐函，几乎都会被录用。奥莉薇娅带了两份这样的推荐函，一份是由我不认识的、在萨克斯和汉普夏工作的一位魔术师所推荐；另外一份则是波提亚·寇达所写的，他是当今最伟大的魔术师之一。这真的让我印象非常深刻，我安静地将寇达的信递给托马斯看，并且在旁观察他的表情。

我问：“你帮寇达大师工作多久？”

“只有五个月，我是在一次去欧洲的巡演时被雇用的，当时他让我参加最后几场演出。”

“我知道了。”

之后，正式雇她只是一种形式，虽然如此，我还是觉得她必须接受些一般的测试，因为当初乔琪娜也做过这些测试，对任何应征者来说，甚至像奥莉薇娅那样有经验的人，测试能力时在场没有女性监护陪同，都是不应该的。

我问她：“你带演出用的戏服了吗？”

“嗯，我带了。”

“那就麻烦你……”

一会儿后，奥莉薇娅穿了一件紧身戏服出来，托马斯带她走向几个柜子，然后要她走进其中一个柜子。

传统魔术表演的节目之一就是要让一名活生生的健康女孩，从空无一物的柜子中出现。为了圆满制造出这种效果，助理必须偷偷滑进一处隐藏隔间，愈小的隔间愈能带来惊奇的魔术效果。此时如果仔细选择一件宽松戏服，加上色彩明亮、绣有彩带的质料，可以捕捉反射舞台上的灯光，会对魔术表演的神秘感有极大的加分作用。

很明显地，奥莉薇娅很擅长藏身秘密隔间和夹板之中，托马斯接着带她去看一些夹层箱子（当时，因为这些戏法太常见了，所以我已很少表演），她也很清楚藏身的隔间在哪里，所以马上就爬了进去。

接下来，我要求她尝试一套有名的幻象戏法——“浮华世界”，年轻的女助理必须明显不费吹灰之力就穿越坚硬的镜子。这戏法不算困难，但的确需要一个灵敏、身段利落的女孩才能完成。虽然奥莉薇娅说自己没表演过这个，但告诉她一些结构组织后，她就立刻以令人钦佩的速度穿过了镜子。

最后，只剩下体形的测试，尽管当时，因为她不是那么瘦，我本来以为托马斯和我可能得为她重新制造一些设备，结果担心是多余的，托马斯把她安置在“被砍头公主”的表演专用柜里面（大多数助理都晓得，这柜子出名地狭小，待在里面会很不自在、动弹不得），但是奥莉薇娅仍然轻易地爬进爬出，还说被关多久都无妨。

奥莉薇娅通过了所有的测试，成功证明自己适合这个工作，初试一结束，我立即以一般惯例的薪资录取了她。我大约花了一周去训练她所该参与表演的项目。等乔琪娜离职去结婚，奥莉薇娅就正式接替了她的工作，成为我的全职助理。

23

行笔至此，给人的感觉是奥莉薇娅很灵巧，甚至你会发出感叹：多么镇定和专业啊！但现在我要真的写到"真实的"奥莉薇娅版本，让我根据协定加上真相，到目前为止，我一直没泄露最重要的部分，那就是奥莉薇娅几乎骗得我团团转，所以，真相必须加上去。

当然，面试时乔琪娜不在场，托马斯在，但他站得很远，所以实际上，工作室里只有奥莉薇娅和我两个人。我问奥莉薇娅是否有带戏服，她回答没有，同时直视着我的双眼，经过一段沉默，我心里在猜测这是什么意思，奥莉薇娅一定心里有谱，年轻女孩应征这种工作时，通常会被量身及当场试演才可能被录取，所以应征者总会带一件彩排戏服来面试。

但是，很明显奥莉薇娅没有带，然后她说："亲爱的，我不需要戏服。"

我说："可是现在没有监护人在场。"

"我想你应该可以容忍吧？"奥莉薇娅马上脱掉外衣，我看见她穿着在家穿的起居服，质料大胆、宽松，令人想入非非。我带她到轿子那边，虽然她知道那是要做什么，需躲进哪个位置，但她还是要我帮她爬进去，这动作需要很多亲昵接触，接触她那衣不蔽体的身躯。

后来我给她看“浮华世界”的结构时，同样的情况再次上演。穿越陷阱时，她突然假装滑倒进我怀里，此后的细节，就发生在沙发背后。

托马斯早已在我们不注意时，悄悄离开了，反正这件事之后，他也没有再次出现。至于其他部分的叙述，就全是千真万确了，我雇用了奥莉薇娅，然后她学习如何操作所有需要她的幻象表演。

24

我的表演通常从“中国连环圈”开始，这是一项非常有趣的例行表演，深受观众的喜爱。环圈在灯光照射下明亮闪烁，还有金属碰撞发出的叮当声，这时魔术师会配合有节奏的手部动作，轻轻接合拆解环圈，就像把全场观众都催眠了。

这是不可能一眼看穿的把戏，除非你站在表演者的近处，并立刻从他手上抢走连环圈。这项表演很吸引人，能够创造惊人的神秘感和奇迹。紧接着，我会推出“新潮柜”，在舞台后半部，距离脚灯约一码处，我转动柜子展示柜子四壁，确定观众能从柜子中看到我，他们也许会瞄到我的脚，这时台下的观众会相信柜子和舞台地板之间有空隙，没有人藏在柜子底下。

开门展现柜子内部后，我会踏进去打开固定后壁的挂钩，放下柜子后壁，让所有观众一目了然，我可以穿过柜子。当我在柜子后很显然在忙些什么的时候，观众会一直盯着柜子，然而里面还是空无一物，柜子是全空的。此时我迅速用力关上门，转动柜子之后，再把门打开，这时里面会突然出现一位高挑美丽的年轻女孩，她穿着宽松的衣服并且微笑地招手，身体完全挤满柜子内部，她走下来对观众如雷的掌声低头致谢后，就离开了舞台。

我把柜子推到旁边，托马斯就在那边不发一语地等着收拾。接着轮到下一段表演，这一段不那么精彩，但会有现场两三位观众参与，每一场魔术表演都会包含几段扑克牌花招，魔术师必须用技巧来展现戏法，不然会被同行认为只是个机关操作员。我走向脚灯，幕布在我身后拉上，这样安排是为了帮这段扑克牌表演制造专注且舒适的气氛，更重要的是，藏在后面的托马斯可以趁此准备“新瞬间转移”的设备。

扑克牌表演一结束，就该打破全场安静专注的气氛了，所以我会赶快转换到一连串五颜六色的节目。旗帜、彩带、扇子、气球和丝巾从我手里、袖子、口袋不停飘出、环绕着我，这是一段明亮、令人目不暇接的表演。我的女助理走上台到我身后，看似将一些彩带清除干净，其实是塞给我更多压缩的材料用以释放。最后大量鲜艳的纸片和丝巾堆在我脚旁，足足有几寸高。接下来，就是我答谢来自观众的掌声。

当观众还在拍手时，我身后的幕布打开了，半昏暗的灯光下，也许有观众已经看到“新瞬间转移”的设备，助理们很快上台，敏捷地将五颜六色的彩带清除干净。我则回到脚灯前，用一口不甚标准的法国腔英文直接面对观众，向他们解释，电力的发现使接下来的表演得以实现，这项表演是从地球内部吸收能源，令人无法想象的能量在运行，就连我都无法完全理解。而观众将会目睹一场真正的奇迹，冒生命危险的奇迹，千载难逢的大好机会，就好像以前的人玩掷骰子游戏来规避死刑。

在我说话时，灯光全部亮起，观众会看到许多擦得晶亮的金属支座、金色的电线圈，以及一些闪烁的玻璃球，这套设备是美丽的艺术品，却也是危险而美丽的东西，因为到目前为止，很多人应该已听过电流造成死亡的消息，同时，报纸也常刊载许多城市使用这新能源造成一些可怕的死亡或是烧伤的新闻。

“新瞬间转移”的机器设计是为了提醒人们这些骇人的新闻。机器上装设了很多白炽灯泡，还有个大玻璃球，里面有一个令人好奇的、设计精细的弧形电器，不时发出哔剥声。对观众而言，这套设备的重点似乎是三尺高的长木凳，每位观众都可以看到：木凳周围没有特殊机关。

在玻璃球旁，有一个布满电线的小平台，电线末端没有外皮，危险地暴露在外。平台上方有个装着许多灯泡的顶罩，玻璃球另一端还有个用螺旋状小灯泡装饰的金属锥，金属锥能够朝好几个方向旋转。其他围绕着主体的地方有许多小小的凹洞和架子，裸露的电线末端可以塞在里面，整部机器发出嗡嗡巨响，就好像里面隐藏着极为庞大的能量。

我告诉观众，原本应该找人上台来检查这些设备，但这对他们来说太危险了，我早已暗示过那些已发生的危险，因此我接着说，一些简单示范已经安排好，可以证明这部机器本身存在的电力，于是我将镁粉撒在裸露电线的两头，瞬间一道闪亮的白光出现，让最靠近舞台的观众看不见任何东西！接着机器里头又冒出一阵缓缓升空的白烟，我拿出一张纸，丢到机器半遮掩的另一边，纸马上就着火了，伴随着弥漫的烟雾。机器发出的嗡嗡声也愈来愈大，这套装置似乎醒了过来，无法压抑里面巨大的能量。

舞台左边，我的女助理和一个活动柜一同出现了，那是一个坚硬的木质柜子，底下的滚轮可以轻易转向四面八方，让观众看到柜子的任何一面，然后，助理再把柜子四壁摊开，让观众可以看到里面是空的。

我对着观众苦笑，然后暗示女助理拿来一副看起来像是真皮的深咖啡色手套，我戴上手套之后，助理带我走向设备，直到我站在机器后面，这时观众仍然可以看到我大部分的身体，也相信没有任何隐藏的镜子或遮蔽物。

接下来我把双手放在平台表面，此时机器的声音变大，还有明亮的电流释放，我则故作吃惊地往后退。这时，女助理远离这套设备，还微微颤抖。所以，我暂停介绍并恳请她为了安全尽快离开舞台，刚开始她还坚持不离去，后来却很高兴地跑开了。

我伸出手去拿金属锥，谨慎地用我厚重的大手套握住它，并小心翼翼地转动它的箭头，一直到指向那柜子的位置才停止。表演已达最高潮，一旁的乐队击鼓声不断，我再次把双手放在平台上，现场灯光也神奇地全亮起来。令人不安的嗡嗡声愈来愈响，我先坐在平台上，伸直双腿然后躺下，旁边环绕着可怕的电力装置。接着我举起双手，脱下手套，然后让手垂到比平台还要低的位置，其中一只手，就是观众可以看到的那一只，刚好落在插座处，那也是不久前纸张着火的地方。

这时出现一道绚丽、难以直视的闪光，接下来机器上的灯光全灭，四周一片黑暗。同一时间……我从平台上消失。突然间一个柜子打开，观众会看到我缩着身子蹲在里面。我慢慢从柜子里滚出来，瘫在地板上，舞台灯光全都集中在我身上，我慢慢苏醒并站起来，明亮的灯光刺得我不停眨眼，然后我会面对观众，再转身面向平台，指出我先前所在的位置，又转回背后的柜子，指出我刚才位移的位置。

最后，我低头向全场观众敬礼。所有观众都看到了魔术带来的巨大改变，在他们眼前，我好像被电力从舞台的一端发射到了另一端。距离十尺、二十尺或是三十尺，视舞台的大小而定。

人体的瞬间移动，这是奇迹、不可思议之事，是幻觉。女助理也回到舞台上，此时只听到全场响起热烈掌声，我牵着她的手，面带微笑向全场观众致谢，幕布在我面前合上。

25

到此为止吧！别再岔题了，继续写到结论。

26

我在北伦敦的霍恩西区有间差强人意的公寓，距离圣约翰伍德的大宅有几里远。当初选择这座位于安静侧街上的公寓大楼，只是因为它的隐秘性合乎我的需求。这公寓还算典雅，是中世纪风格，位置偏僻，有几道窗户看得到外围的小花园，而花园入口处，是一扇连接到楼梯天井的小门。

但我住下来没多久，就开始后悔了，其他房客大都是中低阶级的家庭和一般的家眷。譬如，所有跟我同层的住户家庭都有小孩，所以常常会看到一些帮佣来帮忙做家务。而我一个人住这么大的公寓，很容易引起邻居的好奇心，虽然我已经尽量低调，不想成为别人的话题，但有时候还是无可避免。不久，他们就对我猜测议论。

我知道可以搬至别处，但当时我租下这里就是想要有个表演空当可以休息的地方，如果我搬去别处，也难保不会引起别人的注意。于是我决定用一种礼貌虚伪的心态来面对，出入特别谨慎小心，不常常和邻居打交道，也不故作神秘。终于他们对我失去了兴趣。英国人有一个习惯，能够忍受古怪的人，所以我晚归、独来独往、无帮佣等无法解释的生活方式，也就见怪不怪了。

刚搬进来后，有段时间我很不喜欢这公寓的生活。当初租房子没有家具，我又把大部分赚的钱都用在圣约翰伍德的家了，所以一开始只能购买便宜不太舒适的家具。房子主要的暖气来源是一座火炉，所有木柴都必须从院子带上来，火炉邻近几间屋子的暖气很强，但这间却一点也感受不到。公寓里也没有地毯。

因为这间公寓可以说是我的避风港，所以我应该把它变成一处舒服、方便又安静的地方，即使久住也可以。环境的不适先搁在一边，后来情形的确渐渐改善，我补足各种生活必需品，最惨的是寂寞以及与家人切断关系之感，自始至今，我对此都是束手无策。刚开始只是和莎拉分开，我就已无法忍受，接着她生下双胞胎那段时间，我更是经常挂念她。

当格兰和伊莲出生后，特别是有人生病时，情况就更糟了。我知道我的家人被细心妥善照顾着，家中的仆人也很值得信赖，就算是更糟的疾病，家中也有足够的金钱支付最好的医疗服务，但还是不够，这些想法只能使我稍稍安心。

过去这些年来我一直在策划瞬间转移、它的续集和我全部的魔术表演生涯。我从来没想到，家庭有一天会威胁到我的事业。有好几次，我真的很想放弃舞台，不再做任何魔术表演，因为我总感受到亲情的呼唤，我对挚爱妻子的责任以及我对子女那份强烈的爱。住在霍恩西公寓时，有时接连好几周，剧院未安排我的档期，我就有充分时间深思这些问题。

当然重点是，我没有放弃事业。尽管早期的那段日子非常艰难，但我还是坚持了下来。我的声望和财富逐渐上升，我继续表演着。我现在还在表演，为了那闻名遐迩的幻象表演。

然而，之后事情变得容易多了，奥莉薇娅·温斯康开始替我工作两周后，我发现她住在靠近尤斯敦车站的一家旅馆，那是一个可疑的地址，她则解释，汉普夏那位魔术师之前有提供住宿，她离职之后当然就没地方住了。这时因为我和她已经常在工作室的沙发上欢好，所以我想，既然我雇用了她，也该给她提供永久性的住所。

默许协定决定了许多事，但在这里，它只是一个仪式。几天后，奥莉薇娅搬进了我的公寓，从此住下来了。

几周后，她对某件事的告白，彻底改变了一切。

27

1898 年年底，一家剧院取消了通告，让我多出一周的空当。于是没有表演的这段日子，我就待在霍恩西的公寓。我去过工作室一次，但大部分时间，都待在公寓和奥莉薇娅共享快乐的居家时光。我用最近在西伦敦伊利亚剧院一次成功演出的收入重新装潢了公寓，买了几件很不错的家具。

就在假期即将结束的前一晚，奥莉薇娅突然透露了令人吃惊之事。当时已经很晚，我们已上床休息，准备进入梦乡。

她说：“亲爱的，请听我说，我一直在想，你是不是可以开始找新助理了？”

我被吓到了，不知该如何回答，直到前一刻，我还觉得自己已经达到一个理想的稳定阶段，我有家庭，也有情妇，在家与妻子同住，在外面公寓则与情妇同居。我深爱妻儿，也热爱情妇，我的生活被划分成不同的两半，因为刻意分隔，所以两边都不曾怀疑有对方的存在。

除此之外，情人是我的工作伙伴、美丽迷人的舞台助理，不但工作表现良好，而且外貌娇好的她加入之后，无疑帮我赢得了更多的观众。套一句俗话，我名利双收，好像贪婪地享受一块美味的蛋糕。但现在因为这些话，奥莉薇娅似乎破坏了这份平衡，令我非常惶恐不安。

看到我的反应，奥莉薇娅说："我是有很多话想说，但也许没有你想的那么糟。"

"我无法想象还有更糟的情形。"

"嗯，我将要说的即使只有一半，都比你所能想象的还糟糕，但如果你耐心听完，我想最后你会释怀的。"

我仔细地看着她。我注意到，她看起来很紧张，还提高了音调。很明显事情有点不太对劲儿。真相随即在一连串话语中呈现，就如她事先警告的，那些话果真令我心惊。

"我很想停止替你工作的原因有两个，第一个是因为我已经当演员很多年了，想改变现状。我要成为你的女人，追随你的事业。你可以要求我继续当助理，直到你找到新人接替。"

目前为止一切还好，但……"你还没有听到第二个理由，那就是我其实是被某人派来替你工作的，他很想知道你的职业机密，这个人就是……"

"是安吉尔对不对，是不是鲁伯特·安吉尔派你来当卧底？"

奥莉薇娅早就准备承认了，她一看到我生气，便往后退离我远些，然后开始啜泣。我的脑子开始快速转动，试着回想几周前我曾告诉她的事，哪些设备她已看过或使用过，哪些秘密她已经学会或发现，还有什么她可能回报给我的敌人。

我第一次无法听她说话、无法冷静思考，同时奥莉薇娅也难过得不停啜泣，恳求我听下去。

两三个小时过去了，最后我们的情绪都已麻木。僵局一直持续到清晨，我们都很想闭上眼睡觉，于是把灯关掉，一起躺下，这习惯还没被可怕的告白破坏。

黑暗中我保持清醒，盘算着如何处理这件事，但头脑还是混乱地旋转着。

然后，奥莉薇娅在我身旁小声地说："难道你不知道？如果我是鲁伯特·安吉尔派来的卧底，我就不会告诉你这些事情？没错，我是跟过他，但我已经对他感到厌倦，而且我发现他跟别的女人也有染，这让我无法忍受。一直以来，他总是设法攻击你，我想要改变和他之间的关系，于是就想出这法子。但是当我真的遇见你之后……我的想法完全不同了，你跟鲁伯特完全不一样，你知道过去我们之间所有的事都是真的对吗？鲁伯特认为我是在帮他监视你，但我想他应该也发现了，我不会对他说任何你的事。我不想继续当你的助理，是因为只要我和你一起演出，鲁伯特就会叫我去收集他想要的情报，我现在只想退出这场游戏，和你长相厮守，艾尔弗雷德，你知道吗？我已经爱上你了……"

我们就这么度过了漫漫长夜。清晨，天空还灰蒙蒙的，看起来今天将是令人沮丧的雨天。

我对奥莉薇娅说："我知道该怎么做了，你何不将计就计帮我传讯息给他？我会告诉你该怎么说，然后你就告诉他这是他一直在找的秘密，你也可以试着说服他，让他相信秘密确实是你从我这里偷走的，完成任务后，如果你回到我身边，发誓跟安吉尔再也不会有任何瓜葛，如果，只是如果，你可以让我再次相信你，我们就可以重新开始，好吗？”

“我今天就去办，我想把安吉尔永远从我的生命中抹去。”

我说：“那么我得先去一趟工作室，赶快决定有什么可以告诉安吉尔。”

没再多说，我就把奥莉薇娅留在公寓里，搭公交车去爱尔琴大道，我一个人静静坐在公交车上层，抽着烟斗，我很想知道自己是不是真的已变成爱情的傻瓜，因为我几乎把事情搞砸了。抵达工作室时，我已将问题的细节全部想了一遍，虽然这件事是默许协定必须面临的几种危机之一，而我觉得这次问题并不是特别严重或是前所未有。

事情很棘手，但对默许协定的坚定信念让我想到了解决之道。当我回到公寓时，一部分思绪还留在工作室。在公寓里我说了一些事，要奥莉薇娅用笔记下。她写下来，神情紧张，但还是决定要那么做。因为这讯息是打算用来误导安吉尔的，所以内容不仅要合理，还得是他从来没想到的。

奥莉薇娅带着讯息，在下午两点半左右离开公寓，一直到晚上 11 点才回来。她大喊着：“好了！他已经得到我给的讯息，我不会再见那个人了，我这辈子再也不会说他一句好话，再也不会和他有任何关联。”

28

我从来没问过奥莉薇娅，她离开的八个半小时，究竟发生了什么事，为什么传递讯息要那么久？我想她所能给的解释，有可能是真的，最简单的不外乎在市区搭公交车需要花很多时间，她没有立刻找到安吉尔，她发现他刚好在城市另一头表演，等等。但在那漫长的夜里，我心中怀有许多负面的幻想，我的双面间谍背叛了她的第一个主人，很有可能会再次背叛，我应该别再跟她见面，或者她会带着一个重新燃起的热情颠覆任务，为了安吉尔的缘故回来背叛我。

这一切是发生在1898年年底，而我写下这些，刚好是在1901年具有纪念性的1月。（外面发生的事一直在我耳中环绕，久久不去，我写下这些事的前一天，女王陛下永远长眠，整个国家进入了国丧期。）

奥莉薇娅回到我身边，信守诺言待在我身边。我的工作持续一帆风顺，在魔术界取得无懈可击的地位，我的家庭持续茁壮，财富也无后顾之忧。我又再次拥有两个平静的家庭。

自从奥莉薇娅传给鲁伯特·安吉尔错误的讯息之后，他就没有再攻击我。我周遭所有事看起来都是风平浪静，经过多年的大风大浪，我终于能安定下来。

29

1903 年，我很不情愿地再度动笔。我原本打算将笔记本永远合上，然而，事情却对我不利。鲁伯特·安吉尔突然过世了，当时他 46 岁，根据《泰晤士报》的报道，他是在萨福克一家剧院表演时，因受伤导致并发症而致死的。

我搜寻相关报道，《早安邮报》上的报道较简短。之后我还是不断寻找任何有关他的讯息，但没有什么新报道。我早就猜到他生病了，因为上一次见到他本人时，他看起来就很虚弱，我想他得了某种会日渐衰弱的慢性病。

概述一下我眼前现有刊出的讣文：鲁伯特·安吉尔 1857 年出生于德比郡，年少时迁居伦敦，从事幻术师和戏法工作，成就斐然。其表演遍及大不列颠岛和欧洲，并曾三度前往美国巡回演出，最后一次还是今年年初的事。

安吉尔发明了几项备受注目及赞扬的舞台幻术，特别是名为“明亮的早晨”的表演，一位助理在众目睽睽下，从看似完全密封的瓶状容器中脱身。这项表演受到很多魔术师模仿。近期，他亦演出了一场幻象魔术，名为“一道闪光”，安吉尔就是在该项表演中发生意外死亡的。

身为障眼术大师，安吉尔不论在小型或私人聚会中，都是很受欢迎的表演者。他已婚，育有一男二女，和家人居于伦敦高门区。他生前经常演出，一直到发生这件意外过世。

30

记录安吉尔的死亡对我来说不是件乐事。两年多来一连串的事件已达到悲剧性的高潮，我深感懊悔，不想记载任何与此有关的事，因为那可能重新燃起我们之间的不愉快。如同我之前在这日记中所写的，我的生活和工作都到达了愉悦平稳的阶段，那时我对人生已无他求。

我真心认为，就算安吉尔对我做出任何攻击或报复，我也只会不以为然地耸耸肩。更明确地说，我有理由相信奥莉薇娅给安吉尔的字条，提供那错误的线索，是终结我们之间关系的最后动作。当然那是为了误导他，让他找寻一个根本不存在的秘密。两年多以来，他从我意识里销声匿迹，这证明我的策略已成功。

就在写完第一部分的日记时，我刚好注意到一本杂志的评论，关于芬司贝里公园帝国剧院演出的一场魔术表演。当时安吉尔是其中一名表演者，他的表演评价很低。短评只简单提及：乐见安吉尔宝刀未老。这暗示他的事业正经历空窗期。

然而不过两三个月后，所有事都变了。一本魔术杂志特别做了一篇他的专访，甚至还在文章旁刊登了一张他的照片。有份日报在关于“魔术艺术的复兴”社论中，指出很多魔术表演又再度在表演厅里成为压轴，鲁伯特·安吉尔和其他几个名字再次被提起。

之后，因为一些制作上的延误，又有一期魔术杂志刊出一份关于安吉尔的详细报道。内容描述他现在的表演被视为公开魔术表演的胜利性突破，被称为“一道闪光”的新幻术，特别被提出来讨论，并获得评论家极高肯定，被奉为新一代的技术性指标。

除非安吉尔选择透露他工作的秘密，否则其他魔术师不太可能如法炮制其表演效果，至少可预测的未来都将如此。这篇文章同时也提到，“一道闪光”这戏码在之前移转幻象的特效领域中算是一项突破，不只是把“新瞬间转移”比了下去，还把我这个“魔术大师”也比了下去。

我试着不把这些中伤当一回事，但这些刊物报道只是个开头，之后还有更多事接踵而来。鲁伯特·安吉尔无疑已变成我们魔术界首屈一指的人物。

自然而然，我觉得应该想办法处理这件事。最近我有很多巡演的工作，主要集中在一些小俱乐部和剧院，我要是想重新确立自己的地位，就需要一整个表演季的时间都在伦敦最核心的剧院炫技，以展示我的魔术技巧。

当时大众对这类舞台魔术表演很有兴趣，所以我的经纪人轻易就帮我接下所谓的主秀。地点是在斯特兰德的剧院，我的表演顺序被排在前面，整场表演预定在 1902 年 9 月，公演一周左右。

表演在全场只有一半观众的情况下开幕，所以演出隔天相关的报道真是寥寥无几，只有三份报纸提到我的名字，甚至还有一段很不友善的评论：博登是一个魔术的拥护者，可惜只着重怀旧而不是创新。之后，连续两晚的表演都几乎没有观众入场，最后表演提前下档了。

31

我决定亲自去看看安吉尔的新幻觉魔术，所以，一听到10月底他将在哈科尼希帝国剧院表演两周之久，我就悄悄买了一张前排的票。帝国剧院是一座又深又窄的剧院，走道狭长，黑暗中表演会有极佳的效果，也相当符合我的目的。我的座位能让我清楚地看到舞台，但又不至于太近，近到让安吉尔发现我。

我如往常般观赏安吉尔表演的主要项目，表演中他充分应用到魔术的标准戏法。他的表演风格优雅，台词幽默风趣，助理貌美，表演能力更是超水准。他身穿一件剪裁良好的晚礼服，还抹上了一层亮亮的发油，看起来别具一格。

但这次的表演让我第一次观察到某种因素使他身体不适，其他线索显得更不太妙，因为他移动得有点僵硬，而且好几次特别留意左手，就像左手比右手虚弱一样。最后，表演会有一个令人惊奇的例行节目，那就是在场一位观众写下的话会出现在一个早已密封的信封中。

表演即将结束，安吉尔会有一段严肃的致辞，我也马上拿出笔记本记录。

女士们，先生们！随着新世纪快速到来，我们已经看到周遭发生了许多科学奇迹，这些惊奇几乎每天都在发生。待到新世纪末，在座诸位可能只有极少数的人能活着看到这最令人惊奇的事情：人类或许能够飞翔，或许可以隔着一道海洋对话，或许能飞越天际，但没有一项科学奇迹可以比得上最伟大的惊奇——人类的心志和身体。

各位女士、先生，今晚我将尝试一项魔术壮举，把所有科学惊奇和人类心志的惊奇融合在一起——我相信世上没有其他的舞台表演能复制你们即将目睹的一切！

安吉尔如是说道。

语毕，安吉尔戏剧性地举起他那只正常的手臂，布帘也全拉开了，在灰暗灯光的照射下，就是我预期看到的设备。它比我原先期待的还要大一些，魔术师们通常喜欢使用小而简洁的设备，以加强内部设备功能的神秘感，而安吉尔的机器却几乎塞满整个舞台。

舞台中央是一个金属三角架，三角架顶端有个直径大约一尺半、闪闪发光的金属球，下方刚好能容纳一个人站立。金属球旁是一座由木头和金属所构成的新奇圆柱形机器，机器本身是一些细长的木板，木板之间有明显的间隔，上面围绕着好几百圈细细的金属丝，从我坐的位置望去，我判断这圆柱体至少有四尺高，直径看起来也差不多。

机器正慢慢旋转，集中并反射舞台灯光吸引观众的目光。而机器周围，大约十尺的距离，八面木板围成第二个外围圆圈，这个圆圈也有许多电线围绕着。木片都直立在舞台地面，并且以三角架为中心。木板间隔均匀宽阔，每一片之间的空隙都很大，这样一来，观众可以很清楚地看到这套设备的主要部分。

其实这完全出乎我的意料，我一直以为会看到某种魔术柜，就好像自己过去表演时使用的相同尺寸的柜子，安吉尔的设备看起来很大，所以舞台上根本容纳不下第二个隐形柜。我开始思考，试着想象这魔术会是怎样的幻象表演，和我的表演又有何不同，还有它的关键何在。

我的第一印象是，设备的尺寸让我惊讶。第二，这套设备普通到不会引人注意。除了顶点圆柱体的旋转外，它没有用到明亮的色彩、让人分心的灯光或是刻意安排黑暗的空间等特技。

这机器的外观，像未上漆的木头或没擦亮的金属，还会有一些粗线或电线纷杂地冒出来。

第三，安吉尔完全没暗示会出现什么，我完全不知道这套设备看起来像什么，通常魔术设备会使用一般的形状去误导观众，比如说，它会看起来像一般的桌子、阶梯或是柜子，但安吉尔的机器让人觉得陌生。

安吉尔开始了他的表演。舞台上显然没摆放任何镜子，观众可直接看清楚设备的每个部分，当安吉尔做准备时，他漫步于舞台上，刻意走在木板之后，经过每一道空隙，让观众可以清楚地看到他。

他一直在移动，特别是当他躲在设备后面时，我仔细看着他脚部的移动，这是出于魔术师仔细观察的本能：一个无法解释的动作通常代表使用镜子或其他装置的可能，但安吉尔的舞台步伐轻松又平常，似乎也没有使用地板暗门，因为舞台地板用一层塑胶片盖起来，不太可能让人运用到其中的夹层。

最让人起疑的是，这项魔术完全没有任何合理的解释。魔术表演设备通常是安排来误导观众的，比如一个很明显小到不可能装人的盒子（结果里面藏着人），一片无法穿透的金属，让人无法脱逃的上锁柜子。

每次的表演，魔法师都会推翻一些观念，使所有观众依照自己眼前所看到的一切下判断。但安吉尔的设备看似从未出现在日常生活中，单单只看外观，根本无法猜想它的用途为何。

同时，安吉尔依然跨着大步，走到机器旁，试图用魔术来表演科学与生活的奥秘。然后他重新回到舞台中间，面对观众。

“各位先生、女士，我想从你们当中征求一位志愿者，你们不用害怕会发生什么事，我只想要求一位观众做简单的确认动作。”安吉尔站在耀眼的舞台灯光下，充满魅力地走向前几排观众。我冲动得差点儿就站起来自愿上台——这样或许能仔细观察他的设备，但安吉尔也会立刻认出我，马上就提前结束表演。

过了一会儿，有个男人站起来，当这个人上台的时候，安吉尔的一位助理也走向舞台，手上拿着一个托盘，上面有一些东西，包括不同颜色的墨水、一碗面粉、一些粉笔和木炭棒，都是用来做记号或是当识别物的。

安吉尔请这位志愿者随意选择一样东西，这位观众选了面粉，安吉尔便转身背向他，请他把面粉倒在他的夹克上，这位观众照做了，这时突然出现一团白色云雾，随着舞台灯光照射而四处飘动，看起来很壮观。

安吉尔再转回来面向观众，然后请那位上台的观众随便选择一种墨水，那人选了红墨水，安吉尔这时伸出他沾满面粉的双手，让志愿者把红墨水泼上去。清楚地做完记号后，安吉尔就要求那位志愿者回到座位，这时舞台灯光变暗了，只有一道强烈的光芒从某处射出来。接着是一阵可怕的噼啪声响，好像空气被撕裂了，令我惊讶的是，一阵夹杂着蓝白光的电流释放，突然从金属球缭绕而出，再飘离球体。那道电光快速移动，时走时停，看起来很恐怖，有时在木板围起的舞台内游走，有时又进入安吉尔走动的区域内，这闪光发出的噼啪声似乎显示这邪恶的东西具有生命。

释放的电流突然变成两倍，然后三倍，加上曲折蜿蜒的电光，弥漫于整个舞台空间。其中一道电流一触及安吉尔就马上把他包围环绕起来，他似乎也从体内发出光芒。他迎接这电力的发射，举起较强壮的那只手臂并转动身躯，允许这道蜿蜒且不时发出声响的电流将他围绕。

接下来，有更多电光出现。电光嗞嗞作响，骇人地围绕着安吉尔，他却一点也不介意，每道电光就像在轮流攻击他。一道迅速离开他身体后，另一道或其他两道电光便像火焰般划过，并以扭曲的火线缠绕鞭打他的身躯。

全场观众都可闻到这种放电的气味，我也一样呼吸着这气味，困惑地想着那里面有什么。那是一种可怕的能量，就好像一种从古至今一直被人类禁止拥有的力量，现在解放了，散发着能量的恶臭味。

角架。这时他看起来安全多了。所有明亮的电光全都啪的一声离他而去，可怕的巨响重击外围的木板。霎时，每面木板都有一道电光经过，带着永不止息的生气发出嗞嗞声和噼啪声。

这八道令人目眩的电光形成了一个罩子，位于安吉尔所站地点上方。此时聚光灯突然消失，舞台上其他灯光也变得微弱。剩下的光线投射在安吉尔身上。他动也不动，抬高那只好的手臂，而他的头顶距离那散发所有电力的圆柱体，大概勉强只有一寸。

只听他口中念念有词，似乎在对全体观众宣告，但在现场的喧闹骚动中，我听不清楚他说了什么。他把手放下，在沉寂中站了两到三秒，任自己所创造的、令人畏惧的景象在身旁喧嚣。

然后，安吉尔消失不见了。只是一刹那，安吉尔就出现了；下一刻他又消失了，机器发出一个尖锐的撕裂声响，似乎在震动，但随着他的消失，这些明亮的能量立刻消逝无踪，似卷须的电光嗞嗞作响并像烟火般发出噼啪爆裂声，然后消失。舞台陷入一片黑暗。

这时我站立着，完全没发现自己已经站了一会儿，我和其他观众一样受到惊吓。这个人就在我们眼前消失，没留下任何痕迹。此时走道上传来一阵骚动，我转过头去看发生了什么事。但观众太多了，我看不清楚，似乎有东西在漆黑的观众席中走动！幸好室内的灯又亮了，一盏人为操控的聚光灯转了过来，射出一道光线让人看清楚发生了什么事。

安吉尔就在那边！许多工作人员沿着走道冲向他，同时也有一些观众赶紧跑过去，他脚步坚定地把众人从身边推开。他沿着走道，步伐蹒跚，走回舞台。我试着从这一切不可思议中回神，内心琢磨着。安吉尔从舞台上消失的时间不会超过一两秒钟，然而却出现在走道上。

我来回扫视舞台，试着估计需要多少距离来制造这样的效果。我的座位距离舞台前排至少有六十尺，而安吉尔完美地出现在走道后方，接近观众席一个出口处，距离我的位子很远，至少有四十尺的距离。

当舞台一片漆黑掩饰行动时，他有可能在一秒钟内冲出一百尺的距离吗？不论当时还是现在，这只是个修辞学上的问题。很清楚地，如果没有应用魔术技巧，他不可能做到。问题是：安吉尔用了哪些技巧呢？

他走回舞台的途中，短暂和我呈水平位置，被一处台阶绊倒。我确定他并没有看到我，因为他显然无法注意现场每一位观众：他的举动完全像是痛苦不已，脸部表情痛苦，步伐蹒跚，就像醉汉、病患或一个垂死之人。

我看到他细心呵护的左手低垂在身旁，手上因面粉和红墨水而脏成一团污黑。而他背上仍然可以清楚地看到面粉渍，是那个志愿者造成的痕迹。现场响起一阵掌声，很多人拍手叫好，甚至吹口哨来表达对这精彩表演的认同。当安吉尔走近舞台时，第二盏聚光灯立刻照着他，由斜坡登上舞台。他看起来很疲惫地走到舞台中心，似乎终于恢复元气。

又一次，在所有灯光照射之下，安吉尔接受全场观众的喝彩，低头答礼，并送出飞吻，脸上也露出胜利的微笑。此时我和其他人一样站立着，对眼前所见的一切仍感到不可思议。在他身后，幕布悄然闭合，将仪器遮住了。

32

我真的不知道这魔术是怎么完成的！我已经亲眼看到整个表演过程，也知道魔术师的戏法技巧，知道传统上魔术师误导观众的所有方式。于是我火冒三丈地离开剧院，懊恼自己最好的魔术已经被模仿。更气人的是，这模仿青出于蓝更胜于蓝。

而且最糟糕的是，我完全不知道安吉尔是如何做到的。从头到尾他只有一个人，在同一时间分身数处。他不可能有替身或傀儡；同样，他不可能在如此短时间内从一地移动至另一地。

忌妒心加剧了我的愤怒。“一道闪光”，是安吉尔为他自己的表演版本——改良自“新瞬间转移”——所取的廉价戏名，它无疑是项重要的幻觉表演，这次表演将新标准注入经常被嘲弄或误解的表演艺术中去了。

为此，不论其他的观感如何，我还是甘拜下风，很佩服他的才华。我猜大多数观众也持相同看法。说真的，我觉得很荣幸能够目睹这场演出。当我离开剧院时，经过一道连接后台的狭窄通道，我甚至有那么一刻希望送上名片到安吉尔的更衣室，拜访他并亲自道贺。

我还是忍住了这股冲动。毕竟多年来的瑜亮情结，令我无法允许就因一场精彩的舞台魔术表演，让自己在他面前受辱、无地自容。

我回到公寓，度过了一个无法入睡的漫漫长夜，在奥莉薇娅身边翻来覆去。隔天，我决定认真且合乎实际地思考，以我的技巧来思索，试图找出些蛛丝马迹。

但我还是得再次承认：我不知道安吉尔是如何办到的。观看表演时，我无法看出秘密，之后，不论我应用什么魔术原理，还是找不到解释。

他的表演要点有三或四种，是属于六种魔术技巧的基本种类：他已经让自己消失，又让自己出现在别处，以某种似乎换位的元素，所有戏法都在挑战自然法则下完成。消失在舞台上相较之下是很容易安排的，比如放置很多面镜子或半面镜子、灯光的使用、遮掩物的使用、让观众分心、舞台地板暗门等。制造在别处出现的效果，其重点通常是预先装备物品或类似的物品……如果不是物品是人的话，就准备一位令人信服的替身。把这两个效果一起应用，然后再制造出第三个，困惑不解中的观众就会相信那是一项对自然法则挑战成功的戏法。

那一晚在哈科尼希剧院，我觉得自己已经看到自然法则被挑战的事实。我所有运用传统魔术原理的解释都失败了，虽然我已经很努力去思考和不断尝试，但是仍然无法想出一个满意的解释，我完全摸不着边。我常会因一个观念分神，这项精彩的魔术幻觉，重点其实就是一个简单到令人生气的秘密；魔术的中心法则永远不变——看到的不一定是真正被执行的。

我仍然无法得知安吉尔的秘密，而且只能用两件微不足道的事来自我安慰。

第一，无论安吉尔的魔术效果有多棒，他还是不知道我的秘密，他并不是用我的方式表演，更准确地说，他永远做不到。第二，就是速度，不管他的秘密是什么，安吉尔表演的速度还是没有我快，我是在短时间内从一个柜子被传送到另一个柜子，魔术在一瞬间完成，毫无延误，安吉尔的表演比起来还算慢，那天晚上的表演我估计有一秒，最多两秒钟，对我而言，则表示他比我慢一秒或最多两秒。

有一次，我试着测量所需的时间和距离。因为那天晚上，我根本不知道会发生什么事，也没有任何有科学根据的测量方法，所以我的估计数字是不客观的。这部分是魔术师的花招：不让观众事先有心理准备，表演者可以应用惊奇来掩饰表演手法。大多数看过魔术的人，都会想问戏法用多快的时间来完成，但他们无法做出准确的估计。很多魔术技巧都是根据一个原理，就是魔术师会在最短的时间内尽可能快速完成表演，所以没有心理准备的观众之后会坚信那种现象不可能发生，因为时间上根本就不够。

因为这个道理，我仔细回想我看到的，重新在脑海里上演一次，然后估计安吉尔从明显消失到出现在别处历时多久。最后我得到一个结论，这肯定不会比我之前预估的一或两秒短，也许长达五秒之久。五秒之内利用突如其来的黑暗效果，一位有技巧的魔术师可以变出很多戏法！

这个奥秘的解答，明显在于它的时间长短，但要让安吉尔冲到几乎是剧院最后方的观众席，时间显然是不够的。

表演过后两周，经由剧院经理的安排，我以表演之前需要测量一下场地为借口，拜访哈科尼希帝国剧院。这很常见，因为魔术师通常会视察剧院的场地限制以做适度调整，所以剧院人员也很客气地接待并协助我。

我找到之前的座位，也证实了它距离舞台只有 50 尺远。不过要确定安吉尔现身于走道的准确位置就比较困难，我只能凭着当时的记忆。我站在座位旁，试图以三角测量法，借由我当时转头看他的角度去测量位置。

最后我量出安吉尔当时现身的走道：离舞台最近至少也超过 75 尺，最远的一端则超过 100 尺。我站在舞台上，大概是当时三角架顶点的位置，看向中间走道，想象自己该如何在一个客满的剧院中五秒内完成位移。

33

我去找托马斯·艾尔本，和他讨论这个问题，那时他已经退休了，住在沃金市。我在告诉他整件事的来龙去脉后，问他会怎么解释。

经过一番思考后，托马斯说：“我想我得目睹才会知道。”

我试着换个方式表达。这就像我想要设计的魔术表演：一如往常，我描述一种想要的特效，然后托马斯来设计这些工作。

“但是，博登，这把戏你应该是做得到的，不是吗？”

“没错，但是我的方式会不一样！其他魔术师会怎么设计呢？”

托马斯回答道：“我不知道，最好的方式是使用替身，比如在观众席中安排某个人，但是你又说……”

“那不是安吉尔用的方式，他只有一个人。”

“那我就不知道了。”

34

我想出新的计划：再去看安吉尔下一季的表演，如果需要，我会去看每一场秀，直到找出破解他秘密的答案为止。

托马斯会和我一起去。我想保有最后的尊严，如果能从安吉尔身上找到秘密，同时不让他起疑，那会是最好的结果。但如果到了季末，我们还是没办法找出答案，我就会抛弃以前所有的敌意和忌妒，直接去找安吉尔，求他给我个解释。可见我是多么的疯狂想知道他的秘密。

我已经抛弃自尊，写下这些事了。保持神秘感是所有魔术师的共同准则，但我却是将找出魔术的表演方法视为重大责任。如果那表示我必须低声下气，承认安吉尔比较优秀，那也没关系！

但我根本没有机会。圣诞节长假后，安吉尔去美国巡回表演，留下我一个人沮丧懊恼地留在英国。

他 4 月回来后一周（我是因为《时代杂志》报道才得知他回来了），我打电话去他家，想要和他讲和，但他不在家。他的房子是栋高大典雅的建筑，房子大门紧闭、百叶窗也全拉下来。询问他的邻居，结果竟然很多人不知道谁住在里面，安吉尔明显和我一样，为了安全起见，将私生活和外界隔离。

于是我联络赫斯基思·尤恩——安吉尔的经纪人。结果却被严厉拒绝。我留下讯息恳求安吉尔马上与我联络。虽然这经纪人答应会把讯息传达给安吉尔本人，但是我再也没收到安吉尔的回音。

最后我直接写信给安吉尔，建议双方终结所有的敌意与不快，并表达我的歉意，列举我们之间敌对关系的改善。

安吉尔没有回信，我觉得自己已经快失去理智。恐怕他的沉默将浇灭我的热情。

35

5 月的第三周，我从伦敦搭火车到萨福克的一个海边小镇洛斯托夫特，在这里安吉尔将有一个星期的表演。我此行只有一个目的，就是要到后台亲自发现安吉尔的秘密。

通常剧院的后台是由受雇的工作人员所控制，确保闲杂人等不会随意进出，但如果你够熟悉剧院的作息或特定格局，有很多方法能混进去。

安吉尔当时正在大帐篷剧院表演，那是一栋坚固且设备精良的滨海剧院，我过去也曾在那里表演过，想必这次任务不会有什么困难。

我本想直接进入舞台区，却被严厉拒绝，因为入口处就有一份手写的声明稿，告知所有想要进入的访客必须事先获得授权，就算只是到入口处也是。因为不想引起注意，我打消念头，不再硬闯。

在观众席处也遇到同样的困难，虽然如果够熟悉附近，还是有很多方法可以进去，但我随即发现：安吉尔做了很多预防措施。在观众席后方我遇到一个正在准备舞台布景的年轻木匠。我拿出名片后，他也客气地对我打招呼。经过短暂寒暄，我故意说："我倒不介意从舞台布景后观赏表演。"

"大家都一样。"

"你可以带我进去一个晚上吗？"

"不可能，而且也没意思，先生，这周的主秀已经没了，而且有包厢隔着，你会看不到任何东西！"

"那你不觉得奇怪吗？"

"还好啦，既然那位先生给了我一份工作……"

我再次撤退。只有少数魔术师会因为害怕秘密被换景人员或后台人员发现，而选择以包厢隔离舞台的极端手段。那通常是很不受欢迎的，除非你掏出很多小费，但那明显让人觉得魔术师无法和工作伙伴合作。这显示，安吉尔费了不少力气来保护他的秘密。

这样，总共只有三种方法可以渗透进剧院里了，而且每一种都很困难。

第一种方法，就是从前方进去，直接走进任何一个通往后台的入口。（所有通往休息室的门都锁住了，而且工作人员会很仔细查看所有访客。）

第二种方法，想办法弄到一个后台的临时工作（但那星期剧院没有任何临时的工作）。

第三种方法，就是买票成为观众，然后从观众席想办法走上舞台。

别无选择下，我只好前往购票处，将安吉尔表演的每一场正厅前座票全买下（但是因为安吉尔的表演很成功，大部分门票早已销售一空，只剩下取消的等待名单，剩下的空位都是最昂贵的座位）。

36

第二场表演，我的座位在正厅前排。

安吉尔一上台就朝我瞄了一眼，然而我已巧妙乔装，相信他没认出我。大多数魔术师在表演开始时都会不失礼地扫视前两三排的观众，如此就可事先察觉哪位观众可能会自愿上台协助。

当安吉尔以例行的纸牌表演开场，他一如往常地请观众上台，我有些犹豫地站起来，随后就被邀请上台。接近安吉尔时，我发觉他十分紧张，在选牌或藏牌的表演中，他几乎都没看我。而我也一直照着规则玩下去，不想破坏表演。

当这例行表演结束，他的女助理很快上台走在我后面，她紧紧抓着我的手臂，客气地带我到舞台侧厅。我知道下一个魔术幻觉还需要她，志愿者通常会自己走下台。于是我紧紧把握这个机会，在观众热烈的掌声掩护下，我故意装了一个很土的口音："亲爱的，没关系，我可以自己回位子。"

那助理很感激地微笑，拍拍我的手臂，然后转身走向安吉尔。安吉尔正在布置他的道具桌，所以两个人都没有看我，而大部分观众正看着安吉尔。

我回头溜进舞台侧厅，很小心地穿越包厢笨重帆布的狭窄边缘。但马上，就有一位工作人员站出来，拦住我的去路。

"先生，对不起！你不可以到后台去。"这时安吉尔距离我们不远，正要开始下一场表演，如果我跟这个人吵起来的话，安吉尔绝对会听到，并察觉事有蹊跷。我灵机一动，走上前去，脱下帽子和假发，用正常的音调小声说："这是表演的一部分，傻瓜！走开！"

这位工作人员看起来很疑惑，但还是低声道歉并退下，我很快从他身旁经过。我已经花了很多时间计划去哪里找线索。因为舞台被分隔，线索可能在夹层。我沿着一条短走廊走，一直走到看到后台夹层。这里存着许多道具和宣传单，是剧院演出的主要技术区域之一，里面有一些陷阱和造桥的机械装置，还有启动布景的绞盘。一些大的布景板被分割放着，大概是即将到来的演出要用的。

我小心翼翼地穿梭在各式机器间。如果本场是演戏的话，就会有很多场景和道具要换，也应该有些技术人员操作机器。但因为魔术表演大都依赖魔术师自己的设备，剧院技术上的设备仅限于布帘和灯光装置。看到这地方没人，我放心不少——其实本来我没怎么吃惊。

在这夹层后面，我找到了我要找的东西。刚开始我还没意识到那是什么。只是有两个很坚固的木板箱，很多操纵的控制器，全部东西都清楚印着：私人用——伟大的丹顿。旁边有一台外表笨重的电压转换器。

我的表演曾使用类似的装置来促使电板凳发电，但那只是一个不太复杂的小道具。而安吉尔这套机器显然动力庞大。我靠近时可感受到它散发出一股热气，而且还有一阵低沉有力的嗡嗡声自底下传出。我靠近那台转换器，想研究它的功能。此时头顶上传来安吉尔的脚步声，我可以想象他在舞台上来回跨大步发表科学惊奇的那番演说。

突然间，这台转换器发出一阵爆裂声，而且上层控制板开始冒出稀薄恶臭的蓝色烟雾，嗡嗡声愈来愈大。我往后退了一步，但惊慌感使我再度往前。这时还是可以听到头顶上继续传来安吉尔那充满节奏的脚步声，他显然没察觉下面可能发生了什么事。

再次地，这仪器内发出爆震声，这次还伴随着非常尖锐可怕的另一种声响，就像金属薄片被锯开似的。烟雾愈冒愈快，我移到仪器另一边，看到好几个粗金属线圈变得火红灼热。夹楼中都是杂物，有非常多的干木材、因润滑油而污秽的绞盘、好几里长的绳索、许多废物和一大堆废纸、画上油彩的巨大背景板。这里的物品非常易燃，似乎快要爆炸起火了。我非常犹豫不决地站着，安吉尔和他的助理会知道下面发生了什么事吗？

转换器又发出更多怪声响，烟雾再次大量冒出。我因吸进一些烟雾而开始咳嗽。绝望中，我四处寻找灭火器之类的东西。然后，我看到了转换器的电源是通过一条粗电缆线，连接到墙旁的一个大接线盒。我冲过去，盒子上有个紧急开关把手，毫不犹豫，我立刻拉下把手。转换器的燃烧马上终止，只剩一些蓝色烟雾断断续续冒出，但瞬间即淡掉了。最后机器传来一声巨响，随后一片寂静。

大概有一两秒吧？我懊悔地盯着头顶上的舞台地板，听到上面有混乱的脚步声，还有安吉尔气急败坏的咆哮。我也听到一些观众的声音，但比之前更模糊，听起来既非兴奋亦非喝彩。上头传来的跑步声和喧哗声愈来愈大。无论我做了什么，都已经破坏了安吉尔的幻象表演。

我来此是为了找出魔术戏法的解答，而不是破坏表演，前一目的我失败了，后者却又不慎成功。因为这番误打误撞，我知道他使用能量强大的电压转换器，但有引发火灾的危险。我意识到继续待在那里会被发现，就赶紧远离那快速冷却的转换器，返回原来的通道。我的胸口因吸进那些烟雾而开始疼痛，脑袋也觉得天旋地转。

舞台和观众席听起来有许多人在走动，这对我较有利，不远处还有人尖叫，我应该能在这一片混乱中溜出去。于是我赶忙三步并作两步向台阶跑去。我打定主意：无论遇到什么盘问，都不让任何人阻挡我。但眼前出现的景象令我大吃一惊！

我的思绪不知是因烟雾或兴奋激动还是担心恐惧而显得错乱不

清。安吉尔就站在阶梯上方等着我上钩，他大发雷霆地高举双手。

但在我看来，他好像一个鬼魅！灯光变戏法似的穿透他的身体。我脑海中马上闪过几种想法——他一定是穿了某种特殊衣服来展现那样的花招！一种经过特殊处理的衣料！看似透明！让他隐形！难道这就是他的秘密？同时，我往上跑的冲力推倒安吉尔，结果两个人都趴在地上。他试着抓住我，但他身上涂的东西让他抓不紧我，我赶快闪开。

安吉尔声音低沉沙哑，暴怒地说："博登！站住！"

"这一切都是意外！不要过来！"

我站起来跑走，留下安吉尔倒卧在坚硬的地板上。我的脚步在闪亮的光秃红砖上发出回声，我转弯再往下跑过一排短阶梯，经过另一条空旷走廊，最后来到警卫室。警卫很惊讶地看着我，但他不可能盘问或拦住我。

片刻之后，我已到了舞台大门外，快步走进灯光幽暗的小巷子往海边去。到了海边我稍作停顿，面向大海弯腰喘息。我痛苦地咳了几下，试着清除之前吸进肺里的毒气。那是个晴朗干燥的初夏夜晚，太阳才刚下山，大道上五彩缤纷的灯光渐渐亮了起来。时逢涨潮，浪花轻轻拍打着岸边的防波堤。

观众混乱地从剧院离开，往市中心去。许多人脸上表情都十分困惑，想必是因为表演戛然而止。我跟着一大群人沿着滨海公路走，到了购物大街，我转往火车站的方向。过了一会儿，已是午夜，我回到了伦敦家中。孩子们都在自己房间睡觉，莎拉躺在我身边，而我躺在黑暗中，心里不断回想晚上发生的事。

37

接下来，七个星期后，鲁伯特·安吉尔逝世。

如果说我有罪恶感，那还有点轻描淡写，报上对他死因的报道中暗指他早已身负重伤。报道并没有说让他受伤的意外是发生在哪一天，但是我心知肚明一定就是那天。

安吉尔其实早把他那一季在大帐篷剧院剩下的表演通通取消，而且就我所知，事情过后他就没有做过任何公开演出，但我真的不知道为什么。

大家都知道那天晚上安吉尔受了很严重的伤，但我不明白的是：在我打断演出之后，撞倒安吉尔时，那时他还没有任何受伤的迹象；相反，他当时看起来很健康、强壮，还想与我对抗。在我脱逃之前，我们还曾在地板上短暂扭打。

他唯一比较不正常的地方，是身体及衣服上所涂的油污，大概是为了帮他遁形的表演工具。那实在是一个大问号，因为我从吸入烟雾到恢复，对那几秒钟的回忆是十分清晰的。我可以确定的是，在一秒钟那么短的时间内，我已经“看穿他”，就好像他身体有些部分是透明的。

另外，当我们争吵纠缠时，他身上的混合物完全没沾到我身上。他确实有抓到我的手腕，我也感觉到一股黏滑，却没有留下任何痕迹。回伦敦的火车上，我还把手臂举起来朝着灯光照，不停检查我是不是也可以“看穿”自己!

这整件事有足够的疑点，让我对这则报道，怀有罪恶感和懊悔。事实上，面临事态的恶化，我觉得除非能够做些补救，否则实在无法心安。

但天不从人愿，报上一直到葬礼办完之后才注销讣文。葬礼是我对安吉尔的家属和友人表达和解的好地方。一个花圈或一封简单的安慰信函都可以表达我的诚意，但它却注定不会发生。

几经思索，我决定直接联络安吉尔的遗孀，写一封真诚表达哀悼的信函。信里我解释自己是谁、年轻时如何和她先生发生争吵，而我现在有多懊悔。安吉尔的英年早逝让魔术界痛失英才，我亦深感震惊和悲恸。我对他身为一位表演者和非凡的幻术技师表达无限敬意。

然后，进入这封信的真正主题，我提到当一位魔术师去世之后，依照魔术界的惯例，他的同人会购买任何留下来的机器，反正家属再也用不到。我补充道，因为安吉尔生前和我有一段长期纷争，所以在他死后，我完全是基于一种责任感及荣耀感而提出这个要求，相信这安排考虑得很周到。

随着信件寄出，我有预感大概不会得到安吉尔遗孀的信赖与合作，所以也通过市场上的关系询问。不过，询问的渠道必须很谨慎，不知道有多少同业像我一样对得到安吉尔的设备有兴趣，我猜应该很多，我不可能是唯一看过他精彩演出的魔术师，因此，我就自然地让大家知道，如果安吉尔的设备出现在市场上，我会很有兴趣收购。

两个礼拜后，我收到由一家律师事务所发出的回信，内文我在此转述：

敬启者：

依据近期阁下向本公司客户询问已故鲁伯特·安吉尔绅士的遗产处置，本人被指派来通知您，安吉尔先生所有主要的动产与附属物已做安排，敬请阁下今后不要对此再有任何询问。

本公司将遵照客户对于各项次要财产的指示做安排，通过公开拍卖的方式处理，日期与地点将会公布于一般可见的公报上。

仅此，向您致意！

康德及欧文（委任律师及宣誓公证人）敬上

38

我在舞台上，在刺眼的强光照射下，直接面对观众。

“看我的手，里面没藏任何东西。”

我举起双手，把手掌举高给你们看，并把手指伸展开来，证明没东西隐藏在内。现在我表演最后的戏法，从你们看到空无一物的手中，变出一束褪色的纸花。

39

1903年9月1日，就各方面来看，我的工作生涯可说随着安吉尔的去世而结束。虽然我还是相当富裕，婚姻美满，维持着优渥的生活方式。但我无法摆脱对魔术的责任，所以只要有工作机会，我还是会去表演。

我不是完全退休，但早期那些雄心壮志、对惊奇的期待，想要达成任务的纯粹喜悦，全都离我远去。我依然有足够的表演技术，双手依旧敏捷灵巧，且安吉尔的早逝让我又成为“新瞬间转移”的唯一表演者，但是这些全都无法满足我。

异常的寂寞涌向我，因为默许协定不能让我全盘说出，我是自己唯一的朋友，但当然，我绝对不会遇见另一个“我”。

我尽量描述这件事。我的人生充满永远无法解释的秘密和矛盾。

莎拉到底嫁给了谁？真的是我吗？还是另一个“我”？我有两个疼爱的孩子，但他们真的是我疼爱的小孩吗？真的是我自己的……或者实际上是另一个“我”的孩子？除了依靠直觉，我该如何确定？

另外，奥莉薇娅又爱上我哪一点？她究竟是和谁住在霍恩西的公寓？我不是她的第一个男人，也不是我请她住进那间公寓的，但我终究占了她的便宜，另一个“我”不也如此？

哪一个“我”想尽办法揭发安吉尔？哪一个“我”最先设计出“新瞬间转移”的表演？哪一个“我”最先被传送？我似乎是在随口闲聊，

但我说的每一句话都是具有连贯性和准确性的，这是我人生不可避免的困境。

昨天我在伦敦西南区的剧院表演。完成下午的演出后，要等两个小时才轮到晚上的演出，每当安排这样的演出时间，我就会走进更衣室，拉下窗帘，将灯光转暗，锁好门，然后在沙发上小憩。

我是醒着的……我根本就是醒着吗？这是一个幻觉？还是一场梦？

我看到鲁伯特·安吉尔的鬼魂就站在更衣室里，双手握着一把长柄的刀子。在我能够移动与大喊之前，他已经跳上沙发，并跨坐在我的胸腹之间。他举起刀，直接对着我的心脏。

安吉尔以凶狠恐怖的语调说："准备受死吧！博登！"

在这场恐怖的幻觉中，我几乎感觉不到他身子有任何重量，轻易就能把他推开，但恐惧使我软弱无力，只好紧抓住安吉尔的前臂，试着阻止他把刀子插进我的心脏。但让我吃惊的是，他仍然穿着那件满是油污的衣服，让我无法抓牢他。我努力尝试，但手指只是滑过他那恶心的肉体，还闻到他身上的恶臭，一股腐败、令人作呕的尸臭味。

我害怕地喘气，痛苦地感觉到刀锋紧压在我的胸口。

"告诉我，博登！现在的你是哪一个'你'？哪一个？"

我几乎无法呼吸，恐惧不已，刀子随时可能刺穿我的肋骨及心脏。

"告诉我，我就饶了你！"

我觉得压在胸口上的刀越来越重："我不知道，安吉尔！我不认识我自己了！"

这场幻觉不知怎么结束了，就如同开始般迅速。安吉尔只离我几寸远，不停狂怒地咆哮。腐臭的气息淹没了我，而那把刀刺穿了我的皮肤！恐惧使我有勇气。我对安吉尔挥了一拳、两拳，连续猛攻打退他。

致命的压力似乎缓和下来，我发现自己占了上风，便挥动双臂猛打。安吉尔对我吼叫并往旁边倒。刀子不再向着我。但他仍然压在我身上，所以我再打他，并试着起身。他那如鬼魅般的身躯倒在地板上，手上的刀子也掉了下来，我大大松了口气。

安吉尔马上就站了起来，小心翼翼地看着我并保持防御姿态，此时他的神情不再那么暴怒。

我坐在沙发上，准备接受另一次的攻击，他真的是个魅影，我一生的死对头。灯光似乎穿透他半透明的身躯。

我低吼："不要来烦我，你已经死了！你和我没有任何关系！"

"我是跟你没有关系，博登，杀了你不算复仇，我不会让这种事发生的，绝对不会！"安吉尔的鬼魂转身离去，然后活生生地穿越那扇门。他没留下任何东西，除了持续不散的可怕尸臭味。

这次闹鬼事件让我惊吓到几乎麻痹，听到门外有人来叫我时，我还是坐在沙发上动也不动。几分钟过后，我的服装师过来更衣室，不停敲门才将我从沙发上唤醒。我在地板上发现安吉尔的刀，现在它在我手中，一把千真万确的刀，却是个鬼魂带来的。

一切似乎都不合理。我呼吸和做动作时都会有些痛楚，仍然可以感觉到刀锋压在我心口上。现在，置身霍恩西的公寓中，我不知该做什么，也不知道自己究竟是谁。

我的每字每句都是真的，都是我的真实人生。我的双手是空无一物的，我让你们看到的是一张诚实的面孔。这就是我一贯的生活方式，但，我没有透露任何事。

我会独自一人走到终点。

第三章

凯特·安吉尔

1

我当时只有 5 岁，但无疑在我心里，这一切都是真的。我知道记忆有可能捉弄人，特别在夜里，对一个惊吓过度的小孩子。

我知道人们通常会把自己认为发生过的事、希望发生的事，甚至是其他人告诉自己的事，拼凑在一起。这情形持续多年，我花了很多时间才组合出真相。真相很残暴、不可思议而且非法，严重伤害了许多人的生活，也毁了我的人生。

现在，我是以目击者的观点来叙述这个故事，一个成年人的角度。

2

我父亲是凯特德十六世，我们家族姓安吉尔，我父亲的名字是维特爱德蒙；我的祖父是鲁伯特 · 安吉尔的独生子爱德华，而鲁伯特 · 安吉尔——"伟大的丹顿"，是我的曾祖父，也就是凯特德第十四代世袭伯爵。

我的母亲叫珍妮弗，虽然父亲在家总叫她珍妮。父亲在外交部工作时与母亲相遇，他经历过第二次世界大战。他虽然不是一位专职外交官，且因健康因素不用当兵，却自愿出任一个公职。父亲大学时曾修过德国文学的课程，也曾经在 1903 年住过莱比锡，因此拥有战时英国政府喜爱的专长，担任拦截德国最高司令部讯息的翻译工作。

父亲和母亲是在柏林开往伦敦的火车上认识的。母亲当时是一位护士，在德国的占领区工作，当时正完成最后一次任务要返回英国。他们俩在 1947 年结婚，大约同时，家父刚好离开外交部。于是他们就搬到克德罗住，之后姐姐和我相继出生。

我不太清楚我们出生前那些年的事，我的父母亲交往了很久才决定组成家庭，他们到非常多的地方旅行，但我相信旅行的主要原因是避免无聊，而不是想四处看看。

他们的婚姻生活不是很平顺。我知道母亲在 1950 年年末曾短暂地离家出走，这是好几年后某天，我无意间听到她和卡罗琳阿姨的对话。我的姐姐罗莎莉出生于 1962 年，随后我在 1965 年出生。当时我父亲已经接近五十岁，而我的母亲则快要四十岁。

和大多数的人一样，很多小时候的事对我来说记忆都很模糊：只记得家里一直都很冷，不管母亲帮我盖上几条棉被，或是多热的热水袋，我总觉得冷到骨子里。一整个冬天，或是冬季的一个月甚至一个礼拜，就像是永远。

冬天里，这房子不会变暖，从 10 月到 4 月中旬，冷气团都在山谷里打转。一年中有三个月会被白雪覆盖，我们烧很多木材来取暖，到现在依然如此，但木材不像煤炭或电力是那么有效的燃料。因为我们住在房子最小的侧房，所以长大后我对房子的大小真的没什么概念。

我 8 岁时被送去康乐顿女子寄宿学校，在那之前，都是与母亲一起待在家里。4 岁时，母亲送我去克德罗的一间托儿所，之后又送我去柏尔顿一家小学就读，柏尔顿是邻近克德罗的一个村落。史堤夫妇是我们的管家，史堤先生同时也兼任司机，载我上下学。到第二次世界大战爆发前，家里有很多用人，但战争改变了一切。

从 1939 到 1940 年，大宅的一部分被用来安置曼彻斯特、谢菲尔德和里兹的难民，还有一部分充当孩童的学校，到了 1941 年又被英国皇家空军征用，从此之后，全家人就再也没有住在大宅正厅，所以我是在侧厅长大的。

3

如果家中有任何客人来访，罗莎莉和我都不会接到通知。我们知道有访客，都是因为车子已抵达，史堤下楼去开门。那是官方征用这房子的时期，他们会要求我们在周末锁上栅栏大门。

有一天，一辆迷你奥斯丁开到家里，车上的烤漆已失去光泽，前面挡泥板因擦撞而弯曲，窗户周围生锈，一点都不像我们经常看到会停在家门口的车，毕竟我们家大部分的友人都是富裕的重要人物，即使这时期我们家也不再那么富有了。

开车来的男人伸手从车子后座抱出一个小男孩，小男孩那时刚睡醒。他把男孩靠在肩膀上，史堤很客气地迎接他们进屋，罗莎莉和我看到史堤先生返回车上，取下随身行李，然后我们就被告知要下楼见客。家里每个人都在客厅，我的父母亲穿得非常正式，好像这场合十分慎重，但客人看起来却不那么拘礼。

我们一如往常被正式介绍；我们家非常重视礼节，罗莎莉和我精通所有的社交礼数。这男人的名字是克莱夫·博登，而那男孩是他的儿子，名字叫尼古拉斯，简称尼克。尼克大约两岁，比我小三岁，比我的姐姐小五岁。似乎没有博登太太这个成员，而博登先生没解释原因。

成年后我自己进行调查，找出这家庭的资料。克莱夫·博登的太太在小男孩儿出生后没多久就逝世了，她叫黛安娜·露丝·艾灵顿，来自赫特福德郡的哈迪菲尔德，尼古拉斯是她唯一的孩子。

克莱夫·博登的父亲是格兰·博登，而格兰就是魔术师艾尔弗雷德·博登的儿子，所以克莱夫·博登就是鲁伯特·安吉尔宿敌的孙子，尼克是他的曾孙，我的同辈。当然，罗莎莉和我当时对此一无所知，几分钟后母亲建议我们把尼克带到幼儿室去玩。因为从小就被教导服从，所以我和姐姐温顺地照做，史堤太太则在一旁照顾我们。

然后发生在大人之间的事，我只能靠猜测，大概是一整个下午。克莱夫·博登和他的儿子是在午餐后不久抵达，我们三个小孩一起玩了整个下午直到傍晚。史堤太太一直努力让我们有事可做，等我们不想玩了，她就读故事给我们听，督促我们上厕所，带点心和饮料给我们。

罗莎莉和我从小到大都被昂贵的玩具所围绕，可是很明显地尼克对这么多玩具显得不太适应。以成年人的眼光看来，我想两个小女生的玩具对一个 2 岁的小男孩而言并不是那么有趣，我们共度了一个漫长的下午，然而我记忆之中只有争吵。

大人们在楼下讨论什么呢？我想这次会面必定是偶然之下，两个家族意欲解决祖先之间恩怨的一个开端。我不知道为什么过去的恩怨不能一笔勾销，双方似乎一直为这话题而苦恼，在心理上深深结怨。现在或当时有什么事会让两位舞台魔术师互相争执不休？

那两位老人之间有什么怨恨、憎恨或忌妒，有自己生活和事业的遥远后代子孙肯定不会关心吗？嗯……这看起来是一般常识，但血液中的愤怒，无法以逻辑解释。

关于克莱夫·博登，他是个冲动成性的人，这点与家族仇恨是无关的。搜寻他的资料有些困难，但我知道他在伦敦西边出生。童年平凡，很有运动天分。离开学校后，他进入拉夫堡学院就读，但第一年就被退学。

之后十年中，他经常无家可归，一直在几个亲戚或朋友家借住。他也曾因酒醉和违法的行为而被捕，但总是能够避免留下记录。他自称是演员，在电影界不稳定地工作，担任临时演员或替身，兼领救济金度日；而人生中一段很短暂的稳定，就是遇见黛安娜·艾灵顿并娶了她的那段时光。他们一起在密德萨斯的特威克纳姆建立家庭，但这段短暂婚姻最后是以悲剧收场。

黛安娜去世后，克莱夫·博登仍继续住在他们租的公寓里，且说服他住在附近的已婚姐姐帮忙扶养小男孩。他则继续在电影圈工作。

虽然克莱夫·博登又回到居无定所的生活模式，但似乎还有扶养小孩的能力，这就是他来拜访我们时的情形。这次拜访后，他搬离特威克纳姆的公寓，显然搬回了伦敦市中心，之后他在 1971 年冬天出国，先去美国，然后不是去加拿大就是澳大利亚。根据他姐姐的说法，他后来改了名，并刻意不再和过去一切人、事、物有来往，我尽可能去调查，还是无法得知他是否仍在人世。

4

现在回到克莱夫·博登到访的那天，我会试着重建小孩在楼上玩耍时楼下所发生的事。

我父亲应该会显示自己很好客，开一瓶珍贵的好酒来庆祝。晚餐应该会很丰盛，他会亲切地询问博登先生的旅程，或与他讨论当时的一些新闻事件，那些关系到我们的事件。

这是我父亲，在临时或被迫的社交场合上，所展现出的不变的态度。那是属于英国绅士的一种坦率行为模式，没有任何恶意，但完全不适合这种场合。我能想象那可能让他们更难达成和解。

同时我母亲会扮演一种更微妙的角色，适当地缓和这两个男人之间的紧张气氛，但在这种场合下，她既是个局外人，又涉入其中，所以会有些不知所措。我相信她不会说很多话，至少前一两小时内不会，但若察觉到有需要，她会去巧妙地改变话题。

我很难形容克莱夫·博登，因为我几乎不认识这个人，但他有可能是这次会面的主导人。我非常确定我的双亲应该不会这么做。过去几年里必然已有一些书信往返，才会有这个邀请。现在我得知了博登当时的财务状况，也许他希望从这次和解中获得些利益。

或者他最后追查到了一份回忆录，内容可以为艾尔弗雷德·博登的行为解释辩护（博登的书那时已出版，但除了魔术界之外，很少人知道这本书）。另外，克莱夫·博登也许已经找出鲁伯特·安吉尔私人日志的存在。我很确定有这本日志，别忘了他对日期和细节的着魔程度，但他不是在去世前把它藏了起来，就是将它毁了。

我确定这次会面的目的是要平息两家的仇恨，不管是谁提议的。当时我所见到的双方都很诚恳，至少刚开始时确实如此。毕竟这是一次面对面的聚会，这已经比他们父母亲那一代所达成的还要多。

无论如何，这事件背后隐藏的是旧恨。没有其他话题可以将两个家族如此紧紧相连，又立场迥异。我父亲的温文有礼以及博登的紧张最后可能都耗尽了，他们之中一定会有人说："所以，你对以前的事，有没有新的说法？"

当我开始回想，这极为愚蠢的僵局逐渐盘踞我的心。

我们的曾祖父费尽心思隐藏的职业机密，已随着他们的过世而烟消云散。后来的家族成员既没有人成为魔术师，也没人对魔术产生任何兴趣，如果还有人稍微产生些兴趣，那就是我了，因为我想要对发生过的事进行调查。

我读了几本关于舞台魔术的书，还有几本伟大魔术师的自传，大部分是当代作品，我读到的最早期的作品就是艾尔弗雷德·博登的著作了。从这些书中，我知道魔术表演自上世纪末以来已经进步很多，之前受欢迎的特技都落伍了，取而代之的是更多当代的幻象魔术。

譬如说，在我们曾祖父时代，从来没人听过任何特效戏法会让人看起来像被锯开。类似的魔术直到1920年左右才被发明，这是“伟大的丹顿”和“魔术大师”过世很久后的事。

魔术的特性就在于魔术师们必须持续思索更复杂的方法来表现出戏法。用现在的眼光看，“魔术大师”当时的魔术很缓慢无趣，而且一点也不神秘了。当时让他成名和富裕的戏法现在已成为博物馆的老古董，任何同业幻术师很轻易就能模仿，并把它改造得更令观众困惑难解。

尽管如此，这仇恨还是持续了将近一个世纪。

克莱夫·博登来访那天，我和姐姐难得被带去餐厅和大人们一起用餐。我们很喜欢尼克，所以很开心能一起坐在桌上。我清楚地记得当天吃的食物，这是当时尼克和我们在一起的缘故。姐姐和我以为他的调皮只是为了娱乐大家，但我现在认为，他可能从来没坐上正式的餐桌用餐，也从来没被伺候过。他不知道如何应对。

克莱夫·博登对他疾言厉色，试着纠正他或是让他安静下来，但是罗莎莉和我怂恿这个小男孩继续调皮捣蛋。我们的双亲没对我们说什么，因为他们几乎从来不对我们说任何事情，他们的管教风格从不是权威式的，也不会愿意在陌生人面前痛骂我们。

由于对会面一无所悉，我们小孩吵吵闹闹的举止无疑助长了大人之间的紧张气氛。克莱夫·博登升高的音调，变得令人不悦且盛气凌人，我也开始觉得他很讨厌。

父母则态度恶劣地回应，不再礼貌性地伪装。他们开始争辩，我父亲用一种他在餐厅遇到差劲服务时所使用的语气与博登说话。

等晚餐结束时，父亲已是半醉半怒；母亲则脸色苍白，不发一语，而克莱夫·博登（大概也有些醉意）一直在抱怨他的不幸。史堤太太这时就带着我们三个小孩到隔壁的客厅。

尼克不知为何开始号啕大哭，吵着要回家，罗莎莉和我试着去安抚他，他却突然打我们，双手双脚不停乱动。

我以前曾经看过父亲如此。

我对姐姐说："我好害怕。"

"我也是。"

我们盯着分隔客厅与餐厅的那道双扇门。听到大人们提高了音量，然后是一段很长的寂静无声。父亲踱来踱去，鞋子在拼花地板上发出声响。

5

这房子里有一部分是小孩子不准进入的区域。要到那边必须经过楼梯下方一道诡异的棕色木门。这扇门平日总是上锁，直到博登来访那天之前，我从没见过家中任何人开过那扇门。

罗莎莉告诉我那扇门后面闹鬼，她编造骇人、模糊不清的影像，要我自己想象底下关着肢体残缺的尸首和寻找安慰的幽灵：它们在门后几尺的黑暗中，伸出爪子等着捉住我们；它们在下面走来走去，企图脱逃，还喃喃地说要对光明世界的我们进行可怕的报复。罗莎莉比我年长三岁，她的话常让我非常害怕。

小时候我常被吓到。神经紧张的人是无法住在我们家大宅里的。在冬夜里，这间独栋房子会显得更异常寂静。你会听到微弱鬼祟的声音；躲起来的动物及鸟类，突然抖动取暖；叶片落尽的树木在风中互相摩擦；漏斗形的山谷使回音扭曲；村里的人沿着山谷边缘行走。

其他时候，风从北方吹进山谷，呼啸而过，整座山谷和牧草稀疏的牧场发出哀号，大宅屋檐和屋顶的精致木工也被吹得飕飕作响。这里很老旧，充满着先人生活的记忆和伤痕，实在不适合充满想象力的小孩居住。

而大宅内，阴暗的走道阶梯、隐藏的壁龛和凹室、黯淡的壁饰与古老画像都带着沉闷的威胁感。我们居住的房间里灯光明亮，家具新颖，但房子内许多地方还是充满了祖先们古老悲剧的阴沉回忆。

我学会在经过某些地方时快速通过，目光直视，才不会被任何可怕的遗迹分散注意力。那扇阶梯下的棕色木门，就是这样的地方。有时门会轻微晃动，这必定是木头太干燥所造成的，但如果看到门在动，我总会想到门后有某个庞然大物，安静地等待门被开启。

在克莱夫·博登来访前，除非不小心，否则我从来不会去正眼瞧那扇门。我从未停下倾听门后的声音，而总是快速通过，试着忽视它、将它驱逐到我的生活之外。

回到那晚，罗莎莉、我和尼克被安排在客厅等待，隔壁是餐厅，大人仍在上演冲突与争执。这两个房间都有通往那扇棕色木门的走道。

此时争执声再度提高，我听到母亲的声音，她听起来很沮丧。然后史提先生很快经过客厅，悄悄溜进餐厅。他动作很快地把门打开又关上，但我们还是瞥见了里面的三个大人；他们仍然站立在餐桌旁。

我看到母亲的脸，似乎因悲伤和愤怒而显得扭曲。史提先生进去后，门很快就被关上，他一定站在门的另一边，以防我们推门进去。

我听到父亲讲话的声音，他正在命令某人。那种语气通常代表有麻烦了。克莱夫·博登说了一些话，父亲很生气地回答，声音十分响亮，所以我们听得一清二楚，他是说："你会的，博登先生！你一定会的！"

我们听到餐厅通到走廊的那扇门打开，博登又说了一些话，但我还是听不清楚。

罗莎莉轻声说："爸爸好像要打开那扇棕色木门！"

我们俩深吸了一口气，我害怕地依偎着罗莎莉。尼克这时也被我们的恐惧传染，大哭起来。我也开始哭叫，不想听到大人要做什么。

罗莎莉对我说："嘘！安静！"

我大叫："我不要那扇门被打开。"

突然一个高大的身影出现，克莱夫·博登忽然蹦出来，我们三个孩子在客厅不断发抖。我无法想象当时他面对这些小小身影是何感觉，但不知怎么的，他也感觉到了我们的恐惧，弯下腰一把将尼克抱进怀中。

我听到他对尼克喃喃自语，但并不是安慰的语气。我太害怕了，无法留意他说了什么，可能是任何事。在他身后的走道上，我看见棕色木门已被打开，在那后面一盏灯被点亮，有道通往下方的阶梯，然后半转折处，底下有更多台阶。

博登抱着尼克走出房间，他将一只手放在尼克头上，然后走下阶梯。

6

于是客厅里只剩罗莎莉和我，我们面临着恐惧的抉择。继续留在我们熟悉的客厅里，或是跟着大人走下阶梯。我紧抱着罗莎莉，双手缠着她的腿不放，史提太太也不见了。

罗莎莉问我："你要跟他们下去吗？"

"不要，你去好了！去看看再告诉我发生了什么事！"

"不要，我要去幼儿室。"

我哭着大叫："不要离开我！我不想一个人留在这里，不要走！"

"你可以跟我来啊！"

"不要，那尼克怎么办？"

但罗莎莉粗暴地把我推开。她脸色发白，眼睛半闭，发抖着说："随便你！"

我虽然试着去抓她，但罗莎莉还是跑了。她沿着可怕的走道，经过那扇木门，然后很快地跑上楼去。当时我还以为她对我的害怕不以为然，但现在回想，我猜她比我还害怕。

我发现自己落单了，但因罗莎莉已经抛下我了，下一个决定便比较容易。

一股平静感涌向我，终止脑中可怕的想象，使我能够移动，我知道自己不可能一个人留在这里，也没力气跟着罗莎莉爬上那么遥远的楼梯，所以只剩一个地方能去；我走到那扇棕色木门前往下看。

通往下方的楼梯有两个灯泡，把走道照得通明，底下又有另一道开启的门，更明亮的灯光洒在阶梯上。楼梯很空旷且出人意外的干净，没有任何鬼怪或幽灵的痕迹，底下似乎有声音传来。

我安静地下楼，不想被发现。但当我到达楼梯底端，看到的是一间地窖，大人们正专注于某件事，我根本不会被发现。

我现在已不记得当时大人说了什么，只记得父亲和克莱夫·博登正在争辩，而大多是博登在讲话，母亲和史堤先生都站在一旁，而尼克仍然被他父亲抱在胸前。

地窖的面积之大之洁净都让我很惊讶。我并不晓得房子下有这么大的空间。从小孩的角度看来，这地窖的天花板很高，只比楼上矮一些，大人们无须低头走动。

地窖里大部分是储藏的杂物：很多战时搬出来的家具还在那儿，盖着白色的防尘布。沿着墙面有一堆装框的帆布，彩绘的那面朝内，所以看不清楚图案。靠楼梯这边有个被隔开的简易酒窖，另一边则整齐叠放着一大堆木板和柜子。

地窖似乎经常被使用，保持得井然有序。然而，当时真正令我印象深刻的不是这些，而是一个地窖中央竖立的机器。

刚开始我认为它是一个很浅的笼子，因为它是由八片坚固的木板所围成的圆圈。之后我才发觉它被设置在地板的凹洞里，所以它实际的尺寸比看起来还大。父亲走到圆圈里，我只看得见他的上半身。

机器上方有一些电线及某些我无法清楚辨识的东西，整座机器绕着一个中心轴旋转，在地窖的灯光下闪烁发光。父亲不知在做什么，明显地，有某种控制的装置在我看不见的地方。父亲弯下身子，用泵抽动着什么。

母亲与身旁的史堤先生聚精会神地观看，不发一语。

克莱夫·博登站在其中一片木板旁，注视着父亲的动作。尼克还被他抱在手臂上，也跟着朝底下看。博登说了一些话，继续抽着泵的父亲大声回应着。我知道父亲现在很激动，是那种罗莎莉和我以前激怒他时所产生的激动，里面包含着这样的信息：他想向我们证明些什么。

博登或许是故意激发父亲的愤怒。我走下楼梯，朝尼克走去。这小男孩被陌生诡异的环境环绕，而我的直觉是往他冲去，抓住他的手，或许是想带他远离这危险的成人游戏。

我快到达博登身边时，还是没人发现我，但父亲突然大喊：“大家后退！”

母亲和史堤大概早知道会发生什么事，所以立刻退后。母亲以对她而言算是非常大声的语调说话，但声音已被那机器的巨响淹没。机器不断发出危险的嗡嗡声。克莱夫·博登没有动，站在离那坑洞边缘一两尺远的距离。仍然没人发现到我。

一连串砰砰巨响突然从那机器顶端传出，伴随着巨响是一阵曲折蛇行、卷须状的白光闪电。每一次放电，就像是可怕的深海怪物的触须潜行，找寻着猎物。每一道闪光，每一道撼人的电流，都伴随着尖锐的嘶嘶声，声音大到让我的耳朵发痛。

父亲从机器里往上看着博登，我可以看见他脸上的胜利表情，他对博登大叫："现在你知道了吧！"

"把它关掉，维特！"母亲哭喊着。

"但是博登先生坚持！嗯，它就在这里，博登先生！这样可以了吗？"

博登仍然站着不动，就好像被吓呆了；他离曲折蛇行的电流只有很近的距离，怀里还抱着尼克。我可以清楚地看见尼克的表情，知道他就跟我一样害怕。

博登大叫："这不能证明任何事！"

父亲的反应是用力推动机器内一个巨大的金属握把。Z字形的闪电数量立刻加倍，比之前更激烈地围绕着木板。此时地窖内震耳欲聋。父亲大喊："博登，进去，你自己进去看！"

令我吃惊的是，父亲随即爬出那个凹穴，一步跨到了两片木板间的地窖地板上。刹那间，许多电光扑向他，在他身体周围可怕地嘶嘶作声。有一瞬间他被闪电包围，被火吞噬，似乎从身体内发出电光，变成一个看起来恶心恐怖的躯体。然后他又跨了一步，脱离那个凹洞。

"博登，你不是不害怕吗？"

我离父亲够近，可以看到他的头发和手上的毛发全都竖立起来，鼓鼓的衣服就像是挂在身上，好像一颗气球；而且在我惊吓过度的眼中，他的皮肤似乎也因为短暂浸身于电流中，而变成了鲜艳的蓝色。

博登几乎是哭喊着说："你真该死，你真该死！"

他转向父亲，将惊恐的尼克塞给他，尼克想要抓住他父亲，但博登强迫他放手。父亲很不情愿地把尼克接过来，笨拙地抱着，尼克害怕地大喊，使劲想挣脱。

父亲对博登大吼："现在跳进去！再过几秒，它就会运转！"

博登往前靠近电流的边缘。父亲在他旁边，而尼克伸手乱挥，不停哭喊要爸爸。蛇行的蓝白色电流更加疯狂地移动，博登的头发立即竖立起来，我看到他握紧又放松拳头。他探头向前，一道电流立即找上他，蜿蜒到他的颈部，围绕着他，并在地板上发出啪嗒声响。

博登害怕地退后，我觉得他很可怜。

他喘着气说："我做不到，把这个可怕的东西关掉！"

"这就是你想要的，不是吗？"父亲完全气疯了，他抱着尼克进入那个可怕的电流区。数条电流触须立即包围他们，致命的白热电流让父亲的头发完全竖直，我从没见过他那么害怕。

突然，他把尼克丢向那个坑洞，自己则远离那个可怕的区域。

尼克掉进机器里了，他在空中挥舞挣扎，不断尖叫，最后是一声绝望的嘶吼。那是一种全然的寂寞和被遗弃的恐惧。

在他掉到地上前，那部机器似乎爆炸了，火焰从最顶端的电线冒出，伴随一阵巨响。这些木板似乎因内部的压力而往外鼓起，电流的触角被猛然吸回，并发出尖锐的金属摩擦声。

机器缓和下来了，地窖的空气中布满浓浓蓝烟，慢慢地向外扩散。这部可怕的机器最后终于停止，不再运转。尼克躺在地板上动也不动。

现在某处，我似乎仍可听到他恐怖的尖叫声，回荡不去。

7

电流火焰的明亮令我暂时失明；机器的巨响则使人耳鸣，刚才目睹的一切让我惊恐疯狂。

我往前走向冒烟的凹地，虽然机器处于静止状态，还是充满威胁性；然而我发觉自己被它吸引。我站在机器边缘、母亲身旁，一如既往地伸手紧握住她的手指，母亲也正在往机器内凝视，带着强烈的反感和怀疑的神情。

尼克死了，在他尖叫那一刻；他的面容因惊惧而呈呆滞，双手双脚扭曲，一如被父亲丢进机器时的慌乱舞动。电流通过使他的毛发竖立，再配上一张极度恐惧的面孔。

克莱夫·博登发出骇人的怒吼，其中带着悲痛、愤怒及绝望。他跳下凹地、倒在地上，用手臂围着尼克的尸体，轻轻拉动尼克的四肢回到原状。他架起尼克的头，并用脸贴近小儿子的脸颊，发自内心地呜咽着，浑身发抖。

母亲终于察觉到我在身旁，于是用手臂围着我，把我的脸压向她的裙子，随后抱起我，迅速把我带离这灾难的景象。我靠在母亲肩上往后看，当我们经过楼梯时，父亲是我最后看到的景象。他朝下直视那处凹地，脸上带着满足的冷酷表情，就算事隔二十多年，每当我想起时，心中仍是一股厌恶之情。

父亲早就知道会发生什么，但他允许它发生，并造成这整件事。他一切的态度和表情都表示了：我已经证明一切。

我也注意到史堤，我们的管家，蹲在地上试着用双手平衡，不敢抬头看那一切。

8

我遗失了或压抑了之后的所有回忆，只记得接下来一年上学的情形，然后我转学了，结交新朋友，渐渐长大。之后我的生活状态相当正常，就好像是因为我目睹了那骇人一幕所得到的大量补偿。

我也不记得父亲是何时离开，直到我在母亲晚年日记上看到她的记载才得知；那段时间我的记忆是消失的。因为母亲的日记，我得知她对分居的感受以及其他事情。

我记得小时候对父亲的感觉，他是个令家人害怕、难以亲近的人，还好他与我们小孩的生活一向有段距离。少了父亲的日子，我强烈感受到他的缺席，那是罗莎莉和我最平静的时光，一直延续至今。

起初我很高兴他走了，只是当我年岁增长，还是开始想念他，就像现在一样。我相信他还活着，否则一定会有某些风声：我们家族的财产不容易经营，父亲仍然得对这些事情负责。我们有一份家族信托基金，由德比郡一家律师事务所代管，他们与父亲显然保持着联系。这间房子、土地和头衔仍然在他名下，许多账单——如税款，都由基金会支付处理，而零用金仍然支付给罗莎莉和我。

我们最后一次与父亲接触是五年前，当时他从南非写了封信给我们。他说只是经过那里，而没有提到自己的来处或去向。

他现在已七十多岁了，也许在某地与一些同样自我放逐的人们一起闲晃。我无法忘记父亲，他是个没有侵略性，有点怪异疯癫的外交事务老手，而且无论经过多久，我都会记得他是个残酷的人，将一个小男孩丢进一台机器中，他当时一定很清楚机器会害死尼克吧？

9

克莱夫·博登当晚就走了，不知道尼克的尸体被如何处置，不过我一直认为是他父亲把他带走了。

因为我当时还很小，相信双亲的权威性，他们告诉我警察不会对一个小男孩的死有兴趣，我就相信了。以这件事来说，他们似乎是对的。

几年后，当我已足够年长，了解到那是件大错特错的事，我问母亲当时发生了什么。那时父亲已离家出走。大约是母亲过世前两年，我觉得厘清过去的秘密，将黑暗置之脑后的时候已到，所以把真相视为成长的表征，希望母亲坦白一点，把我当成大人对待，我知道她刚收到一封父亲写来的信，那让我有借口提起这话题。

我直率地表示想要谈谈那晚发生的事："为什么警察从来没找上门？"

母亲说："我们从没谈过那件事，凯萨琳。"

"你是从来没有，那爸爸为什么会离家出走？"

"这你就要去问他了。"

"你知道我不能。你是唯一知道那晚情形的人，那晚爸爸做错了事，但是为什么？我也不确定事情是如何发生的？警察有在找他吗？"

"警察不会涉入的！"

"为什么不会？爸爸杀了那个小男孩，不是吗？那是谋杀！"

"那时事情就结束了，没有任何隐瞒，也没有任何罪恶感，我们已为那天的事付出代价，当然，博登先生是受害最深的，但这件事对我们家不是也同样造成很大的影响吗？我无法告诉你任何你想知道的事，你也看到了事情发生的经过。"

"我不相信事情就这么结束了。"

"凯萨琳，你怎么会问这些问题？你当时也在场，跟我们每个人一样有罪。"

"我当时只有5岁啊！"

"如果你有任何疑问，可以去找警察。"

在母亲冷酷的面容和顽强的回答之下，我的勇气烟消云散。史堤夫妇那时仍为我们工作，之后我问过史堤先生同样的问题。他礼貌、僵硬地否认了他知道可能发生过的每件事。

10

母亲在我 18 岁时逝世。我和姐姐当时有点期望这消息能停止父亲的自我放逐，但是没有。我们继续住在大宅子里，才明白房子已经是我们的了。我和姐姐对此有不同反应：罗莎莉渐渐脱离了家族，最后终于搬走，我则被困在这房子里，到现在仍然住在这里。

把我绑在这里的，是目睹地窖悲剧而生的罪恶感。每件事都围绕着那悲剧，最后我决定做些事，让自己彻底摆脱过去。我鼓起勇气去地窖，看看当时的那些东西是否还在。

在某个夏季，我有一些朋友从谢菲尔德来访，大宅里充满摇滚乐和年轻人的谈笑声。我没将计划告诉任何人，只是悄悄自谈笑间溜走，还喝了一些酒壮胆。

棕色木门的锁在博登来访后就被换掉，母亲去世后，我又更换过一次，虽然从来也没真正用过那道锁。史堤夫妇已经离开很久，但他们和后来的管家都使用这个地窖储物。而那里一直令我不安，甚而不敢走木门上方的楼梯。

但那一天，我不想再让任何事阻挡我。我早已做好心理准备。进去后，我将木门反锁，打开电灯，然后走下地窖。我马上开始寻找那导致尼克·博登死亡的机器，看到它已不在那里我并不惊讶。

环形凹穴仍在地窖中央，我靠过去检查。和地窖里其他地方相比，这里似乎最近才被改建；显然，这个挖掘工程是策划好的，因为一些钢条钻进混凝土一侧、间隔均匀，想必是要支撑机器用。

凹穴正上方的天花板上，有一个巨大的接线盒，一条粗电缆接到另一头的电压转换器，但接线盒已经变得肮脏生锈。我注意到天花板上有许多四散的烧焦痕迹，虽然有人漆上一层白胶，但仍可被清楚地看出来。

除此之外，没有任何机器曾经在此的迹象。没多久后我找到了机器本身。当我检查整齐排放在墙边的大木箱和不明的大型物品时，随即意识到这是我曾祖父过世后，他的魔术装备储存的地方。前方醒目之处，堆放着两只很牢固的木板箱，两个都很重，让我无法移动，更不用说独自搬出地窖。

箱子表面以黑色模板印刷，随年代久远已大大褪色的是排定的路线：丹佛、芝加哥、波士顿、利物浦（英国）。旁边钉着的海关载货单还在那里，当然已磨损得不轻，一碰就掉了下来。我把它靠近灯光，看到有人用铜版印刷写着：内置物——科学仪器。

两只箱子四边都有附加的金属把环，以方便抬放，且箱子四周很明显有抓握之处。我想打开较近的那只木箱，于是沿着箱盖边缘摸索，想方法打开它，令人惊讶的是，箱盖的顶端会轻轻往上旋开，并以某种方法从内保持平衡。

我马上知道自己已经找到那晚看到的机器的内部零件，但因为它已经被解体，所有的威胁性都已消失不见。箱盖内侧有几张墨印纸，年代虽然久远，仍尚未卷曲变黄，上面是机器的使用说明，以清楚讲究的豆点大笔迹书写。我瞥见前几行字：

1. 设置、检查和测试当地的接地设备，如果不能用，勿开始作业，请看底下第27条的安装、检查和测试接地细节，一定要检查电线颜色，并参照所附图表。

2.（若不是在美国或英国使用时）设置、检查和测试当地的电力供给，使用位于4.5.1号匣的仪器去决定电流的强度和设定，并参考下面第7条的说明以设定主要的转换单位。

3. 配装设备时，测试当地电力供给的可靠性。若有25伏特左右的差异，就不要使用。

4. 接触零件时一定要戴上3.19.1号匣子的防护手套（备用手套在3. 19. 2号匣子）。

诸如此类，这是一份烦琐的机器组合说明清单，其中有很多术语或科学用词（后来我弄了一张备份），清单上有个F.K.A的缩写签名。第二只木箱的盖子里，也有一张类似的说明清单，说明如何安全地关机、拆除机器并将零件装入木箱，摆放在适当的位置。

这时，我终于明白自己的曾祖父是位怎样的人，过去做了什么事、有什么能力、一生所达到的成就。直到那刻之前，他只是一位遗物散布家中的老爷爷。我这才了解他是怎么样的一个人，这些附有详细操作指南的木箱都是他的，而这些说明都是他手抄的，或可能是为他写的。

我站在那边许久，想象他和助理们卸下机器，与时间赛跑为开始表演做准备的情形。我还是不太认识他，但后来我深入去了解他的工作，也稍微知道他是如何完成的。

之后一年，我整理他其余的东西，这也帮助我更了解他的个性。

我现在所在的这房间曾是他的书房，这里面满是井然有序的档案文件：信函、账单、杂志、书目表、旅游证明文件、戏单、剧院节目表，他生命中一大部分是在这里度过的，其他时光则是在地窖及表演的戏服和装备间度过的。

大部分戏服因年代久远而破损，所以都被我丢掉了，但魔术柜经过修理都还可以运作，加上我需要钱，就把最完好的一些卖给了魔术收藏家。我也处理鲁伯特·安吉尔的魔术书选集。

从买家口中，我了解曾祖父的很多东西都非常值钱，这是就现在而言。对当代的魔术师来说，这些表演用具已没什么价值，“伟大的丹顿”表演的大部分魔术在今日是杂耍综艺节目，对专家或收藏家而言，已毫无任何惊奇可言。

但我没有卖掉那部电力机器，现在它仍然放在地窖的木板箱里。

在没有事先计划下，走入地窖的经验终于让我把孩童时期的恐惧抛诸脑后。

长大成人之后，其他家族成员都已经不在了，我成了真正意义上的一家之主。当我锁上那扇老旧的棕色木门后，我想自己已将一直尾随着我、不受欢迎的人和事抛至九霄云外。

11

但那仍然不够，有一个事实无法被抹杀：我目睹一个小男孩被残忍地杀害，而凶手竟然是我的父亲。这个秘密潜伏在我的生命中，间接影响我所做的每件事，让我压抑自己的情感，并且对社交活动没太大兴趣。

我被孤立隔离，很少交朋友，不想要什么爱人，对事业也提不起兴致。自从罗莎莉因结婚而搬走后，我就一个人在此独居，我如同我的双亲一般，是这秘密的受害者。

我想让自己从过去的家族世仇中抽离，但随着年纪增长，我更加相信唯有面对事实才是解决之道，除非我知道尼克是怎么死的，又是为什么而死，否则我无法继续过日子。尼克的死亡纠缠着我，如果我能多知道一些他的事，还有那晚的事，我的着魔就会终止。

当我得知过去，就避免不了认识博登这家族，我追查你，安德鲁，因为我相信你和我是整件事的关键——你是博登家族唯一的幸存者，而我实际上是那个活着的安吉尔。

一切都不合逻辑，但我知道尼克·博登就是你，安德鲁。不知什么原因，你从那折磨中活了下来。

12

入夜后，天空开始飘雪，凯特和安德鲁·卫斯理一起坐在晚餐剩下的菜肴旁。她的故事刚开始并没有引起他任何回应，他只是安静地看着空咖啡杯，手指拨弄着碟子上的小汤匙。然后他说他需要伸展身子。

安德鲁到窗边凝视外面的花园，双手撑着头部，左右摇动。屋外是一片漆黑，凯特知道没有任何东西可看。

通行的要道位于房子后方地势较低之处；房子这边只有草坪、树林和隆起的山丘，远方是险峻的岩石峭壁。他保持这样的姿势好一阵子，但因看不到他的脸，凯特认为他不是闭着眼，就是茫然凝视远方的黑暗。

最后安德鲁说："我会告诉你我知道的事，我像你描述的相同年纪时，和我的双胞胎弟弟失去联系。也许你说的事能解释我们失去联系的理由。他的出生并没有登记，所以我无法证明他的存在，但是我知道他是确有其人。你应该听过双胞胎有种心电感应，所以我很确定。

"而且我知道另外一件事，那就是他和这房子有某种程度的关联。我今天从到达就感觉到他在这里，我不知道这到底是怎么回事，也无法解释。"

凯特说："我也查过记录，你并没有双胞胎弟弟。"

"某人或许篡改了官方记录？有可能吗？"

"我也想知道，如果尼克被杀死了，不就让某人有足够的动机去尝试篡改记录吗？"

"也许吧！我可以确定的是，我不记得任何有关他的事情，一切都是空白的，我甚至不记得我的父亲克莱夫·博登，很明显那个小男孩不是我，这么想实在荒谬，那一定是其他人。"

"但博登是你的父亲……而尼克是他唯一的儿子。"

安德鲁离开窗边，坐回椅子上，就坐在凯特对面，两人中间隔了一张大桌子。

“听好，只有两三种可能性：第一，小男孩就是我，我当时被杀但又活了过来，无论你怎么看，那都是不可能的。或者第二，死掉的小男孩是我的双胞胎弟弟，杀死他的人，大概是你的父亲，之后设法篡改了出生记录；坦白说，这我也不相信。或者第三，你搞错了，那个小男孩活了下来，他可能是我，也可能不是我……这整件事可能出自你的想象。”

“不，我不是无中生有，我知道我看到的一切，我母亲也承认这件事。”

然后凯特拿起那本博登的书，翻到她之前做了记号的那几页：“还有其他的解释，但那也跟其他解释一样不合逻辑，如果你那天晚上真的被杀了，那有可能是一种戏法，当天晚上我看见的机器是用来做舞台幻术表演的。”

她把书转过来给安德鲁看，但他挥手推开。

“这件事从头到尾都很荒谬！”

“我目睹整件事的发生。”

“我觉得，要么是你看错了，要么是它其实发生在其他人身上。”他又看向窗外，然后随意地瞄了一下手表，“你介意我打个电话吗？我必须告诉我父母我会晚一点儿到，而且我也想打电话回伦敦的公寓去。”

“我认为你今晚应该留下来。”

安德鲁闻言露齿一笑，凯特就知道她说话的方式错了。她的确觉得他有些吸引力，但他显然是那种永远不会放弃性爱的男人。

“我的意思是马金太太会帮你准备一间空房。”

“如果需要的话。”

气氛在晚餐前就有点不对头了。似乎是因为安德鲁饮了太多黑麦威士忌，又似乎是凯特讲了过多他们两个家族的分歧——又或是二者兼有。直到那一刻之前，她喜欢他毫不害羞地一整个下午都在大送秋波。

大约一个半小时前，用晚餐时，安德鲁直率地说想化解两家之间的仇恨，靠他们两人，最新的这一代人。凯特有点得意，后来才发现他所想的和她并不一致，她只能尽可能委婉地拒绝他。

她问：“你喝酒可以在雪天开车吗？”

“可以。”但安德鲁并没有从椅子上站起来，那本博登的书放在两人之间的桌上，“你想从我身上得到什么，凯特？”

“我也不知道，或许我从来就不清楚，我觉得当克莱夫·博登来见我父亲时，他们两人都想解决事情。经过努力尝试，先人们还是执着于彼此的歧见。”

“我只对一件事感兴趣，我的双胞胎弟弟在这栋房子里某处。自从今天下午你给我看你曾祖父的东西后，我就一直意识到我弟弟的存在，他甚至叫我不要离开，来这里找他。我从来没有对他的存在感受如此强烈，我认为我弟弟在 1970 年的确来过这里，而且现在仍然在这里。”

“记录上他并不存在。”

“是的，尽管那样，但我们都知道那天晚上发生的事有点儿奇怪，至少你很清楚。”

凯特无法回答，因为她觉得她已经走到死胡同了，这和她已经知道的事是一样的：有一个小男孩的确死了，但她发现他不知怎的活了过来。她遇到了眼前这个男人，而他先前是那小男孩，这事实不会改变什么，因为那是过去的他，他不再是过去的他。

凯特又替自己倒了一些白兰地。然后安德鲁说："我该在哪里用手机呢？"

"待在这里打电话，这里是冬天房子里最温暖的地方，我得去查些东西。"

凯特离开前，听到安德鲁正在打着电话，她去大厅前门一看，屋外已覆盖了一层两三英寸厚的雪。雪平静地覆盖在走道上，但她知道，在更远的山谷下的主要道路、篱笆和路边堤岸应该已是积雪成堆，所以此刻才会一片寂静——通常从这里就可以听到行人及车声。凯特走到屋后，看到柴房旁有堆积雪，马金太太正在厨房里，于是凯特请她将客房整理一下。

马金太太把餐具收走之后，凯特和安德鲁依然坐在餐厅的开放式火炉前，谈论各种生活琐事话题；安德鲁和同居女友的问题、当地议会要求凯特捐出一些土地以供建造的问题。晚上 11 点时，凯特累了，就提议两人隔天再聊。

她领安德鲁去客房和他可使用的盥洗室看看。安德鲁没有提出其他的要求，这让她有些惊讶，他只是客气地感谢她的招待，道声晚安，就这样结束了那晚的交谈。

凯特回到餐厅，许多她拿出来的曾祖父的文件——已被整齐地叠放着；或许是家族遗传，让她从不会将纸张散落四处，一部分的她总想要凌乱、随心所欲和无拘无束，但无奈她的本质并非如此。

她坐在最靠近火炉的椅子上，感觉照在腿部的火光。她丢进另一根木柴。安德鲁已去睡了，她反而没什么睡意；他并没有令她觉得疲倦，而且与他交谈，挖出那些童年的回忆，像是一种净化清除，释放出长久被抑制毒性的毒药，让她觉得舒服多了。

她回想起过去那件事，过去25年来它的意义指向何方？！恐惧仍深植在她内心，而这个男人安德鲁认为他弟弟的秘密是过去的俘虏、一切的核心。

之后马金太太进来，凯特请她在睡前煮一些无咖啡因的咖啡，她边喝咖啡边听收音机的午夜新闻和英国国家广播公司的世界新闻。她依然十分清醒。

安德鲁的房间就在正上方，她可以听到他不停地在那旧床上翻身。她知道那房间有多冷。因为那是她小时候的房间。

第四章

鲁伯特·安吉尔

我的生平 1866 年 9 月 21 日

我的历史：我的名字是罗比（鲁伯特）· 大卫 · 安吉尔，我今天 9 岁，我会每天写这本日记一直到老。

我的祖先们：我有多位祖先，但父亲和母亲当然是最重要的，我有一个哥哥——亨利 · 安吉尔，他现在 15 岁，寄宿在学校里。

我住在德比郡克德罗，这个礼拜，我的喉咙一直不舒服。

家里的用人：我有一个保姆格里尔逊，还有一个女佣，下午会和其他女佣换班，但我不知道她的名字。

我的日记都必须给父亲看，就此停笔。鲁伯特 · 大卫 · 安吉尔。

我的生平　1866 年 9 月 22 日

今天医生又来看我，我的病快好了。今天收到了哥哥的来信，他说从现在起我必须尊称他为“长官”，因为他做了年级长。

爸爸去伦敦下议院办公，他说在他回来前家里的事我说了算，这表示亨利也得尊称我为“先生”，但他偏偏不在家。

我已经写信给亨利告诉他这件事。

去散步，和保姆聊天。格里尔逊读书给我听，他和往常一样打瞌睡。

只要我继续写下去，爸爸说他就不会再看这本日记了。

1866 年 9 月 23 日

我的喉咙好多了，今天和格里尔逊开车出去，他没有说很多话，只说亨利告诉他，等亨利拥有这栋房子后，他就要被赶走了，我的意思是当亨利拥有这房子后，格里尔逊就会离开。

格里尔逊说事情都决定好了，但是还要很多年才会发生，至于多久只有天知道。

我在等母亲来看我，她迟到了。

1867 年 12 月 22 日

昨晚是我的派对，村里来了几个男孩和女孩，现在是圣诞节，所以他们有空过来。亨利也在这里，但是因为其他人的缘故，他不想来参加派对，他错过了精彩的表演，派对上我们有一位魔术师！

这个人是普雷斯托先生，表演的魔术是我看过最棒的，一开始他就凭空变出很多彩色的纸片、气球和彩带，然后又玩扑克牌特技，让我们选纸牌，他再猜是哪一张。

他真的很聪明，把撞球从一个男孩的鼻子里变出来，接住球时，又让好多好多铜板从一个小女孩的耳朵里掉出来；还把一条细线切断，然后又接起来。

最后，他从里面完全是空的小玻璃盒里变出一只白鸟！

我一再恳求普雷斯托先生告诉我这些戏法是怎么变的，但他就是不肯告诉我，甚至等所有人都离开了，不管我说什么，他还是不改变心意。

今天早上我想到一件事，就请格里尔逊开车去谢菲尔德买所有买得到的魔术工具，还有任何能够告诉我如何变戏法的工具书。

格里尔逊去了几乎一整天，最后带回很多我想要的东西，包括一个可以在里面藏一只鸟的特制玻璃盒，所以我可以把它变出来（盒子里有特殊的底板，我没想过）。其他的魔术就比较困难，我必须经过练习才会。但是我已经学到一个技巧，能够猜出某人选择的扑克牌卡片，而且我已经在格里尔逊身上试了好几次。

1871年2月17日

今天下午我勉强跟父亲单独见面，这是好几个月来我们第一次碰面，情况大致和亨利所描述的一样。我们已经没什么可以做的了，只能让情况别那么糟。

如果能杀了亨利，我会很乐意！

1873年3月31日

今天我销毁了过去两年来所写的日记，那是我从学校回来后做的第一件事。

1873年4月1日

从学校返家。现在我有足够的隐私权可以写这本日记。

父亲是凯特德的第十二代伯爵，三天前去世，1873年3月29日。我的哥哥亨利继承了头衔、土地和财产。

我自己、母亲和其他家中成员的未来，是伟大或卑微，现在都不确定了。甚至这栋房子也无法期待，因为亨利已经公开表示过要做重大的改变，我们全部人只能等待，房子暂时用来做葬礼的准备。

明天父亲就会被葬入墓穴。

今天早上，我对于自己的前途比较乐观了，早上开始我就一直待在房间里练习魔术，这方面的进步让我最近开始整理日记，因为从一开始，我就持续记录下所有让魔术手法纯熟的方式……所以当我决定要除掉其余的东西时，所有的记录也要清除干净。

我相信自己现在已具职业水准了，虽然我还没有完全测试过，但我时常对着学校同学练习新戏法，他们会假装对魔术没兴趣，或轻易就看穿我的戏法，所以当我看到他们脸上充满迷惑的神情时，会觉得很满足。

不需要急，所有我读过的魔术书都建议见习生不要着急，要有充分的准备，表演和技巧才会有惊人的效果。如果他们不知道你是谁，也会增加你的神秘性以及表演效果。

一切就如同书上所说的。

这是最悲伤的几个礼拜中我唯一的盼望，我希望能够用魔术把爸爸变活。

这是个自私的愿望，能帮助我回到三天前的生活；但它同时是个充满感情的愿望，因为我爱我父亲，我很思念他，他的去世让我非常难过。他死时 49 岁，我想，对心脏衰竭的患者而言显然还是太年轻了。

1873 年 4 月 2 日

葬礼举行完毕，我的父亲永远长眠了。教堂仪式完成后，他的遗体就被带到家族的墓穴，置于东岗下。所有来悼念的人在地下墓穴的入口处排成一列，亨利、我和负责丧礼的工作人员们一起运送棺木到地底。

我对接下来的事并没有心理准备，这墓穴明显是座巨大的天然洞窟，往后延伸至山坡底部，被扩宽作为家族墓地。

洞穴里面漆黑一片，地面凹凸不平，还有很多石块，空气带有恶臭，我们看见几只大老鼠，还有许多突出通道的锯齿状架子和台子，我们在黑暗中被撞得东倒西歪。

我们每个人都提着灯笼，但到了阶梯底端，灯笼也失去用处。丧礼的工作人员以专业的态度承担所有责任，即使在这种情况下抬棺木是件极度困难的工作。对哥哥和我而言，这项折磨是意义深远的。

我们一找到合适的地方置放棺材，资深的工作人员就朗诵一些圣经字句，一行人毫不迟疑地走出墓穴，踏进几分钟前才离开的晴朗春日，东边草坪用一些水仙花装饰，四周树木花苞绽放。

但对我而言，黑暗隧道的旅程已经让一整天蒙上阴影。当墓穴那扇牢固的木门关上，我不断发抖，我无法抛开古老棺木、尘埃、恶臭及沮丧构成的回忆。

夜晚

距离天黑约一小时前，丧礼仪式正式开始，之所以用“开始”，因为它正是我想表达的：今天一整天都是为这仪式而准备。宣读遗嘱和埋葬棺木都只是仪式的开端。

我们聚集在大厅主要的楼梯下，杰弗里·亨特爵士是我父亲的律师，他叫我们大家安静，平稳从容地打开牢固的棕色信封，里面有份重要的文件，我看看四周其他人，父亲的兄弟姐妹和他们的配偶，他们有的子女也在场。经营地产和交易、巡察荒原、保护农场和渔业的雇员聚集在另一旁。他们身旁也集结一群人，是充满期望的佃农。围成半圆形的人群中央是我和母亲以及仆人们。站在我们前方，双手抱胸的亨利是此时的主角，他主导这个场合。

遗嘱一如预期，亨利的主要继承，既非遵照父亲的遗嘱也不全是世袭财产的权利。而是自由保有不动产权，他可以处理有价证券、现金和股票，最重要的是财产所有权和居住权。

母亲可以选择住在主侧房，或是占据大门边父亲留给她的小屋，而我可以继续住在现在的房间直到完成教育或成年，之后我的命运就由亨利决定。仆人继续与我们一起：其余的人由亨利决定要留下来或遣散。

我们的生活即将被拆散。我们用钱慰留了一些用人，但大部分的财产现在都是亨利的了；遗嘱宣布时，他动也不动，面无表情。我亲了一下母亲，然后和几位不动产经理人及佃农握手。

明天我会决定未来的生活，我要在亨利为我下决定前做好决定。

1873年4月3日

我要做什么？再一个多礼拜，我就要回学校了，那将是我最后一个学期。

1874年4月3日

过了一年了，现在回到这本日记似乎很恰当。我继续住在克德罗的房子，部分因为我满21岁前，仍然在亨利，也就是我的合法监护人的监护之下。——最主要的是因为母亲要我这么做。

我由格里尔逊照顾。亨利已经定居伦敦，偶尔会传来他每天去议院的消息。母亲的身体很健康，我每天早上都会去她的住处看她，那是她一天中最快乐的时光，我们会随便讨论我成年后将要做什么事。

自从父亲去世后，我就荒废了魔术练习，但大约九个月前我又恢复了这个习惯。从那时起，我就一直密集地练习，一有机会就去看表演。为此，我会到谢菲尔德或曼彻斯特的表演厅去，虽然表演者的水准不一，但有许多节目确实更加激发了我的兴趣。我已经知道很多戏法，但每次表演都还是会再看到让我困惑的戏法。

之后我开始寻找魔术的窍门。格里尔逊和我拜访了很多魔术经销商和供应商，在我们的坚持下，最后总是能得到我要的。

格里尔逊是唯一知道我对魔术的兴趣和野心的人。当妈妈悲观地想象我将来的生活时，我不敢说出我的计划，但内心深处我很有自信地认为，当我最后被亨利赶出来时，我会有项能够追求的事业。根据我订阅的魔术期刊报道，目前最优秀的魔术师每次表演都可获得优渥的酬劳，更不要提舞台带来的声望。

我已经要进入这一行了。我是个被剥夺继承权的弟弟，等待监护人的施舍，在这些多雨的山丘上过着沮丧的生活。

然而，我正等着展翅高飞，一旦成年，我就要展开真正的生活。

伊斯林顿别墅，伦敦　1876 年 12 月 31 日

我终于从储藏室里拿出我的魔术盒与箱子，度过了一个忧郁沉闷的圣诞假期，忙着整理旧东西，挑出不要的和很高兴再次找到的东西。这本日记属于后者，过去这段时间我一直在翻阅。

我记得有一次我决定写下自己魔术生涯的细节，就像我现在做的。虽然已有太多的空隙——我把和亨利之间争吵的描述页数全部撕掉，连同之前保存的一些关于进步的记录也随之毁去。我不能再为了回想那段时间所练习的各种不同技巧动作而烦心了。

我也从之前最后记载的日记上看到，大概两年半前，我沮丧恍惚地等待 21 岁的来临，让亨利可以合法地把我赶出房子，事实上，我没有等到那一天就自己做出了决定。

所以现在我 19 岁，住在伦敦郊区租来的房子里，这房子位于一条不错的街道上，适合一个想摆脱过去的男人。至少在未来两年里，我不会有财务上的烦恼，因为不管我住在哪里，亨利都必须给我零用钱。我已经公开表演过一次，但没有获得任何酬劳（那件丢人的事，还是别提比较好）。

我已经变成一位平凡的鲁伯特·安吉尔先生，不再回头看过去，在我的新生活中，将没有人能发现我与家族的真正关系。

明天是新年度的第一天，我将会记下自己对魔术的抱负，或许

也会下定决心。

1877年1月1日

今天早上邮差送来一份从纽约寄来的小包裹，我已经等待这包裹好几周，这些是我一直在找的书籍，希望从中能获得灵感。

我喜欢表演，所以我不断研究舞台表演以及娱乐观众的诙谐手法和技术……我梦想着台下的笑声、惊讶的喘息声，还有如雷般的掌声，只要靠我出色的主持技术，我便可以达到职业的高峰。

但我的缺点是在别人解释一项魔术的奥秘之前，我无法了解它的运作。

当我首次看到一项戏法时，我就和其他观众一样迷惑。我没什么魔术想象力，而且我发现要应用已知的法则去制造出自己想要的表演效果是很困难的。当我看到一项很棒的表演时，我会对眼前所见感到迷惑，对看不见的部分感到困扰。

有一次在曼彻斯特的杂技场，一位魔术师拿出一个大玻璃酒瓶，放在自己面前，让观众可以透过玻璃瞥见他的脸；他用一根金属棒轻敲瓶子，发出清脆温和的声响，以证明玻璃瓶是左右对称的真品；再将瓶子倒置，让观众目睹瓶子是空的。

然后他转身走到道具桌前，从一个金属罐中倒了大约半品脱的清水进玻璃瓶，然后没再多做什么，就到舞台另一边，朝托盘里的杯子倒出些红酒！

这里的重点是：有一个装置，使魔术师看起来好像是要将水倒进一张折好的报纸中，然后又从报纸中倒出一杯牛奶（而这张纸还是维持不可思议的干燥状态）。

原理几乎一样，但表演方式不同，在钦佩这场演出之余，我完全没看懂其中原理。

我每个月都花很多零用钱在魔术用品专卖店里，我寻找很多秘诀或购买很多装置，使我能在稳定增加的表演技能中添加些技巧。当技巧不能用现金购买时，要找到秘密可是极度困难的！

甚至我还发现，技巧不是总有固定答案，因为竞争越来越激烈，很多魔术师被迫发明自己的戏法。目睹那样的魔术表演对我而言是苦恼也是挑战。

魔术界对新人很排挤，有一天我一定也要加入他们之中，但目前我对那些资深的魔术师谨慎保护秘密觉得很厌烦。今天下午我写了一封信给《戏法同好会》——一本会员制的月刊，在信中我表达了自己的观点，认为保守秘密是很可笑的。

1877 年 2 月 3 日

每天早上 9 点到中午，我会经过一条人车往来频繁的道路，在魔术表演的四家主要剧院经纪公司的办公室间穿梭。在每间办公室外，我都早已做好被拒绝的准备，才鼓起勇气进入，让柜台人员注意到我的来访，接着我会礼貌地询问是否有任何表演工作可以接。

到目前为止，不可避免地，我还是得到否定的答案，大部分时候，接待人员拒绝时，还是对我很有礼貌的。

我知道他们不断被我这样的人所纠缠，因为有一群名副其实的无业表演者，像我一样每天都跋涉着相同的道路，我在申请工作时会看到很多其他的人，自然地，我和一些人成了朋友。

他们之中大部分都很穷，而我并不缺钱（我还有零用钱，当然不会缺钱），所以在贺本或是苏活的小酒馆午餐时，我还能请他们喝点儿小酒。当然我也因此变得很受欢迎，我不是在开自己的玩笑，而是希望通过这些嬉笑的伙伴，找到工作或与表演界扯上关系，所以我很乐意有他们的陪伴。

那算是一段很空闲的日子，每天下午和晚上，我都有充足的时间持续练习魔术，也有足够的时间写信。

我变成一位很坚持并颇受争议的批评者，致力于写信给读过的每一本魔术刊物，语气尖锐好辩。因为我被一种真诚的信念激发，觉得应该对花哨庸俗的魔术界提出改革，但这同时也是因为我意识到一件很重要的事，除非我以一种让人印象深刻的方法散布名字，否则永远不会出名。

在一些信上，我会签上自己的名字，其余就以我的舞台名字来署名：丹顿。同时使用两个名字，使我在陈述事情时多一些弹性。

这些都是早期了，到目前为止，我只有少部分信被刊登。我幻想当信开始被刊登后，我的名字将被许多人提起。

1877 年 4 月 16 日

我被宣判了经济上的死刑！亨利通过了他的委任律师告知我，零用钱将于我 21 岁生日那一天终止，我有权继续住在克德罗的房子，但仅限于自己的房间。

某种程度上，我很高兴亨利做出这些决定，因为未来的不确定性再也不会困扰我了。直到明年 9 月为止，我有 17 个月的时间去打破我现在生活困境的恶性循环：找不到工作导致无法成名，毫无名气又使我无法建立起自己的观众群，没有观众又让我找不到工作。

我继续在经纪公司间徘徊，寻觅工作机会，现在，从明天开始，我必须以再度燃起的决心生活。

1877 年 6 月 13 日

夏天到了，但对我而言却是春天来了！至少我已经找到一些工作。

工作不多，像是在伦敦一家饭店的商务会议上表演扑克牌戏法，演出报酬只有半基尼，但这是一个有特别意义的日子！

十先令六便士！比一星期的房租还多！确实很多钱！

1877 年 6 月 19 日

我读的书有本是一名叫古帕塔·希勒尔的印度魔术师所著的，

书中提供一些建议给表演出差错的魔术师。希勒尔提供好几种方法，是如何让观众分心的方法，但是他也提供致命的忠告，表演魔术的工作充满沮丧和失败，表演者必须有心理准备并坚强面对。

为着坚忍不拔的精神，我将开始记录丹顿的职业生涯。我尝试的第一个戏法是两个简单的纸牌移动动作，但表演失败使我害怕而无法动弹，也使接下来的表演都搞砸了。

那次表演我只拿到了一半的酬劳，五先令三便士，承办人建议我多练习。希勒尔先生也有相同的建议。

1877 年 6 月 20 日

沮丧，我决定放弃魔术生涯。

1877 年 7 月 14 日

我回德比郡探望母亲，返回伦敦时，我的心情比离开她前还要郁闷黑暗。同时我听说，房租下个月开始会涨到十先令。距离我必须完全经济独立，还有一年的时间。

1877 年 10 月 10 日

我恋爱了！她的名字是德鲁塞拉·麦克伊。

1877 年 10 月 15 日

我显然太急了！这位麦克伊小姐不适合我，我正计划自杀，如果之后其他页数都是空白的，任何看到这本日记的人就会知道我成功了！

1877 年 12 月 22 日

我已经找到我生命中的女人！我从没像现在这么快乐过，她的名字是茱莉亚・芬瑟。她比我小两个月，头发是亮丽的红棕色，像瀑布般直直挂在脸庞，她的双眼湛蓝，鼻梁笔直，下巴有处小凹陷，嘴角总是挂着笑意，引发我疯狂的爱意和热情！她真的是我看过最漂亮的年轻女孩，而且她说她爱我就像我爱她一样深。

真难相信我的好运气。茱莉亚让我忘记所有的烦忧恐惧、不愉快、失意和野心，她让我的生活变得充实，我忍住不写她的事，因为我又想诅咒自己的厄运了！

写到茱莉亚或我的生活就让我忍不住发抖。今年就要结束了，晚上十一点，我要与茱莉亚一起迎接新年。

1877 年的总收入是：五先令三便士。

1878 年 1 月 3 日

最近半个月来，我每天都去见茱莉亚。她已经是我最亲密的朋友，我要尽可能客观地描述她，与她相遇已经清楚改变我的命运。

首先让我记下一件事，自从几个月前我一次演出失败后，就没再获得其他的表演预约。我的信心一落千丈，有些日子甚至无法继续以我有点虚假的乐观精神前往经纪公司。

认识茱莉亚就是在这段忧郁的时期。我之前就看见过她，但她纯粹的美让我不敢接近，终于有一天，我们一起坐在一家经纪公司等待，然后开始交谈。

办公室里没有暖气，装饰简陋，家具是坚硬的木椅。和茱莉亚坐在一起，我无法假装没看到她，于是拿出勇气与她说话。

她说自己是个演员；我说我是个魔术师。她最近也极少获得演出的机会，我发现她描述自己就和我描述自己一样，都充满对未来的期待。我们有趣地发现彼此的相似性，就这样我们成为了朋友。

茱莉亚是除了格里尔逊外，唯一看过我私下表演魔术的人。不管我的表演多笨拙或差劲，格里尔逊总会称赞我，但茱利亚对我的表演不只欣赏也会批评。她鼓励我，但表演失败时也会数落我，让我无地自容。

如果是别人这么做，我可能会无法接受，但茱莉亚不同，在残酷无情的批评后，她会给我一些充满爱意的话语或鼓励，甚至是建设性的意见。

我从简单的铜板戏法开始，这是些我最早学习的技巧，之后是扑克牌、手帕、帽子、撞球等戏法。茱莉亚对魔术的兴趣激励了我，我渐渐学会大部分技巧，甚至包括过去学不会的那些。

有时轮到她表演，茱利亚会朗诵些伟大诗人、剧作家的诗行和台词，这对我来说很新鲜。让我惊讶的是她的记忆力，但茱莉亚说有一些很容易学习的记忆技巧。这就是茱莉亚，一半是艺术家，一半是工匠。艺术和技术的融合。

不久，茱莉亚开始和我讨论表演，这是我朝思暮想的事，我们的感情顺利发展。

圣诞假期期间，当整个伦敦都在庆祝时，我和茱莉亚待在租屋处，把各自的专长教给对方。她一早就来找我，陪我度过短暂的白天，然后傍晚我就陪她走回吉尔本的住处。我独自度过夜晚时光，心里不断想着她，想着她带给我的快乐和她对舞台的见解。

茱莉亚正逐步将我自认拥有的天分引导出来。

1878年1月12日

“为什么我们俩不一起策划一项前所未有的魔术表演？”

这是茱莉亚说的，就在我上次写日记的隔天。

这话多么简单！却破坏了我的生活，让我陷入循环不止的沮丧。我和茱莉亚计划一项读心术的表演！茱莉亚一直教我记忆技巧，我正在学习使用记忆辅助工具。

我想茱莉亚确实拥有异常优异的记忆力。刚认识她时，我让她看自己努力学会的纸牌戏法，她那时便挑战我，要我说出任何两位数，不管顺序，并把这些数字写下。当我写满一整张纸，她却能用平静的口吻背诵出那些数字，且毫无停顿或错误。

当我正感惊叹时，茱莉亚还可以倒背一次！

我认为那是魔术，她以某种方式让我说出她事先背好的数字，或是她读到了我记下的字条。但她向我保证两者皆非，那不是戏法，也没有任何障眼法。不同于魔术表演，她表演的“秘诀”就只是我看到那样——她只是把号码背起来！

后来她告诉我辅助记忆法的诀窍。我还没像她那么熟练，但也已经有明显进步，即使我对这套记忆法一度也有疑虑。

1878年1月26日

我们已经准备好了！想象我坐在舞台上，眼睛被蒙住，自愿上台的观众已经检验过眼罩确实蒙住眼睛，也相信我看不到。茱莉亚慢慢在观众席中走动，拿起他们的私人物品，高高举起，除了我以外，每个人都看得到。

“我手里拿的是什么？”她大喊。

我回答：“男用皮夹。”

所有观众都惊讶地倒抽一口气。

“现在我拿到了……”

“一只结婚金戒指。”

“而它属于……”

“一位女士。”

（如果茱莉亚说：“那个属于——”，我就会一样肯定地回答：“一位男士。”）

“我手中握着什么东西？”

“一位男士的手表。”

问答像那样进行，是一种经过事先安排的冗长问答，但这些问答，当表演者以沉着冷静的态度呈现在毫无心理准备的观众眼前时，会很清楚暗示着两位表演者之间有读心术沟通。

原理似乎很简单，但练习很困难，到现在我仍对辅助记忆术不熟悉。就像所有魔术，熟练才能生巧。

练习持续进行，让我们没空去想最困难的部分——得到演出机会。

1878年2月1日

明天晚上我们会开始表演！我们为等待剧院的表演预约已经浪费了两个礼拜，今天下午我们散步解闷时，茱莉亚建议我们应该主动出击。

现在是午夜了，我才刚到家。茱莉亚和我总共去了六家小酒馆，我们最后选择了看起来最可能的一家名叫“山羊与小孩”的酒吧，里面广阔明亮，主吧台旁有个小舞台（目前有架钢琴在上面，但似乎没人弹），桌子的摆设方式让茱莉亚可以在与观众说话时自由走动。我们并没有告知老板或员工我们的来意。

茱莉亚回去了，不久我也上床休息，明天我们会排演一整天，晚上要冒险前进！

1878 年 2 月 3 日

茱莉亚和我数了钱，有 2 镑 4 先令 9 便士，这些钱是“山羊与小孩”的观众给我们的。其实钱还更多，有一些可能被偷了，也可能是当老板失去耐性把我们赶到街上时，我们来不及拿的。

但我们没有失败，从一连串的准备、自我介绍、如何引起观众注意，甚至去讨好老板，我们学到了很多。

今晚我们计划去拜访较远处另一家“船员之手”酒吧，我们会再表演一次，根据星期六晚上的经验，我们在表演上又做了些调整。

1878 年 2 月 4 日

我们只拿到 15 先令 9 便士。虽然金钱上的报酬不多，却得到了宝贵经验。

1878 年 2 月 28 日

这个月即将结束，茱莉亚和我到目前为止，总共从读心术的表演中赚了 1 镑 18 先令 3 便士，我们练到精疲力竭，对表演成功很得意，我们犯了很多错误，相信将来都能改进，而且（这是成功的象征）我们已听说有竞争对手也开始在南伦敦表演。

此外，下个月 3 日，我会去庞德斯恩的哈斯克音乐厅，表演正统的魔术节目：丹顿会出现在第七个节目。茱莉亚和我已暂时不再表演读心术，所以我可全心为这重大场合不断练习。

经历过一些酒馆或街头演出之后，我的状态似乎已相当稳定，在真正的剧院里表演真正的魔术，这是我一直追求的。

1878 年 3 月 4 日

已从哈斯克先生那边收到 22 镑 3 先令，他说 4 月时再请我表演。我表演的彩色缎带魔术非常受欢迎。

1878 年 7 月 12 日

人生的新开始。妻子觉得我们应该再设计新的表演。（我已经有段时间没写日记了，茱莉亚和我在今年 5 月结婚，现在我们开心地住在我伊斯林顿的住所。）

我同意她的看法，读心术虽然让那些没看过的观众印象深刻，但重复相同的表演令人厌倦，而且观众的反应也无法预期。大部分表演中我的双眼会被蒙住，所以茱莉亚常要独自处在酒醉或喧闹粗暴的人群中；有一次，我蒙住眼睛表演时，皮夹居然被偷走！

我们都觉得应该有所改变，即使我们经常有收入，但我仍无法单靠舞台表演谋生，而且两个月后，我每个月的零用钱就要中断了。

最近剧院的演出机会不错，从现在到圣诞节还有六次演出，我趁经济上还算宽裕，投资在一些大规模魔术上，我的工作室（是我上个月购买的）里摆满了魔术装置，利用这些我可以在短时间内就编凑出一场崭新刺激的表演。

但剧院表演的问题在于，虽然演出报酬很不错，但没有连续性，到最后还是死胡同。我尽本分表演，接受掌声和酬劳，但这些并不保证下一次演出的机会。

报章评论都篇幅不大且吝于夸奖。譬如，在克拉罕帝国剧院表演之后，我想那是我到目前为止最好的演出，但晚报上面只评论着："……名叫丹顿的魔术师，在女演员演出之后表演……"这么小的记号该如何为我的表演生涯铺路？

所以在浏览一份日报时，我有了一个重新出发的想法（或者该说是茱莉亚想到的）。

我看到一份报告指出，最近有更多证据显示，生命在人死后还继续以另一种形式存在，有些通灵专家能联系刚去世的人，让痛失亲人的家属可与另一个世界沟通，我读这篇文章给茱莉亚听，她凝视着我，我知道她在动脑筋。

"你不相信这种事，不是吗？"

"我很认真看待这件事，毕竟有愈来愈多人能与死者联系。有证据我就相信，你不能否认这些人说的话。”

“鲁伯特，你不会是认真的吧？”

“但是，有很多高学历的科学家已经调查研究过这些降灵会。”

“我没听错吧？你不也是靠欺骗观众赚钱，别忘了！”

我开始慢慢了解茱莉亚是在和我争论，但我相信像是安格斯·约翰爵士的声明，我曾在报纸上读到的关于他对鬼神世界看法的书。

我深爱的茱莉亚说：“你总是说最容易受骗的就是那些受过最好教育的人，聪明才智往往让他们对魔术秘密的简单视而不见！”

最后，我终于全然明了茱莉亚的意思：“所以，你是说这些降灵会是……一般的魔术？”她得意地说：“不然会是什么？这是一门新的生意，亲爱的，我们必须加入。”

所以我们的新表演就是招魂术。这段与茱莉亚交换意见的过程一定使我看起来很愚蠢，

因为我花了好些时间才了解她这番话的重点。这也说明了我的缺点：很难理解魔术，除非它的秘诀被明白地说出来。

1878年7月15日

去年年底时，我写了两封信给魔术期刊，当我看到文章被登出来时，感觉有点困窘。因为从那时起，我的生活已产生许多变化。

举个例子来说，我记得开始写其中一封信是我发现德鲁塞

拉·麦克伊表演真相的隔天；现在看到当时写的文字，想起那阴郁的 12 月天气，我在暖气不足的屋子里将愤怒发泄在某些倒霉的魔术师身上。

现在我明白那是一种半戏谑的评论，但我整篇文章充满着沉闷严肃的文字，严苛地批评那些被报道的可怜虫。

另一封信同样令我难为情，我甚至不记得当初写信时的心情了。

这一切都在提醒我那段痛苦的时光，还好我终于遇上挚爱的茱莉亚。

1878 年 8 月 31 日

我们已经办了四场降灵会，对所涉及的细节一清二楚。一般而言这种骗术水准不高，或许因为参与者当时心情太难过了，所以任何事都能接受。

确实，我的其中一场降灵会，效果实在很没说服力，要不是自愿相信，实在很难解释得过去。

茱莉亚和我已经花了很多时间讨论这门生意，也决定唯一的方式是把我们的努力当作专业的魔术、最高水准的表演。现在已经有太多江湖郎中在举办招魂术，我实在不愿成为其中之一。

对我而言这是为了达成目的，是一种累积金钱的方式，直到我能真的以剧院表演为生为止。降灵会所牵涉的魔术其实是很简单的，有一些精心设计的手法可以让降灵会看起来更有超自然效果。

就像在读心术表演中慢慢累积经验，降灵会也需要经验，所以我和茱莉亚立刻开始行动，在伦敦一家报纸上刊登广告。

刚开始因为还在学习阶段，所以我们收费很低，不过这也是为了确保更多生意上门。

我收到了最后一次零用钱，三周后，不管我喜不喜欢，都将完全自力更生。

1878 年 9 月 9 日

我们的广告已经招来 14 次询问！因为降灵会一次两基尼，广告费却只花了 3 先令 6 便士，所以我们已经开始赚钱。

在我现在写日记时，茱莉亚正在回信给客户，安排一连串降灵会的时间表。一整个早上，我一直在练习一种名为“杰克比绳结”的技巧。

这是运用于魔术师被绑在一张普通木椅上时仍可逃脱的技巧。助理在旁作势监督下（我的表演助理当然是茱莉亚），不管几位观众上台捆绑、打结甚至将绳子绑死，魔术师仍可以逃脱。表演者藏身在柜子里时，需要自我松绑才能在柜子里表演奇迹，甚至最后把自己绑回去，让之前打结的观众来检查和释放魔术师。

今天早上我有两次无法松绑。因为表演时不容许任何闪失，所以我花了一整天进一步演练。

1878年9月20日

今天收了两基尼，客户感激得哽咽不已，因我很暧昧地告知他们，我与死者曾有短暂接触。

明天是我21岁的生日，是成年的开始，在德普特福德有场降灵会，还有很多事需要准备。我们犯的第一个错是准时，让客户和她的朋友们都已经在等着，所以我们安置装备时，她们一直盯着看，下次绝不能再发生这种事。

我们得找些人手帮忙；昨天我们租了一辆运货马车，但车夫完全不愿意帮我们把设备搬进屋里，茱莉亚和我必须自己搬，要知道这些设备都很庞大。而且我们要离开时，那可恶的车夫没有按照指示等我们。茱莉亚只好去找另一辆马车，我就被迫和那些魔术设备在街上等候。

我们以后不会再依赖客户的家具做出效果，今天我们很幸运，刚好有张桌子可以用，但下次不能再冒这种险。还有很多需要改善的地方，我一一完成，今天买了一匹马和一辆马车，不过马必须暂时饲养在工作室后面的小院子里，直到我租到一间适当的马厩为止。

而且马夫也雇好了，负责帮我们装卸所有的东西，这位阿普尔比先生也许不会长期替我们工作，我希望找到年纪相近、比较健壮的车夫，但和昨天那位抛弃我们的低俗马夫一比，阿普尔比先生实在好太多了。

我们的开销也增加了。表演读心术时，我们只需要自己的记忆力，再加上一个眼罩；变成招魂师，就需要增加开支，这严重影响到我们的收入。昨晚我躺在床上想了很久，不知道接着还会有多少花费。

我得起身去德普特福德举办一场降灵会了。要从这里去德普特福德实在很麻烦，不仅要穿越伦敦市东区，还在河对岸；如果我们想早点到做准备，必须天一亮就启程。茱莉亚和我决定了，将来我们只会接受距离不远的工作，否则要花太多时间，报酬实在不划算。

1878 年 11 月 2 日

茱莉亚怀孕了！小孩预计明年 6 月出生。由于这令人兴奋的消息，我们已经取消一些演出，而且明天要去南汉普顿，把这个好消息告知茱莉亚的母亲。

1878 年 11 月 15 日

昨天和前天的降灵会都很顺利，客人也都很满意，然而我愈来愈担心工作给茱莉亚的负担，所以考虑赶快找一位女助理来顶替。

如我所料，阿普尔比先生几天之后就辞职了，我又找到了欧内斯特·纽金，一位体魄强健、去年才从皇家陆军退伍的年轻人来替代。我觉得纽金是颗未经琢磨的宝石，够机灵，工作一整天也不会抱怨，还相当忠诚。

两天前一场降灵会中（我们从南汉普顿回来后的第一场法会），有一个参与者，刚开始我以为他是死者亲属，后来才知道他是位报社记者。这个人似乎肩负某种揭发我是江湖郎中的任务。一清楚他的来意，纽金和我就赶快（但很客气地）把他请了出去。

所以，我现在又增加另一件要注意的事——小心提防任何怀疑者。

我的确是他们要拆穿的那种江湖郎中，因为我无法与死者沟通；但我的欺骗是无害的，而且我相信这对痛失亲人的家属甚至是有益的。

至于金钱报酬方面，我收费不高，到目前为止还没有客户对我抱怨收费的事。

这个月剩下的日子里，天天都有工作安排，但圣诞节前夕是淡季，我和茱莉亚已经明白降灵会通常是由于家属突如其来的痛苦，而并非计划好的，所以必须一直登广告，让需要的人随时找得到我们。

1878 年 11 月 20 日

茱莉亚和我今天面试了 5 个年轻女孩，希望有人能取代茱莉亚的助理工作。但一个都不适合。

茱莉亚害喜的情况已持续两周，但她说之后会改善。一个小男孩或小女孩将进入我们生活的想法，照亮了我们的每一天。

1878年11月23日

今天发生了一件令人不快的事，我被怒火吞噬，必须等到现在(晚上11点25分，茱莉亚终于入眠)，我才能心平气和地记下那件事。

今天我们在伊斯林顿的一户人家办招魂会，客户是一位年轻人，他的妻子最近刚过世，留下三名幼子，其中有一个还是嗷嗷待哺的婴儿。

这位先生，我简称为L先生，是我们的旧客户介绍的，所以我对他的事特别小心关照，因为如果招魂生意要蓬勃发展，费用必须慢慢提高，而这依靠的都是客户的口碑。

我们正要开始法会时，有一个人姗姗来迟，我马上起了疑心；这不是马后炮，因为这家族中似乎没人认识他，他的迟到让屋内的气氛变得更紧张。

我对客户这样的神情已经很敏感，于是对茱莉亚打暗号，表示我怀疑那人是个新闻记者，茱莉亚的表情告诉我，她也有相同的判断。纽金当时站在一扇拉下窗帘的窗户前，他不清楚我和茱莉亚之间所使用的暗号。

这时我必须赶快下决定，如果打算在开始前就把那人赶出去，可能会制造出一些不愉快的骚动，之前我已有部分经验；但另一方面，如果我什么都不做，无疑地，表演最后我一定会被指控为江湖郎中，到时不但收不到费用，连客户也得不到心灵上的安慰。

而且我马上就发觉自己曾见过这个人，他曾参加过我的法会，还一直盯着我，让我有些惊慌失措，所以对他印象深刻。他的再次出现难道是巧合？在这么短的时间内，他刚好失去亲人的概率有多高？还有在我的两次降神法会中，他刚好都出现的概率又是多少？

如果不是巧合，那他是在搞什么把戏？假设他是要攻击我，那为什么以前有机会，却没付诸行动？

极度紧急之下，我思绪紊乱，无法思考，至少为了和死者沟通，我必须维持冷静的外表。当时快速评估后，为了顾全大局，我决定继续降灵会。现在写下这件事，我才发现当时的决定实在大错特错。

首先，那个人根本不用攻击我便几乎破坏了表演。我太紧张了，紧张到当茱莉亚和另一个在场的人把我放进道具柜时，我让一只手被绑得太紧。虽然我很庆幸待在柜子里可以脱离对手那邪恶的注视，但我花了太多时间才能松绑。

柜子魔术一完成，我的敌人便启动陷阱。他离座把纽金推开，并拉开其中一扇窗帘。接着他开始一连串叫嚣，引起我的客户和孩子们强烈的悲伤。纽金与这个人扭打，茱莉亚则试着安抚小孩们。

但那疯狂的男人抓住茱莉亚的肩膀，用力摇晃她，还把她推倒在地！

茱莉亚重重摔在没有地毯的地板上。我抑制住极度的沮丧，爬上桌子，想去保护茱莉亚。而那个男人就在我们之中。

纽金又从他背后抓住他，将他的双手反转："先生，我要如何处理他？"

"把他带到街上去！不，等一下！"

窗户透进来的光线直接照在他脸上，在他身后是我最想看到的景象：茱莉亚重新站了起来，打暗号告诉我她没事，所以我把注意力回到那男人身上。

我向他大吼："你是谁？和我的工作有什么利害关系？"

"叫你手下放了我！然后我就走！"

"由我来决定你能否离开！"

但我马上认出他了："你叫博登，对不对？"

"不对！"

"你就是艾尔弗雷德·博登，我看过你的表演！你来这里做什么？"

"让我走！"

"我们有什么过节，博登？"

他没有回答，只是用力想摆脱纽金的擒拿。

"把他拖走！把他丢到该去的街上贫民窟！"

纽金动作很快地把他拖走，几分钟后才回来。这时，我紧紧抱住茱莉亚，试着让自己安心；尽管被摔到地上，但她真的没有受伤。

"如果他伤害你或我们的孩子……"

"我没有受伤，但这个人是谁？"

"等一会儿告诉你，亲爱的。"我轻声回答，意识到现场的法会仍是一片混乱，还有一位生着气、自觉被羞辱的客户，小孩子们以及他的四位亲友，所有人的神情都看似非常震惊。

我鼓起勇气，用尽可能威严的语气说："你们都知道我为什么无法继续吧？”

没有人表达异议。于是孩子们被带离房间，L 先生和我进行一场私人会谈，他真的是位值得同情的聪明人，他建议我们应该过一两天后再见面，决定下一步。

我很感激地同意，纽金和我把设备运回马车上，我们便打道回府。纽金驾驶马车时，茱莉亚和我在后面互相拥抱，带着苦恼与回想。

马车在黄昏中沉重前行，我说出了我的疑虑：“那是艾尔弗雷德·博登，我不太认识他，只知道他是一位没什么名气的魔术师。我一直在回忆自己是怎么知道他这个人的，应该是看过他的舞台表演吧？问题是他在这一行不是大人物，所以有可能是他帮某人代班，刚好被我看到。”

我尽可能对自己和茱莉亚解释，试着用我知道的方式来理解。工作上的嫉妒无法解释他的攻击，但又可能是什么动机呢？我们互相又不认识，除非我记错了，不然我们从来井水不犯河水；但他的行为就像是来复仇？

雾茫茫的夜里，茱莉亚坐在我身旁，佝着身子依偎着我，我问了很多次她的身体状况，试着让自己心安，但她只想赶快返回家中。

不久我们就抵达伊斯林顿的家中，我让她直接上床睡觉，她看起来很累，神情有些异常，但她仍坚持自己只需要休息，一切就会没事。我坐在旁边陪她，直到她睡着。

之后我随便煮了一碗汤喝，在小巷道里散步厘清思绪，之后回家写下今天发生的事。

我有两次停笔去看茱莉亚，她睡得很平静。

1878 年 11 月 24 日

我这一生中最悲惨的一天。

1878 年 11 月 27 日

茱莉亚刚从医院回来，又沉沉睡去，我再次翻开日记，这是我勉强称得上短暂分心与安慰的来源。

事情的经过是，茱莉亚在 24 日清晨醒来，她流了很多血，十分痛苦，痛苦就像一阵阵波浪在她体内起伏，使她不时尖叫、痛苦扭曲，在短暂喘息之前，下一波痛苦又再开始。

我马上穿好衣服去叫醒邻居，请詹森太太来陪茱莉亚，我则继续去求助。詹森太太毫无怨言地马上答应，我在黑暗中狂奔，还好不幸中的大幸，正好有一驾刚休息的出租马车，我恳求车夫帮忙。他答应了。

一小时后，茱莉亚抵达医院，医生做了必要的医疗处置。

小孩没了。我也几乎失去茱莉亚。接下来一整天她都留在公立病房，之后过了两天，直到今天早上，我才能接她回家。

现在，有个名字无意中进入我的人生，我会永远记得，那就是艾尔弗雷德·博登。

1878年12月3日

茱莉亚的身子依旧脆弱，但她希望从下礼拜开始回降灵会中帮忙。我还没告诉她，但我已经决定以后绝不会再让她冒险，所以我又刊登广告寻找女助理。

今晚我有一场舞台表演，而且我已经找到道具，这场表演将不需要助理。

1878年12月11日

今天我在一篇广告上看到博登的名字，他在一个综艺节目中客串魔术师，我马上和赫斯基思·尤恩联络，他是我最近签约的经纪人。

从尤恩那里我得知，博登是因为其他魔术师突然生病而帮忙代班，本来在节目表中被排在第二项表演的魔术，便被换到所有魔术师最不喜欢的次序——中场休息回来后的第一项节目！我把节目表拿给茱莉亚看。

1878年12月31日

1878年的总收入：326镑19先令3便士，这个数字还必须扣除一些费用，包括阿普尔比和纽金的薪资、购买马匹、马厩、戏服和很多设备的费用。

1879年1月12日

新年度的第一次降灵会，还有，这是第一次由莉蒂希娅·史云顿当我的助手。莉蒂希娅之前在歌舞团工作，所以有很多魔术专业知识的学习，我只希望她能慢慢进步。

降灵会后，我请纽金赶快送我回伊斯林顿的家中，那是我和茱莉亚生活的地方，我要告诉她今天发生的所有事。

家里有封信等着我，L先生已经决定在那次事件后，不想再在家里举行降灵会，但经过郑重思考后，他觉得我应该得到全部酬劳，所有费用已随信附上。

1879年1月13日

今天茱莉亚把自己锁在房内，完全不顾我的敲门恳求，只同意用人送进茶水和面包。我今天没有工作，原本已计划好要去工作室，但看到茱莉亚奇怪的情绪反应，我觉得应该待在家里，茱莉亚晚上8点出现，对白天的所作所为没有一句解释，我对一切感到迷惑，她说她不再疼痛，但除此之外，她拒绝讨论发生过的事。

1879年1月15日

今天下午，纽金、莉蒂希娅和我进行了一场降灵会，这工作对我而言已变成例行公事，唯一新奇的是，第一，需要和一位不熟悉魔术的助理一同工作；第二，任何丧亲之痛会有的特殊情况；第三，每次法会所用房间的不同格局，最后两项对我来说不成问题，甚至莉蒂希娅也证明了她学得很快。

回程时，我要求纽金让我在伦敦西区下车，我走路去皇后剧院买了张戏票，坐在剧院后方包厢的前排座位上观赏。

博登的表演被安排在上半场，我很专心地看他表演，他表演了七种不同的技巧，其中有三种技巧我不知道。（明晚！明晚我就会知道！）

他是一位貌似忠厚的表演者，表演得四平八稳，但是因为某个原因，他用一种不讨喜的法国口音说话，让我很想辱骂他是个骗子。然而，我必须遵守时间表，我想尝到复仇的甜美。

回家后，茱莉亚拒绝跟我多聊，甚至在我告诉她一天的事之后，她还是很冷淡。

噢，茱莉亚！在那天之前，你不是这样的！

1879年1月19日

我和茱莉亚一直在哀悼那个我们没机会认识的孩子。茱莉亚的痛楚如此深沉地藏在她内心深处，有时她甚至对同在一起的我视而不见。我也一样感到悲伤，但工作可以让我分心，这是我们之间唯一的不同点。

上周开始我想将自己的魔术提升至完美，试着借由密集的练习，重新出发到一种理想的专业程度。为此我清理了工作室，丢了很多垃圾，改进了几项魔术。

大致说来，我让工作室变成一个像样的专业场地，在那里能适当地准备和排演魔术。

我通过尤恩和其他方式，寻找一位能和我配合的专业技术人员。毋庸置疑的，我需要专家的协助。我已经帮自己设定了一份练习的时间表，而且会严格遵守：每天早上两小时，下午两小时，晚上小时（如果茱莉亚允许的话），除了正式表演时间，我绝不允许自己不练习。

我还帮自己和莉蒂希娅订了些新戏服，让表演看起来更精致。

最后我答应自己，一旦经济无忧就要停止降灵会的工作。趁现在还有时间，尽可能多接降灵会的工作。它们目前仍然是唯一能让我和家人温饱的工作，我的经济负担很重，必须支付住宿费、工作室和马厩的费用、纽金和莉蒂希娅的薪水，过不久还要包括技术人员的费用……以及所有家用。

这所有一切，都是那些容易轻信、痛失所爱的家属所支付的！（虽然我还是有些零星的剧院表演机会。）

1879年12月31日

1879年表演魔术的总收入：637镑12先令6便士。尚未扣掉支出。

1880年12月31日

1880年表演魔术的总收入：1142镑7先令9便士。

尚未扣掉支出。

1881年12月31日

1881年表演魔术的总收入：4777镑10先令。尚未扣掉支出。这是我最后一次记录年收入，过去的12个月对我来说非常成功，让我买下了这栋本来是租的房子，还雇用了三个用人。

年轻时困扰我的不安情绪，现在已经变成我魔术表演的活力，而且我可以说自己可能是英国当前最受欢迎的舞台魔术师，因为我明年的表演预约已经排满。

1891年2月2日

10年前，我把日记放到一边，不想再打开，但经过今天傍晚在利物浦的赛夫顿剧院所受的羞辱之后，我无法不把它记下来。现在我正搭火车返回伦敦，因为很久没有写日记，我并未随身携带笔记本，就先写在这些纸上。

当时我正在进行第二段表演，将要进入整场的高潮，这个戏法叫作“水中脱逃”，是一项结合了体能、可控制的风险和一点魔术特技的表演。

魔术从我被绑在一把坚硬的铁椅上开始。为了彰显效果，我邀请了六位自愿的观众：从观众席中随机挑选，没有一位是经过特意安排，但是纽金和我的技师卡特特别注意了周遭的状况。

当观众上台时，我故意和他们开玩笑，一部分是为了让他们放轻松，另一原因则是为了误导他们，所以艾伦·特里梅因（我的现任助手；我已经很久没写日记了）可以开始安排杰克比绳结。

等我发现到博登也在上台观众之中时，我已经在椅子上了！他就是那第六个人！

卡特和我平时都是使用暗号去辨识和安排上台观众的位置，准备表演时，第六位观众就安置在离我最远的地方，并将让他握紧绳子的另一端。今晚博登是第六个人，他只离我几尺远！全场观众都在看我们！而且魔术已经开始了。

博登伪装得很好，故意笨拙地走路，甚至装出不自在的样子，一定没有观众会猜到他就像我一样，是个不折不扣的魔术师，卡特明显没认出他是谁，还推着博登站在定点。

特里梅因把我的双手一起绑在椅子后面，从这里，所有的准备开始出错：因为一直在注意博登，当我发现其他两位志愿者已经握住绳子末端，要把我绑在椅子上愈紧愈好时，一切都太晚了，在明亮的灯光下，我被牢牢绑住，十分无助。

伴着一阵鼓声，我被高举到玻璃水缸上方，在链子末端不停摇晃和旋转，就好像一个无助的受害者，事实上，今晚我的确是，平常在正常的表演中，我应该在舞台边缘就把手腕松绑，并且立刻摆脱绳子（在水缸上旋转时，再技巧性地掩护自己迅速松绑的动作），但今晚因为我被绑在椅子上动弹不得，只能眼睁睁看着自己即将被丢进一大缸冰冷的水中。

过了一会儿，我照原先安排被丢入水中，水溢满地；我试着用脸部表情向卡特暗示我的困境，但他忙着降下水缸旁隐藏的幕布。黑暗中，我在椅子上挣扎，手脚都被绑住，而且完全浸泡在冷水里，我被呛到了……我当时只希望水能让绳子松开一点（这部分应该是我自己准备的诀窍，以防志愿者把第二个结绑得太紧），我知道会有一点点时间可运用，但今晚这些时间仍然不够拯救我。

这时，我紧忙拉扯绳子，觉得自己的肺似乎快要爆开，这些可怕的水要流进去了，把我带去地狱……但我正在写“这件事情”，所以很显然地，我躲过了一劫。

很讽刺地，博登的干扰没有成功。他也许做得太过火了，想要幸灾乐祸地看着我失败。接下来是我用猜测重建的景象。因幕帘隔开了舞台，我看不见前台发生的事。

正常的表演中，观众会看见舞台上有六位很不自在的观众，就站在遮掩水缸的幕布旁。他们和台下观众一样看不见我在做什么。这时乐队会演奏一首混合曲，除了填补时间，更重要的是掩护我脱逃时发出的噪声。

但不久台上六人和台下观众就开始因时间过去太久了而开始焦虑不安。

乐队也开始无法专心演奏，音乐声愈来愈小，四周一反常态地寂静，卡特和特里梅因也终于意识到情况不对而焦急地跑上舞台，这当然引起观众的注意，在六名志愿者的协助下，卡特和艾伦把幕布扯断，发现——椅子仍在水中！绳子还绑在上面！但我不见了！

当观众还在讶异时，我戏剧性地出现了！通常我会从侧厅出现，但如果时间够的话，我比较喜欢在观众席中出现。我跑去舞台中央，低头答谢，并让现场每个人都看到我的衣服和头发是干的。

今晚博登是来毁坏一切的，但却无意间把我从溺水中拯救出来，因为在管弦乐队还没演奏时，博登就离开卡特叫他站的位置，到幕布旁把它们掀起。

我会察觉到这件事，是因为一束明亮的灯光突然照在我身上，当我正要呼出肺里最后一口空气时，我突然充满希望地往上看！觉得祈祷得到了回应，卡特打断表演拯救了我的性命；透过可怕、搅动的水，隔着坚固的玻璃，我看到了我那仇人嘲笑的表情！博登往前靠，把他得意扬扬的脸贴在水缸上。

这时，我觉得自己渐渐失去意识，我相信自己已离死亡不远。

后来的记忆有段空隙，我只知道醒过来时，躺在一块坚硬的木板上，周遭光线昏暗，相当冰冷，很多双眼睛朝下看着我，音乐这时奏得很大声。

水一口气从我耳朵里流出来，让我好像聋了似的，感觉到地板正随着节奏上下移动。

我抬起头，视线无法集中，神情恍惚，只看到合唱团正在另一边的舞台上，女演员神气地从乐队席中走出来，并唱着令人安心的歌，我放心地发出呻吟，闭上双眼并躺回地板上，卡特这时赶紧把我拖到安全的地方，不知怎么的，我也慢慢恢复了呼吸，结束了这令人难为情的景象。

之后我被带到休息室，慢慢恢复正常，这30分钟，我仿佛经历了人生中最悲惨的时光。还好我身体够强壮，不久后就能自在呼吸，浸了水的肺部很快就恢复正常，我觉得时间还早，坚信还有充裕的时间可以回到舞台上，趁节目结束前重新表演一次，但他们不准我这样做。

接着我召集艾伦、卡特和纽金到更衣室，就表演失败进行事后检讨，我们约定两天后到我伦敦的工作室来改善逃脱的方法，将来就不会再发生类似的危险。最后我那三位忠实的员工送我去车站，然后他们返回订好的旅馆。

我归心似箭，很想赶快回到伦敦看到茱莉亚和孩子们，这件意外让我几乎与死神擦身而过，我突然很想和他们在一起，这班列车在黎明前还不会抵达优斯顿车站，但是这还是会比其他方法让我能早些见到他们。

讽刺的是，我现在想回到的家庭幸福是我很久没写日记的原因，因为无事可记：过去这十年间，我的事业成功而且家庭美满。

1884 年年初，茱莉亚发现她又怀孕了，我们的儿子爱德华顺利诞生；两年后我们的长女莉蒂亚也出生，还有去年迟来的喜悦，我们的心肝宝贝，佛罗伦丝。

与此对照，和博登的仇恨对决显得无谓、琐碎。我们这几年来一直在彼此给对方捣乱拆台，的确，这些举动背后都是恶劣、蓄意的。我表现得和博登一样恶毒，我并不引以为荣，这些冲突没有任何一件值得我记在日记里，所以没有继续写日记绝非巧合。

但是，到今晚为止，博登和我从未直接威胁到对方的生命。

几年前，对于我第一个孩子的流产，博登该负直接的责任，虽然我当时的直觉是要报复，但是几个月过去后，我的怒气慢慢消失了，随后我也对自己几次的报复行动感到很满意，例如羞辱他，或在最后混淆他的魔术表演。

轮到他时，他也采取了几次让人意想不到的报复，虽然我觉得没有一次像我那么高超。

今晚发生的事，已经迫使我们之间的敌对进入一个新的境地，他想杀我！事实就这么简单，他是一位魔术师；很清楚绳索该怎么绑才能快速又安全地脱逃。

现在我又想要报复，希望时间会平缓我的情绪并带来理智及冷静，才不会让我将今晚想到的行动付诸实现！

1892 年 2 月 4 日

昨晚，我看见一件不可思议的事。

科学家尼古拉·特斯拉来到伦敦，他夸张的言论竟然变成上星期全城的话题。大家都在谈论几个奇迹，几家消息灵通的报纸甚至说特斯拉手中掌握着世界的未来。他接受的专访和所有提到他的文章都未详细说明他的研究。一套广泛的说法是，人们必须目睹，才能理解他那套理论的重要性。

所以，在好奇心的驱使下，昨天我和数百人在电力机构门外骚动，想看看这位伟大人物的表演。

我看到了一次惊人、超乎想象的电力展示，特斯拉先生（他说一口很棒的美式英文，几乎让人忘记他有欧洲血统），是发明家托马斯·爱迪生的同事，对赶时髦的伦敦人而言，电力使用在照明上已渐普遍，但特斯拉当时展示了电流还有其他用途。

我看着他令人激赏的实验，不禁眼花缭乱而且印象深刻、心服口服。他有很多令人吃惊的特效，对我这样的门外汉来说，大部分特效都高深难懂。

特斯拉说话时，就好像在传福音一样，比起闪耀、爆裂的闪电效果，他那具有远见的话更让我兴奋，远远超过我迄今所有的知识范畴。他确实是预知下世纪的先知，就像一套有发电厂的环球网络，电力可供应给所有卑贱或尊贵的人，从这里传送能源和事物到世界的另一端，空气也随之震撼！

我从特斯拉的示范中领悟了一个很重要的真理，他的表演能使任何一位优秀的魔术师困惑，但观众不需要了解方法就能喜欢它的效果。

简单地说，特斯拉先生说明了许多科学理论，在场观众只有极少数能了解，但未来即将发生的事已经在我们眼前隐约浮现。

我已经写信到特斯拉先生的联络地址，并索取一份他注解的说明。

1892年4月14日

我忙着准备即将在夏天展开的欧洲巡回表演，所以无法花太多时间在其他事上。从2月寄出给特斯拉先生的信后，我终于收到一份注解说明，但我实在看不懂。

1892年9月15日 巴黎

我在维也纳、罗马、巴黎、伊斯坦布尔、马赛、马德里、蒙地卡罗……都很受欢迎，但现在我把这些都抛诸脑后，我只渴望再见到挚爱的茱莉亚、爱德华和莉蒂亚，当然还有小佛罗伦丝。

两个月前我们全家人一起在巴黎度了假，现在只有珍贵的家书才能让我提起精神。再过两天，如果航班准时、火车也不误点的话，我就能回到家中休息。我很疲惫，因为不断旅行与在旅馆投宿，再加上在欧洲表演的紧张生活，但是这一趟旅行可说完全成功，我本来计划 7 月中旬到家，但因如此受欢迎，数十家剧院不停要求我们去做计划外的魔术表演。

我和工作伙伴们当然是非常高兴，非得接受不可，尤其在了解他们愿意支付多诱人的额外表演费用之后。在计算所有支出之前，我似乎不该先记录这趟巡演的总收入，但可以说，这是我一生中头一次觉得自己很富有。

1892 年 9 月 15 日 伦敦

我期待这趟巡回表演可以助长我的声望，却发现我不在时，博登渐渐赢得了许多注意力。似乎因为一项他已经表演多年的魔术获得许多观众的喜爱，很多人想看他表演。

虽然我看过几次博登的表演，但没看过他尝试任何特别技术，可能因为很多不同的因素，让我从没将他的表演看完！卡特和我一样只知道一点点他这项令人喝彩的戏法，因为他也跟着我在欧洲巡演。

当我正打算忽略博登的事时，我看到了一张字条，是多米尼克·布罗顿，我的经纪人之一寄给我的。

表演者：艾尔弗雷德·博登（魔术大师）

魔术名称：新瞬间转移

效果：很棒，绝对不容错过。

适应性：高难度，但若博登能做到，我想你也可以。

我把这封信拿给茱莉亚看。

之后是另一封信，我又被邀请到美国去表演魔术！如果我同意，表演将会在2月开始，并且在芝加哥住上一周！然后再旅行到一些美国的大都市去。一想到这件事，我就不禁激动。

茱莉亚对我说："不要管博登，你一定要到美国去表演！"

我也同意她的看法。

1892年10月14日

我已经看到博登的新魔术，很精彩。用简单的方式表演比较好，虽然这么称赞他让人气恼，但我必须公正。

开始时，他把一个木柜推到舞台上，就跟所有魔术表演类似，柜子够高到容纳一个男人或是女人，柜子有三面坚固的壁（背面和两边），前面的门还开得很大，能让观众清楚地看到里面，下方有副脚轮抬高柜子，表示没有任何人可以从底下逃脱或是进入，而不被观众注意到。

柜子里空无一物的展示动作一结束，博登就把柜子的门关起来，然后放在舞台左边。他站在脚灯前，以令人迷惑的法式口音做一段简短的说明，内容是关于他即将表演的、高危险性的魔术。

在他身后，有位相当漂亮的女人把第二个相似的柜子推上舞台，女助理把门打开，所以观众可以看到里面也是空的，只见短披肩一阵旋转，博登就动作敏捷地跳入柜子。

乐队演奏开始，鼓声四起。下一个动作马上就发生了，说实在，写下来比亲眼看到用时要久远。

鼓声愈来愈响，博登脱掉帽子跳回柜子里，然后把帽子往空中一抛。这时他的助理赶紧把柜子门用力关上，在那一瞬间，离博登有段距离的另一个柜子突然打开，博登不可思议地出现在里面！

他刚进去的第二个柜子不过几分钟时间就塌了，空空地倒在舞台上。博登抬头往上看，刚刚被他抛高的帽子直直落下，他用手接住戴好，并轻轻把它扶正，然后面带微笑地走向灯光，低头向全场观众谢礼！

观众的喝彩空前轰动，我得承认自己也忍不住喝彩。如果能知道他是怎么做到的就好了。

1892 年 10 月 16 日

昨晚我与卡特一同去看博登的表演，那项使用两个柜子的魔术并没有表演。

在回伦敦的路途中，我又对卡特描述一次那晚的情景，他的猜测就跟我两天前第一次告诉他时是一样的。

他还是说博登使用替身来演出，他 20 年前就看过一位年轻女子做过类似的演出。

我不是很确定，但博登一点也不像使用了替身，进到柜子里的人和从另一个柜子出来的人是同一个人，我当时就在那边，我看到的一切就是如此。

1892年10月25日

因为我自己也有工作，无法每晚都去看博登的演出，但这星期卡特和我已经去了两次，博登仍然没重复演出两个柜子的魔术，卡特拒绝在亲眼见到之前做出任何臆测，他说我是在浪费我们两人的时间，这导致我们之间开始有摩擦出现。

1892年11月13日

终于，我又看到博登表演他那两个柜子的魔术，而且这一次卡特也在，这表演在刘易斯汉世界剧院。当博登展示两个柜子中的第一个，让观众觉得里面空无一物时，我觉得有股期待的激动，卡特专业地拉高看歌剧用的眼镜，我望了他一眼，想看看他在注视舞台上哪些部分。

有趣的是，卡特并没有在看博登，他快速移动眼镜，似乎在观察舞台的其他区域：旁边的厢房、顶棚和背景板，我暗骂自己没想到这些，让卡特继续进行他的侦查工作。

我继续看着博登，就我所见，他的表演跟我上次看到的一模一样，就连他以令人讨厌的法式口音说明表演也几乎雷同。然而当他进入第二个柜子时，我注意到一些微不足道的小事，包括他让第一个柜子比较靠近舞台后面——那边灯光比较暗。

我又很快瞄了卡特一眼，发现他完全没注意到博登，却将眼镜很快瞄准舞台上方的柜子。另一方面让我很感兴趣的，就是当博登脱掉帽子，往高空一抛时，我向前倾准备看清楚，但这一次帽子却很快掉进布景的顶棚，不再出现！很明显旁边有一位帮手，偷偷用工具接住帽子。

博登露出诡谲的笑容转向观众，也得到很多笑声，当笑声愈来愈大，他冷静地伸出左手……然后帽子轻轻地从顶棚掉下来，只见博登这时很自然接住帽子，一项非常棒的舞台动作，所以又赢得观众第二次的笑声。

然后就在笑声还没停止时，很快地他又将帽子往高空一丢！柜子门被重重关上！舞台上方的柜子突然又打开，博登跳出来并没有戴帽子！接着，第二个柜子倒下！博登很敏捷地跳过舞台，接到帽子并戴上！

微笑、低头、谢礼挥手，博登接受全场观众的热烈喝彩，卡特和我也加入其中。

在招来计程车匆匆回北伦敦的途中，我问卡特："你觉得博登的表演如何？"

"精彩，安吉尔，非常精彩！那不是经常可以见到的全新魔术。"

我必须说，这赞美不是太让我高兴。

“你知道他是如何做到的吗？”

“是的，我知道，我想你也应该知道。”

我说：“我就和上次一样困惑，博登怎么能够同时出现在两个地方？我看不出任何可能！”

卡特的语气有些尖锐：“有时你真令我惊讶，安吉尔先生。那是一个合乎逻辑的谜题，只能用我们的逻辑去解决，我们眼前见到什么？”

“一个人很快地从舞台的一边传送到另一边。”

“那是我们认为自己见到的，是我们预期看到的，但真相又是什么？”

“你仍然相信博登使用替身吗？”

“还有什么方法能造就如此表演？”

“但是，你和我一样看到了，他没有替身啊！我们很清楚看到他，他在表演前后都是同一个人啊！”

卡特对我使眼色，然后转身凝视窗外，此时车子刚好经过滑铁卢，周遭房子发出点点灯光。

我大声嚷嚷：“所以呢？你觉得呢？”

“我已经说了我想说的，安吉尔。”

“我付钱给你解释我无法了解的事，卡特，不要戏弄我！这很重要！”

这时卡特才明白我有多严肃，因为我心里对博登演出的钦佩，已经变成沮丧和愤怒。

“先生，你一定知道有关同卵双胞胎的事，那就是你要的答案！”

“不可能！”

“那还有什么可能？”

“但第一个柜子是空的……”

“看起来是。”

“还有第二个柜子在他消失时有倒下来……”

“效果很好，没错。”

我知道卡特在说什么；当时标准的舞台道具可以藏匿人或物但看似空空如也。我有几项魔术技巧也应用相同原理，但这一直是我的问题：当我从观众席中看到别人的魔术，我就会和观众一样被误导。

但是应用双胞胎来表演，我没想过那个方法！

卡特已经提供给我很多想法，之后我顺道送他回住处，然后再回到这里想一些事，现在我已经记下今晚的事，我想我同意卡特的看法，这就是秘密。

可恶的博登！不是一个博登，而是两个博登！那可恨的双眼！

1892年11月14日

我告诉茱莉亚昨晚卡特给的答案，令我吃惊的是，她竟然笑得很开心。

“太好了！我们一直没想到那里去，不是吗？”

“所以，你也觉得那是很有可能的事？”

“亲爱的……那不只是可能，那是舞台上唯一可能的表演方式。”

“我猜你说得没错。”

现在，我也对茱莉亚有些生气，她还没亲眼看过这表演呢！

1892年11月30日

昨天，我对博登产生了一种有趣的想法，除此之外还有一些关于他的重要事实。

这里应该再提一下，过去一整周我一直没时间写日记，因为我已经变成伦敦拜占庭大剧院的演出首席，这真是无上光荣，不仅代表每场演出都有满场观众捧场，还有观众的热烈反应。

结果，记者先生们也对我提高了兴趣，昨天就有一位晚报的年轻记者来访问我，他的名字是亚瑟·科尼希。

访谈期间，科尼希问我有没有什么对其他魔术同行的意见想说，我识时务地提出一些我对最优秀同业们的好评。

“可是你还没提到那位人称‘魔术大师’的魔术师，你对他的表演没有任何评语吗？”

我尽量保持修养：“我得说很遗憾还没机会看到他的现场表演。”

“那你一定得去，他的表演是伦敦最棒的！”

“的确。”

“我已经看过他几次演出，他有一项表演，不是每次都有，因为他说那会让他太累，但就是那项魔术……”

“我已经听过这件事了，跟两个柜子有关。”我有些不屑。

“就是那个，丹顿先生！他在一瞬间消失后又出现！没有人知道他是如何做到的。”

我纠正他的话：“除了他的同行魔术师以外。他只是利用标准的魔术程序。”

“所以，你知道他是如何做到的喽？”

“我当然知道，但你不会以为我会泄露魔术的秘密吧……”

我承认其实我心里在挣扎，过去两周以来，我一直想着卡特的同卵双胞胎理论，也一直说服自己去相信。现在就是揭发这个秘密的机会。

这里有位热衷此道的听众，他是本市最大报社之一的记者，同时也对魔术表演秘密非常有兴趣。我那一股被压抑的报复欲望再度复燃，虽然我已经告诉过自己很多次，不应该再屈服于报复心之下。

当然，科尼希根本不知道博登和我之间的恩怨情仇。

但理智还是发挥作用了，没有一位魔术师会去泄露其他魔术师的秘密。

最后我说：“魔术并不像表面上所看到的样子，有很多方式，需要反复地练习……”

但这位年轻的记者突然从椅子上跳起来：“先生，你真的相信他使用了双胞胎替身！每位伦敦的魔术师看法都相同，而我第一次看到表演时，也是这么认为。”

“是的，那就是他的秘诀。”听到科尼希这么直接的说法之后，我就放心了。

“但是，先生！你跟其他魔术师一样错了！没有双胞胎，这才是令人称奇的原因！”

“他有一位双胞胎兄弟，没有其他的秘诀了。”

“不是，艾尔弗雷德·博登不仅没有双胞胎兄弟，也没有替身，我已经亲自调查过他的生活，所以我知道真相，他总是一个人工作，在舞台上有女助理一起工作，还有一位技术经理帮他制造设备，这一点上，他跟任何一个专业的魔术师并无差别，你也是……”

“我有技师，没错，再多说一些博登的事，我非常有兴趣，你确定你的消息来源可靠吗？”

“我确定。”

“你能证明吗？”

“先生，那些不存在的事根本没办法证明，我能说的是，过去几个礼拜，我已经用记者的所有渠道去调查，还是没发现任何一点证据支持你的假设。”

科尼希这时拿出薄薄的一捆纸并摊开给我看，上面有一些关于博登的资料，激起我的好奇心，所以我求他把这些文件给我。

接着我们俩就职业道德开始辩论。科尼希坚持记者不该把调查结果给第三者。我则反驳说，即使他发现了博登背后的真相，只要当事人还在世，他就绝不能出版这些真相。如果我自己调查，也许有可能将来的某一天，我能够提供他一个很不寻常的故事。

结果科尼希同意让我手抄摘录一些他的笔记，这里则是我在访谈时速记的笔记。我不明白他对博登表演做出的解释，而且坦白说，我对那些解释也丝毫不感兴趣，最后我还付给他五镑。

科尼希对我说："先生，我可不可以请教一下，你到底希望从这些资料中知道什么？"

"我想增进自己的魔术表演艺术。"

"我明白。"他起身拿着帽子和拐杖准备离开，"所以当你进步很多以后，你想你也可能表演像魔术大师那样的魔术吗？"

送他离开时，我用鄙视的冷冷语气回答："我向你保证，科尼希先生，若那机会来临，我会把他这套没价值的表演变成我的演出项目。"

然后，科尼希就离开了。今天没有演出，所以我有时间记下今天会谈的经过。

我一直在想科尼希对我的嘲弄，知道博登的秘密对我来说愈来愈急迫，我想不出比超越他的魔术更棒的报复方式，我一定要想办法超越他，每方面都超越他。谢谢科尼希的帮忙，我得到关于博登的事实真的很有价值，首先我要去亲自证实那些资料。

1892年12月9日

到目前为止，我还没去调查任何关于博登的事，美国之行已经确定，所以卡特和我一直忙着准备远行，我会去超过两个月，要与茱莉亚和孩子们分开那么长的时间，实在难以想象。

然而，我不能错过这趟旅行，除了酬劳很优渥外，我可能是继一些英国或欧陆的伟大魔术师之后被邀请去美国的最年轻魔术师。并且，“新世界”是现今最顶尖的舞台魔术师的发源地和表演地，被邀请是多么光荣的一件事！

而且，博登到目前为止还没被邀请过。

1892年12月10日

我一直期待在家过个安静的圣诞节，没有魔术、排演，也没有旅行。我想享受家庭温暖，把其他事都放在一边。

但东本恩一家剧院有档表演临时取消，我得去救火两周，报酬十分诱人。我可能会带家人一起去。全家人在大饭店里过圣诞节，眺望海景。

1892年12月11日

发现一件好事，今天下午我浏览一本地名辞典时，发现东本恩只距离哈士汀几里远，还有铁路相连，我想我会花一两天待在哈士汀，听说那是一个值得参观、很漂亮的地方。

1893年1月17日

突然间，即将到来的大量旅行为我的生活蒙上一层阴影，再过两天，我就要前往南汉普顿，然后去纽约，再去波士顿及美国的精华地带。

最后的打包准备工作真的是场梦魇，我得安排所需的设备，拆卸、装箱然后运送，没有一件事允许发生意外，因为如果没有设备，我就无法演出，这趟横越大西洋的冒险行程就无法实现。

我终于有一两天空闲可以调适心情，休息一阵子。今天我和茱莉亚带孩子们去伦敦动物园，想到将要离开他们很长一段时间，我就有些失落。现在孩子都睡了，茱莉亚在书房，在这静寂冬夜里，我可以安静地看书。

感谢那位勤奋的科尼希先生，我也记录下我对博登的调查结果。

以下，是一些我亲自确认的事实。

1856 年 5 月 8 日，博登在哈士汀的皇家萨克斯附属医院出生，三天后，他和母亲贝特西玛莉·博登回家，他父亲从事木匠工作。这小孩子的全名是弗雷德里克·安德鲁·博登，根据医院工作人员的记录，他是母亲生下的唯一的孩子，安德鲁·博登出生时没有双胞胎兄弟，所以今天也不可能有。

接下来，我试着去找博登有没有年纪相近的兄弟，可能与他面容相仿。弗雷德里克在家排行第六，有三个姐姐和两个哥哥，但一个哥哥比他年长八岁，另一个则早在出生后就夭折了。

查阅哈士汀的官方档案，博登的哥哥叫朱利叶斯，根据报纸，他曾在学校得过一些奖。朱利叶斯应该是金发，而弗雷德里克·博登是深色头发，但朱利叶斯也可能染发当替身，我的疑问一直没得到解答，直到后来，我发现朱利叶斯在1870年时死于肺痨，当时弗雷德里克只有14岁。

博登还有一个弟弟，艾伯特·约瑟夫·博登，小他两岁，在家中排行第七。（艾伯特加上弗雷德里克听起来像不像艾尔弗雷德？难道这就是弗雷德里克艺名的由来？）

所以，博登和他的弟弟年龄很相近，这让替身的可能性大大提升。

我再追查艾伯特的出生记录，却发现他的资料很少很少，好奇心旺盛的科尼希又建议我去找一位摄影师辛普金斯，他的工作室就在哈士汀大街上。

辛普金斯先生很热情地接待我，向我展示一些作品集，如科尼希已经提过的，里面就有一张弗雷德里克·博登和他弟弟的相片，那是1874年拍的，当时弗雷德里克18岁，而他弟弟是16岁。

这两个兄弟看起来完全不像，弗雷德里克个子很高，具有贵族特质，举止也很高贵（不过这其实是我自己观察到的）；艾伯特就比较缺乏魅力，下巴松垮，外貌肥胖；他的头发比博登卷曲，并且颜色较浅；从身高上看起来，他至少比他哥哥矮五寸。

这张照片证明科尼希的看法是对的：弗雷德里克·博登没有可以当替身的亲戚。虽然他还是有可能在伦敦街头寻找一个像自己的男人来当替身，再加上化妆辅助即可。但最重要的是，我已经亲眼看过博登的表演，大多数魔术师的替身只是被观众匆匆一瞥，或者借由相似的戏服去误导观众，使观众有先入为主的观念，认为前后是同一个人。

但博登，在经过位移后，让观众可以清楚地看到他；还往脚灯站过去，低头谢礼并面带微笑，再握着女助理的手低头答谢，并来回走动。毫无疑问地，从第一个柜子出来的人就是进入第二个柜子的人。

我有些沮丧，但还是镇定下来为美国的长途旅行做准备。

我仍然不知道博登是如何完成那项该死的魔术，但至少我知道他只有一个人。

我将要去的那个地方，很快就会变成全世界的魔术中心，而且有长达两个月的时间，我会遇见或和一些首屈一指的魔术师合作。那边会有很多人可以破解博登的戏法。

我去美国是要去建立声望，同时赚取一小笔财富，但现在，我想我又多了一个目的。我发誓两个月后回去时，我会带着博登的秘密回去，一个月内，我就会在伦敦舞台上表演改进版本的戏法。

1893 年 1 月 21 日 在“萨图尔尼亚”的甲板上

今天正式出发，我们身后是英吉利海峡，天气很差，现在我们平稳、慢慢地航向美国。

我现在在“萨图尼亚”号船上，这艘船大且华丽，是用煤炭发电的，船身有三层楼，设备就跟房子没两样，客人都是来自欧洲和美国的有钱人，我的船舱位于第二层甲板，室友是一位建筑师，起初他曾客气地询问我，但我并没有说出自己的职业，现在我已处于远离家人的痛苦煎熬中。

茱莉亚和孩子们站在飘雨的港口，对我不停挥手道别的景象仍历历在目。思念他们时，我真渴望我那些无中生有的戏法是真的：真希望只要我挥挥魔术棒，口中念着咒语，他们就能出现在我身边。

1893年1月24日 在“萨图尔尼亚”的甲板上

仍然在“萨图尔尼亚”号上。晕船让我困扰，但还没有像我那位室友那么严重。他昨晚把船舱地板吐得到处都是，这个可怜的家伙事后感到非常抱歉，但事情已经发生了。也因为这不愉快的经验，我已经两天没有进食了。

1893年1月27日

当我在写这本日记时，纽约市已经清晰出现在地平线上。我已安排好半小时之内和卡特开始确认所有设备的上岸安排，没时间写日记了！

我们的冒险就要开始了！

1893年9月13日

距离自己上次写日记，到现在已经将近八个月了，不过我一点也不惊讶。在重新翻开这本日志时，我很想将它全部销毁。

这种冲动也可以作为我自己行为的总结，我完全毁了以前写下的某段生活。

只有一小部分还是会留着；开始写日记时我不过是个孩子，渴望记录下自己的生活，没有多想未来。36 年后，我再也不记得当时想象的自己的未来究竟是什么模样，但确定的是，绝对不是现在这个样子。

茱莉亚和孩子们都离开了，卡特也走了，我失去了很多财富，表演生涯也因热情不再而渐渐走下坡。

我已经失去所有。

但是，我有奥莉薇娅·史文森。我会写一点点她的事。

看到过去那些页面，我看到自己对茱莉亚的热情，但现在我只能惭愧。我已历经沧桑，不再信任自己的情感。

我想，在今年年初遇见奥莉薇娅与她坠入爱河前，我的心早已离开了茱莉亚。

我是在美国波士顿的欢迎酒会上认识奥莉薇娅的，当时她主动来找我并对我表示好感和景仰，过去也有很多女孩子这样接近我（我并非虚荣心作祟才这么说），或许当时我离家太远了，缺少家人的陪伴让我很孤单，所以根本无法抵抗诱惑，不过就那么一次。

奥莉薇娅当时是以一位芭蕾舞者的身份来参加酒会，当我离开波士顿后，她便跟着我们一起旅行，一两个星期后，她就开始当我的舞台助理，并跟着我回伦敦。卡特一点也不介意我们的事，他继续和我一起巡回演出。但回国后，我们立刻分道扬镳。

不可避免地，茱莉亚也离开了。有时候，甚至现在也是，我会躺在床上对自己的疯狂行径惊叹不已。对我而言，茱莉亚曾经就代表整个世界，事实上，是她帮助我爬到今天的地位。我的小孩儿，三个无辜的孩子也一样是被牺牲的受害者，我只能说我的疯狂来自追求真爱；我从奥莉薇娅身上感受到的都是热情。

所以，即使这本日记如此私密，我也不能再继续写下去了。日记里有许多过去的决定、想法和苦难；多数时候，决定的人都是我，但受苦的都是茱莉亚。

现在我负责茱莉亚的生计，她有自己的家并在表面上维持寡妇般的生活。她现在跟孩子们住在一起，衣食无忧，而且如果她想，可以永远不必再见到我。事实上，如果我再出现在她的房子里，也是一种背叛，所以我只好变成一个死人。

我不能出现在孩子们的家里，只能偶尔与他们在出游时见面。我为自己造成的这种困境自责不已。茱莉亚和我有时也会在孩子们旅行时见面，她的甜蜜本性让我心痛，但是木已成舟，一切已成定局，我无法再回头了。

当我可以不去想那已逝的甜蜜家庭时，我是个快乐的人。我不会妄想别人的同情，我知道我辜负了妻儿。

我一直试着不去伤害周遭的人。即使和博登交手，我也自我控制不使出那些危险的手段，而只是激怒或侮辱他。现在我才发现，我已经对人生中最重要的四个人造成了最大的伤害。我要郑重宣告，我绝对不会再做出这样的事。

1893年9月14日

我的表演事业渐渐稳定。从美国回来后数周，我取消了很多之前尤恩帮我接的演出活动。毕竟我才刚回来，手上还有一些钱，可以一段时间不用工作还能维持生计。

然而我现在要记下来，我觉得自己终于慢慢摆脱了家庭破碎的痛苦，我已经准备好重新回到舞台，让尤恩帮我安排一些表演，不久我就可以重回魔术世界。

为了庆祝这个决定，下午我们去找了一位裁缝，给奥莉薇娅也量身定做了一套新的舞台戏服。

1893年12月1日

行程表上我有一场30分钟的圣诞节表演，给一所孤儿院儿童观赏。除此之外，就没有其他演出了，1894年即将来临，但我没有工作。从9月底到现在，我只赚到18镑。

尤恩告诉我一个对我不利的毁谤谣言。他告诫我不要理会，因为每个人都知道我的美国之行非常成功，当然很容易引起别人的嫉妒。

我对此感到困扰，博登是背后操纵谣言的人吗？

奥莉薇娅和我一直在讨论是否要重新从事招魂术表演，但到目前为止，我只想把那当成是最后一搏。

我还是花很多时间练习、排演。一位专业的魔术师需要不断练习，每练习一分钟，都能提升演出的层次，所以我待在工作室勤快练习。通常是一个人，有时则和奥莉薇娅一起，练习到累了为止。虽然我的戏法技巧有进步，但有时当我情绪很低落时，真的会怀疑自己继续排演的理由。

或许至少，那些孤儿会看到一场很棒的演出吧！

1893年12月14日

明年一、二月演出的行程表都排满了，虽然没有很重要的演出，但已经大大增加了我和工作伙伴们的自信心。

1893年12月20日

1月的演出预约更多了，其中有一场特别值得一提，是取代“魔术大师”的演出！我很高兴能抢走博登的生意。

1893年12月23日

一个愉快的圣诞节！我有个很棒的构想，在我改变主意之前，曾犹豫是不是要记录下来（因为一旦写在纸上，我就一定会开始行动），尤恩已经把我将于斯特里特姆的公主剧院演出的契约邮寄过来。这个演出刚好就是博登取消表演的空当。

我浏览契约内容（最近工作很少，我什么合约都可能签！），在结尾的附属条件中，我发现到一项很平常的条款，是关于替代另一个演出的条件——也就是说，我的表演必须和原先被取消的演出有一样的水准。

我轻蔑地哼了一声，这条演出水准的规定，真是很讽刺。但我随即想到，如果要取代博登，何不直接复制一套相同的戏法？

我为什么不干脆替博登表演他的魔术呢？

因为一直在想这个问题，我整天在伦敦附近闲逛，想找到一个人来当我的替身。现在是一年里最不适合找人的时间：所有通常在西区酒馆里打转的失业演员，现在都被雇去在很多的童话剧和圣诞节表演了。

我只剩下三周能准备了，明天我会开始打造那些柜子。

1894 年 1 月 4 日

还有两周，我终于找到替身了，他的名字是杰拉德·威廉·鲁特，是个演员，他擅长朗诵诗歌……同时，也是买醉的酒鬼和滋事者。但是，鲁特很需要现金，也已经向我担保绝不会在演出前喝酒。

因为他急着得到这份工作，我提供的酬劳又很优渥，所以我想可以收买他。

他跟我一样高，站姿和身材也和我差不多。虽然他比我壮硕一些，但无非就是他设法减掉多余的赘肉，或者是我在身上加垫子，这些都不成问题。他的肤色比我淡一些，这也是小事一桩，用油彩就能解决，虽然他的眼珠有一点蓝，而我的是淡褐色，但差别不明显，可再次用舞台化妆技巧来分散观众的注意力。

以上这些细节都不重要，比较严重的问题是，他走路的速度明显比我慢，他的步伐较大，而且有点外八字。奥莉薇娅负责解决这件事，相信可以及时矫正他。

就像很多演员所熟知的，表达一个角色，必须在走路和动作方面下功夫，而不只是做出很多的表情、口音和姿势。

如果我的替身走路姿势和我不一样，就不会被误认为是我，就是这么简单。

鲁特很清楚这种欺骗的伎俩，说他完全明白重点所在。而且为了消除我的疑虑，他一直强调自己过去的表演经验，希望借此讨好我，但其实那些我都不在意。只要他能被误认为是我，他就会得到他的酬劳。

只剩两个星期排演了。

1894年1月6日

鲁特正在练习我在彩排时教他的动作，但我感觉到他对魔术不太热衷。演员是扮演角色，观众都知道哈姆雷特背后，只是个念出台词的演员；但我的观众们必须参与其中，他们会在离开剧院时，对所见一切感到迷惑，他们必须同时相信又不相信自己的双眼！

1894年1月10日

我让鲁特明天休假，我好有时间来思考现状。鲁特不适合，一点也不适合！奥莉薇娅也认为找他加盟是个错误，她要我把模仿博登的魔术演出删掉。

但来不及了，鲁特是个祸害。

1894年1月12日

鲁特真是可怕！他说自己整天和朋友一起，但我从味道推断他整天都在喝酒。

这些其实都不重要，他的动作还算正确，快慢也拿捏得不错，当我们换上相同的戏服后，就能欺骗观众了。

明天我会和鲁特及奥莉薇娅去斯特里汉姆检查舞台，并做些准备工作。

1894年1月18日

明天的演出让我非常紧张，即使鲁特和我已经排演到厌烦了；

完美之中还是有着风险；如果明天我表演博登的魔术，且在表演上改良，可以说我所表演的魔术将在几天之内赶上他。

静寂的夜里，我和奥莉薇娅躺在床上，房里很安静，我的思绪不断涌现。有一个我还没面对的可怕事实，那就是博登马上就会知道我完成这魔术的手法，而我仍然不知道他的秘诀。

1894年1月20日

昨晚的表演非常成功！掌声震撼全场！今天的《早安邮报》最后一版报道了这场演出，形容我“可能是英国当今最伟大的魔术师”。（这溢美之词对我无关痛痒，但应已足够撼动博登那骄傲自满的心！）

真的很棒，但其中也有一段不为人知的辛酸！

当初我为何没想到这一点……

在这套魔术结束的高潮，我却被迫蜷缩在自己精心设计倒下的柜子的暗层里。当观众鼓掌叫好时，却是醉鬼鲁特昂首在灯光下接受热烈喝彩，他牵着奥莉薇娅谢礼，对全场观众送出飞吻，对乐团指挥示意，并脱下帽子一再对全场观众敬礼。

而我只能在黑暗中默默等待，舞台幕布降下后才得以脱身。

这种情形必须改变，我应该是那个最后出现的人，所以和鲁特的交换动作必须之前就做好，我一定得想出一套方法。

1894年1月21日

昨天的邮报报道已经让很多人留意，今天经纪人就接到很多询问，还有三家公司已预订我的演出，特别是那奇迹似的“瞬间转移”幻象表演。

我给了鲁特一些奖金。

1895年6月30日

两年前的事就像是慢慢褪色的梦魇，今年已经过了一半，而我又回到这本日记，因为我又回到原本的快乐生活。

奥莉薇娅和我相处和谐，虽然她不可能像茱莉亚那般激励我，但她的默默支持也让我建立起另一段愉快的日子。

我打算和鲁特再好好谈谈，因为上次的讨论没什么用。尽管他表现得很好，但他的确是个麻烦，所以回到这本日记的另一理由，就是想记录鲁特的问题。

1895年7月7日

魔术世界有一基本法则（如果没有的话，让我来建立），那就是绝对不可以得罪助手，因为他们知道你很多秘密，有一种奇特的控制力。

如果我把鲁特开除了，就得任他摆布。他的问题一部分是来自酗酒，另一部分则是自大。他常在表演时喝得醉醺醺的，还不否认，只宣称一切都在他的控制之中。

但麻烦的是酒鬼根本不受控制，我实在很害怕哪天晚上他会因为太醉而上不了台。魔术师不能允许出现任何状况，但现在我每次和他表演“瞬间转移”时，就好像在掷骰子赌一把。

还有他的自大更糟糕。他相信如果少了他，我就不能顺利表演。无论何时，排演或在后台，甚至是在我的工作室，我都必须忍受他一连串的建议，凭他多年的演员经验。

昨晚我们终于坐下来谈了，虽然大多是他在发言，但实际上他所说的话令人反感，还语带威胁。他说会揭发我的秘密、毁了我的工作。更糟的是，他竟然发现我和希莉娅·麦克珀森的暧昧关系，我以为自己的保密功夫到家，没人会发现，但鲁特却以此要胁。我需要他，他也知道，所以他现在能控制我。

我只好被迫提高他的酬劳，不用说，他马上就接受了。

1895年8月19日

今晚我很早就从工作室回家了，因为我把某件物品（我忘记是什么了）放在家里，我呼喊奥莉薇娅，却惊讶地发现鲁特在她的起居室里。

应该解释一下，我买下了伊斯林顿的房子之后，还是保留两栋公寓各自独立。我和茱莉亚以前是在这两间公寓之间自由出入。但自从奥莉薇娅和我一起后，我们虽然同住，但仍然分居两栋公寓。这是为了保留这些财产，但这也反映了我们自由的关系。虽然保持分开的家居生活，但奥莉薇娅和我可以随时找对方，不用拘泥任何形式。

我爬楼梯时，就听到奥莉薇娅的公寓里传来一阵笑声，一开门就看到奥莉薇娅和鲁特在起居室开心谈笑。他们一看到我，笑声就马上停了。奥莉薇娅看起来很生气，鲁特则试图站起来，但摇摇晃晃地又一屁股坐下去。

更令我不舒服的是，我注意到桌上有一瓶剩下一半的松子酒，旁边还有一个空瓶，奥莉薇娅和鲁特两个人手里都握着半杯酒。

“这是怎么回事？”

鲁特回答：“我打电话来找过你，安吉尔先生。”

“你早知道我今晚会待在工作室排演，为什么不去那边找我？”

奥莉薇娅缓和道：“亲爱的，鲁特刚刚才来喝一杯的。”

“所以他该走了！”

我开门送客，暗示有人该离开，鲁特立即照做，步履不稳地走到门边。他经过我身边时，我可以闻到他全身都是酒味。

接下来，奥莉薇娅和我开始针锋相对，这里我不会记下细节。最后我们停止争吵，各自回房，我就写下这件事。其实我有很多感受没写出来。

1895年8月24日

听说博登要去欧洲和黎凡特表演魔术，年底才会回来，令人好奇的是，他并没有要表演那两个柜子的魔术。

这是今天早上尤恩通知我的。我幽默地说，希望去一趟巴黎能让博登的法文比我上次听到时有进步！

1895年8月25日

我花了一整天才想通，博登帮了我一个忙：因为博登离开英国，所以我不用再继续表演“瞬间转移”的魔术了。在毫无顾忌之下，我马上请鲁特走人！

等博登回来后，我只有两个选择，找人来取代鲁特，或者再也不表演这套魔术了。

1895年11月14日

今晚将是奥莉薇娅和我最后一次在舞台上一同表演，地点是在查令十字路的凤凰剧院。表演后我们一起坐车回家，心满意足地紧紧相拥，自从鲁特离开后，很明显，我们已经开心起来。（我也愈来愈少和麦克珀森小姐见面。）

下周起，我有一场短期演出，由我训练两周的年轻女孩格特鲁德担任助理，格特鲁德动作灵活、曲线完美，像个搪瓷娃娃般美丽无知，还是我另一位新技师，亚当·威尔森的未婚妻，亚当原本是一位木匠，我支付他们相当优渥的薪水，也对他们目前为止的工作表现非常满意。

亚当在身材方面，几乎是我替身的不二人选，虽然我还没告诉他，但在我心里，他已经是替代鲁特的最佳人选。

1896年2月12日

我今晚明白了什么叫作血液因恐惧而冻结。

当时我一如往常地表演前半场的纸牌魔术：请一位观众选择一张牌，然后写下他的名字，给所有观众看，之后我要回那张牌，然后在他眼前把牌撕掉、扔到一旁。

几分钟后，我拿出一个关了只金丝雀的鸟笼，然后把笼子交给那位选牌的观众，但小鸟马上消失不见，只留下来他手中的空笼子，里面还有一张纸牌，就是上面有他签名的牌。魔术到此结束，然后这位观众回座。

但今晚，当我堆满微笑期待观众的掌声时，那位自愿上台的观众却说：“大家看，这不是我选的纸牌！”

我转向他，但这个傻大个站起来，一只手晃动着鸟笼，另一只手拿着扑克牌，要读出纸牌上的字。

“先生，请交给我。”我很低调，想到自己的纸牌戏法也许出了差错，准备变出满天彩带，来掩饰前一个表演的意外错误。我试图拿回那张纸牌，但不幸接踵而至。

那傻大个在我身旁打转，然后得意地大叫：“你们看，有其他字在上面！”

这名观众利用他手中握有的事实，打败了魔术师的把戏。为了拯救这一刻，我必须拿到那张纸牌，我把牌抢过来，然后抛出五彩彩带，并暗示乐团指挥奏乐，还对观众挥手恳求鼓掌，并请那恶魔般的观众回到座位。

在音乐声及零落的掌声中，我呆若木鸡地站着，看到纸牌上写着的字：

我知道你和希莉娅·麦克珀森都去哪里幽会——啦啦啦啦啦！

艾尔弗雷德·博登

牌的花色是黑桃三，就是我安排好被观众选出的那一张。我不知道自己接下来是怎么完成其他演出的，但我还是做到了。

1896 年 2 月 18 日

昨晚，我独自到剑桥的帝国剧院去看博登的演出。

当他说了一串冗长的旁白，为柜子表演做准备时，我立刻从观众席中站起来，大声对全场观众说，有一位助理早就躲在柜子里。语毕我马上离席，走出剧院时，我往后看了一眼，幕布突兀地落下。

但我还是想到，自己必须为此付出代价。

在回伦敦的长途火车上，我非常良心不安。在那黑暗的夜里，我有充分的时间来反省自己的行为，我很后悔，破坏魔术表演让我害怕。魔术就是幻术，是为了让观众享受到娱乐的一种暂时性效果，我有什么权利去破坏魔术表演？（但博登不也是？当轮到他报复时。）

很久以前，在茱莉亚失去我们第一个孩子时，博登曾写信对他所做的一切道歉。愚蠢，哦！我真愚蠢！竟然拒绝了他！现在轮到我想平息仇恨了。

我们两个成年人究竟还要公开互相残杀多久？只为了我们自己也无法理解的仇恨？当茱莉亚因他而受伤时，我是有一个正当理由去恨他，但那次之后也发生了很多事，一言难尽……

经过那段冰冷的火车旅行，我回到利物浦街车站，还没想到该如何达成和解。今天一整天，我还是在想那件事，我会鼓起勇气写信给博登，要求终止一切纷争，并建议来次私人会谈，看看有什么一定得解决的宿怨。

1896年2月20日

今天，有一封寄给奥莉薇娅的信，她看完后质问我："所以鲁特告诉我的都是真的？"

我问她是什么事。

"你还与希莉娅·麦克珀森见面，对不对？"

她把收到的字条丢给我，信封外写着：伊斯林顿 45 号 B 座的现任住户收。这是博登寄来的！

1896 年 2 月 27 日

我已经和自己谈和，和奥莉薇娅，甚至和博登！

简单地说，我已经答应奥莉薇娅，不再见麦克珀森，而且我对她的爱是永恒不变的。

而且，我也决定不再与艾尔弗雷德·博登往复任何仇恨，无论我有多愤怒。我想因为上次我在剑桥的失当举动，一定还会受到博登公开的报复，但我将不予理会。

1896 年 2 月 27 日

报复比我预期的还早，当时我在表演一项非常受欢迎的魔术，博登成功地让我蒙羞。这项魔术就是我的助理会躺在两张椅子之间，然后当椅子被移开时，助理会很明显地浮在空中，没有任何支撑。

但博登不知怎的竟悄悄藏在舞台后，当我从格特鲁德下方把第二张椅子移开时，隐藏用的背景板竟迅速升起，观众都看到了亚当蹲在后面操作机械装置的情形。

我把主要的幕布放下，中止表演。

我不会报复。

1896 年 3 月 30 日

另一桩博登事件。距离上次并不久！

1896 年 5 月 17 日

另一桩博登事件。

这件事令我百思不解，我已确定博登同一晚有演出，但不知怎么的，他穿越伦敦到大西方饭店来妨害我的表演。

我再次宣誓，我不会报复。

1896 年 7 月 16 日

我甚至不应记下更多博登事件，以表示我对他的鄙视。

没错，今晚又一件，但我还是不打算报复。

1896 年 8 月 4 日

昨晚我正在演出一项对我而言崭新的幻象表演：台上有一面旋转式黑板，我用粉笔写上观众喊出的一些话。当上面累积一定数量的文字时，我突然将黑板翻面……然后奇迹般地，会有相同的话写在另一边黑板上。

但今晚当我把黑板翻面时，我先前准备好的信息都被擦掉了！上面只写着：

你似乎已经放弃尝试“瞬间转移”，
这表示你还是不知道秘诀吗?
来看看专家的演出吧！

我还是不该报复。奥莉薇娅很清楚我和博登之间的每件仇恨，她也同意保持尊严地瞧不起博登是我该有的回应。

1897年2月3日

另一桩博登事件。我已经厌倦了打开日记就只剩这种事可记！

博登愈来愈胆大妄为。尽管亚当和我在每场表演前后都谨慎检查仪器设备，开演前也立刻清查后台，但今晚博登还是不知怎么就获准进了后台。

当时我正在表演一项广为人知的简单戏法“消失女郎”。

这是对表演者和观众而言都非常吸引人的幻象。它的设备极其简单。魔术师的女助理坐在舞台中央一张木椅上，用一张大床单，摊平铺在她身上。

观众从轮廓可以明显看出她还坐在椅子上，只是以床单遮盖。特别是她的头至肩膀的轮廓可轻易证明里面是她。

而魔术师会突然抽走床单……椅子是空的！只剩下椅子，床单和魔术师本人留在空旷的舞台上。

但今晚，拉开床单时，我却很惊讶地发现格特鲁德还坐在椅子上，她脸上净是困惑与害怕。我站在那里，也吓呆了。接着，恶上加恶，一个舞台活板门啪的一声打开，有个男人从下面升上舞台。他身着整套晚礼服，戴着丝质帽子、围巾和披肩。

博登，就是他，平静地对观众脱掉帽子，然后朝侧厅离去，留下一股飘浮盘绕的烟味。

我冲过去追他，下定决心要与他对质，但此时一股强烈灯光吸引住我的注意力，灯光从舞台正上方照下来！一面牌子从幕布前放下，上面用发亮鲜艳的蓝色灯泡拼写着：

魔术大师

下周起每天在此表演

我的脸顿时变得惨白。赶紧向侧厅的舞台经理示意，布帘放下，遮掩我的绝望、耻辱和狂怒；回家后便将一切告诉奥莉薇娅。

奥莉薇娅说：“罗比，你得洗刷耻辱，而且最好做得漂亮些！”

我同意她的说法。

1897年4月18日

今晚亚当和我第一次在公共场所演出位移幻象魔术。我们已经排练了一个多礼拜，从技术上来说，表演是完美无瑕的。

然而在表演尾声，观众给予的是礼貌性，而非热情的掌声。

1897年5月13日

经过数小时排练，亚当和我已将我们的互换程序做到不可能更好的地步。亚当在与我密切合作一年半之后，已能不可思议地准确模仿我的行为举止。给他一套相同的戏服，画上几道表演用的油彩，戴上一副最昂贵的假发，他可是我从头到脚不折不扣的替身。

每次我们表演这个节目都以为会有压倒性的高潮，但观众总以一阵阵不太热情的掌声显示他们没有被深深打动。

我不知道还能怎么改善这项表演。两年前，只是把这项表演放在节目安排中，就足以使我的酬劳加倍。最近却好景不再，我始终搞不懂。

1897年6月1日

我已经听到传闻好一阵子了，据说博登又改良了他的幻象表演，但没有进一步的传闻，我也没有再去注意。上次亲眼看他这项表演已是好几年前的事，昨晚我和亚当前往诺丁汉一家剧院，博登上周开始就住在诺丁汉。（我今晚在谢菲尔德有表演，提早一天启程，所以可以顺便拜访博登。）

我用灰色假发、脸颊塞棉花、凌乱的衣着、一副不必要的眼镜乔装自己，坐在前面第二排座位。博登表演戏法时，我不过离他几尺远。

突然我懂了！博登在他的幻象表演上已大大改进，他不再将自己藏在柜子里，也没有将物体抛到舞台另一端的愚蠢举动。（我直到这周为止都还这么做。）而且，他没有使用替身。

我很确定地说：博登没有替身。我很清楚替身的每一件事。我可以一眼认出替身，就如发现天上的一片云般容易。我可以十分确定，博登是一个人表演。

他第一部分的表演幕布半遮，只有当他达到幻象表演的高潮时，观众才会看到整个舞台布景装置。

此时幕布半遮，观众可以看见一列冒烟的罐子、缠绕的钢索、玻璃管和装饰的柜子，此外，还有一堆发出微光的电线。看起来就像是一间科学实验室。

博登以他的法国学者角色，缓步走到设备旁，告诫观众电力的危险，不时将两条电线互相接触，然后会出现看似危险的闪光，或砰砰作响的猛撞。火花在他周围四窜，一阵蓝色轻烟开始在他头上盘旋。

他表示当表演准备开始时，乐池会响起鼓声。他抓了两条粗电线，将它们接在一起，连接电流。

紧接而来一道明亮的闪光，位移便开始。在我们眼前，博登从他站的地方消失（两条粗电线交缠地掉在舞台地板上，放出一缕嘶嘶作响的火花），而博登立刻出现在舞台另一端——至少离他当时的位置有二十尺之远。

按照一般常理，那样的距离不可能是跨越的。那移转实在太快、太完美了！而且移转后他的双手就好像还紧握着电线，但两条电线实际上正落在舞台上，引人注目。

在如雷的掌声喝彩中，博登向观众鞠躬。他身后的科学仪器设备还在泛出白烟，致命的背景与他的从容形成绝妙反差。

掌声持续不断，博登伸手至胸前口袋，似乎要变出什么般。他谦虚地笑了笑，让观众催促他表演最后一个魔术戏法。博登带着满脸的灿烂笑容，将手塞进口袋中，然后，变出一朵艳丽的粉红玫瑰纸花。

这和上半场的戏法有关。当时博登曾请一位女性观众从一大束花中挑选了这一朵，接着将花变没。看到玫瑰再次出现，让观众十分陶醉、着迷。博登高举那朵玫瑰——的确就是那位女士选的那一朵。展示够久了后，他将它转过来显露烧焦的那一边，就像恶魔的印记。博登再次向观众鞠躬，然后下台。

之后，掌声久久不退，我也和其他人一样大声鼓掌。为什么这位极有天赋才能和专业气息的魔术师，竟会对我做出如此卑鄙的仇恨攻击？

1898年3月5日

我一直忙于工作，没有太多时间写日记。上次动笔距今有好几个月了。今天（周末）我没有表演，所以可以简短写一些。

亚当和我自从在诺丁汉那晚起，就再也没有表演过位移。

自命为现今最伟大魔术师的博登，在我表演时，又两度攻击我。两次都对我的表演造成潜在的阻碍。其中一次我可以笑笑就算了，但另一次却是无法承受的严重失败。

因此，我抛弃了蔑视他的伪装。我只剩下两个困难的目标。

第一是与茱莉亚和孩子们和解。我知道我已经永远失去她了，但她在我们之间隔起的距离实在令人难以忍受。

第二件事相较之下就没那么重大，现在我已单方面中止与博登的互相报复，我只希望找出他的魔术秘密，可以再次超越他。

1898年7月31日

奥莉薇娅提出一个主意！

应该先说明，最近几个月来，奥莉薇娅和我之间的激情已明显冷却。我们之间没有仇恨，也没有嫉妒，冷漠就像一层帘幕悬挂在整栋房子。我们和平相处，她住在她的公寓，我住在我的，有时我们表现得像一对夫妻，但大致上，我们不再表现出对彼此的爱意或关心。然而，我们相互依附。

一次晚餐后事情有了变化。我们一起在我的公寓用餐，饭后奥莉薇娅带着一瓶松子酒匆忙离席。我已经习惯她独自啜饮，所以也不再多说。

然而几分钟后，她的女佣露西，过来问我可否过去一下。我看到奥莉薇娅坐在绿色的牌桌上，桌上有两三瓶酒和两个玻璃杯，她对面放着一张空椅。她挥手示意我坐下，接着倒了一杯酒给我。

我加了一些柳橙汁稀释酒味。

奥莉薇娅开口了："罗比，我要离开你。"

我含糊其词回应。好几个月来我早料到会有这么一天，但还是不知该如何应对。

"我要离开你，之后我会回来。你想知道为什么吗？"

我想知道。

"因为你渴望某些东西比渴望我还多。如果我去找到你所要的，就可以让你再度要我。"

我向她保证我需要她自始不变，但奥莉薇娅打断我。

"我知道是怎么一回事，你和这个艾尔弗雷德·博登就像一对爱人般水火不容。对不对？"

我支吾其词，却看到奥莉薇娅眼中的坚决，于是我很快承认。

"看这个！"奥莉薇娅挥动一份这周的《戏剧报》，把报纸对折一半递过来给我。有一则人事广告被圈起来。

"那是你的朋友博登，你看他说些什么？"

“诚征年轻貌美的全职舞台助理。

必须如舞蹈家般健康强壮，且愿意旅行以及长时间在舞台前后进行表演工作。

最好还要有讨喜的外貌。

必备的条件是乐意面对观众及参与刺激严苛的例行工作。

有意者请附上合适的推荐函寄至……”

文末附上了博登的排练地址。

“他已经刊登广告一两周了，所以一定是找不到合适的助理人选。我想我可以帮帮他。”

“你是指……”

“你常说我是你雇过最优秀的助理。”

“但是你要去替他工作？”我忧伤地摇头，“你怎么可以对我做这种事，奥莉薇娅？”

“可是你想找出他变那戏法的秘诀，不是吗？”

明白奥莉薇娅的意思后，我安静地坐着凝视她并感到惊讶。如果奥莉薇娅可以取得博登的信任，与他一起工作，自由出入他的工作室，不出多久，博登的秘密就能变成我的。

我们立刻记下应征的细节。

我担心博登可能会认出她来，但奥莉薇娅却不担心：“如果我觉得他知道我的名字，你认为我还会想出这主意吗？”

奥莉薇娅提醒我，博登必须认定她有工作经验。推荐函一度成为难以克服的问题，因为奥莉薇娅除了我以外，没替任何人工作过，但她说，我可以伪造推荐信函。

然而，我还是必须承认心里仍有顾虑。

这位年轻貌美的女孩曾引发我的激情与混乱，甚至毁了我的家庭，她也抛弃原本的生活和我一起，长达五年与我一起分享几乎每一件事，想到她即将进入那可恶的敌人阵营，真令我难以忍受而无法赞同。

我们开始安排计划，两个多小时转眼即逝。我们喝光了松子酒，奥莉薇娅还一直说："我会替你取得秘诀，罗比。那不正是你想要的吗？"

"对，但我并不想失去你。"

一想到博登的冷酷无情，我们开始担忧。我在挣扎是不是该做出一次决定性的攻击，否则博登一旦发现奥莉薇娅是我的人，会不会策划一次更强烈的报复。我说出这些恐惧。

奥莉薇娅回答："我会回到你身边，罗比，还会把博登的秘密带回来……"

很快我们两个都喝醉了，就开始温柔地嬉笑打闹，我直到吃完早餐才回到自己的公寓。

此刻，奥莉薇娅在她的公寓，草拟一封要给博登的应征信。我得帮她伪造一两封推荐函。我们用她女佣的地址作为邮件收发处；并用她母亲的娘家姓署名。

1898年8月7日

奥莉薇娅应征博登的工作已经一周了，却未得到任何回应。但从某方面来说，那件事似乎已无关紧要了，因为奥莉薇娅和我回到美国巡演时那般的温柔深情。几个月来她看起来更秀丽动人了，还彻底戒了喝酒的习惯。

1898年8月14日

博登回应了奥莉薇娅的应征函（至少有位助理代表他回信了），面试安排在下星期初。

我突然坚决反对，最近我与奥莉薇娅重建了快乐，越发不愿意看她落入博登的魔掌……即使这是我们自己想出来的。

奥莉薇娅仍想进行这项计划。我反驳她，贬低博登戏法的重要性，并对仇恨不加理会，试着对整件事一笑置之。

不过，我担心这段日子已让奥莉薇娅铁了心。

1898年8月18日

奥莉薇娅参加面试回来了，她得到了那份工作。

她不在时，我处于恐惧和懊恼的痛苦中。从她离家的那刻起，我就开始怀疑博登刊广告是为了引她入圈套，让我差点想去把奥莉薇娅追回来。

我四处踱步，试着练习戏法来分散注意力，最后还是回家在房里反复踱步。

奥莉薇娅去了好久，比我们原先预期的还久。我开始认真想，她回来后我该做什么。而她则是平安归来，得意扬扬且兴高采烈。

没错，她得到那份工作。没错，博登读了我写的推荐函也信以为真。表面上没有任何怀疑，似乎也没猜到奥莉薇娅和我之间有任何关系。

奥莉薇娅在博登的工作室看到了一些设备，但令人失望的，那些都很寻常。

我问她："他有没有说任何关于'瞬间转移'表演的事？"

"一个字也没讲。但他说有好几项戏法不需要舞台助理，他会自己完成。"

稍后，奥莉薇娅说她累了，便回去睡觉。我又再次独自一人。我强迫自己明白，无论如何，参加面试是很累人的事。

1898年8月19日

奥莉薇娅马上就开始工作。我今早去她的公寓时，女佣告诉我奥莉薇娅很早就起床出门了，而且下午才会回来。

1898年8月20日

奥莉薇娅昨天下午五点回家，直接回她的公寓。

我去找她时，她让我进去。她看起来还是很疲倦。我很想知道一些新的消息。然而她只说博登一整天都在给她看表演里需要她的部分，她已经开始密集地排练。

之后我们一起用晚餐，但她显然筋疲力尽，回公寓自己睡。今早她也很早就出门了。

1898年8月21日

星期天，博登不开工。奥莉薇娅和我一整天都待在家里，但她对在博登工作室所见所闻都闭口不谈，我百思不解，只好问她是否因为职业道德的限制，觉得不能向我透露博登魔术的戏法，但她否认。

有几秒钟，我似乎看到了两星期前的奥莉薇娅。她笑了笑并说她当然了解自己的忠诚应该放在哪里。

我知道我可以信任她，即使现在要如此证明已十分困难，一整天我都把这话题搁在一旁。结果，我们一起度过了单纯平凡又开心的一天，在温暖的阳光下共享一段长距离散步。

1898年8月27日

又过了一个礼拜，奥莉薇娅还是没给我任何资讯。她似乎不愿意和我谈这件事。

今晚她给我一张博登下回演出的免费入场证。宣传标语是“超乎寻常的表演”，他的节目会在莱切斯特广场剧院演出两周。每场表演奥莉薇娅都将和他在舞台上一起演出。

1898年9月3日

奥莉薇娅今晚根本没回来。我困惑不解、惊恐，并充满不祥的预感。

1898年9月4日

我派一个男孩到博登的工作室送信息给奥莉薇娅，但男孩回来说那地方大门紧闭，很明显里面没人。

1898年9月6日

管他的计划，我忍不住出门去找奥莉薇娅。

我首先去博登的工作室，就如跑腿男孩形容的空无一人。然后我去博登在圣约翰伍德的家，很幸运发现有家咖啡厅让我可以坐着、正面监视大楼。我一直坐在那里，但没看见任何大事。尽管如此，我的确看到博登和一位女子走出屋子，我想是他的太太。下午两点一辆马车停在屋外，一会儿，博登和那女人出现，然后坐上马车，朝伦敦西区而去。

我等了整整十分钟，确定他们走远了，才紧张兮兮地走到对面按门铃。一名男用人来应门。

我直接问："奥莉薇娅·史文森小姐在吗？"

那男人看起来很惊讶："先生，我想你一定搞错了，这里没有这个人。"

我记起来我们的计划里她是用她母亲的姓："对下起，我的意思是找奥莉薇娅·温斯康小姐，她在吗？"

那男人委婉地再度摇头："先生，这里没有什么温斯康小姐，也许你应该去附近的邮局问问看。"

"好的，我会的。"不想再引起注意，我拔腿溜走。

我回到咖啡厅的监视岗位，又等了一小时，直到博登和他太太返家。

1898 年 9 月 12 日

没有任何迹象显示奥莉薇娅回来过，我拿她给我的入场证去看博登的表演。我特意选了一个正厅后面的座位，如此一来，我可能就不会被舞台上的人注意到。

在惯常的中国连环圈开场表演后，博登很快把他的助理从魔术柜里变出来。那助理当然是我的奥莉薇娅。她穿着亮片礼服，在灯光照耀下闪闪动人，看起来灿烂华丽。她高贵地走向侧厅，没多久就换好装再次出现，身穿紧身的连体迷人服装，尽管我极度绝望失落，但奥莉薇娅毫不掩饰的性感还是加快了我的脉搏。

博登以“瞬间位移”表演将节目推向高潮。他的表演天赋让我更加沮丧消沉。最后奥莉薇娅回到台上与博登一起鞠躬致谢，我更是绝望到极点。她看起来美丽动人而且快乐，我则是焦虑不安地凝视他们俩，觉得博登似乎以不必要的深情牵她的手接受鼓掌。

我决心一探究竟，从观众席匆促跑向后台通道。尽管我在一旁等待，但当其他表演者一个个出来，一直到守门人锁上大门并关掉灯光，我都没看到博登或奥莉薇娅出来。

1898 年 9 月 18 日

今天，露西，也就是奥莉薇娅的女佣，交给我一封她从前任女主人那边接到的信。我暂时留下露西继续工作正是为了奥莉薇娅之故。

我焦急地读着，希望这封信或许会透露出一丝线索，但它只是这样写着：

露西：

请把我所有的私人物品打包装箱，并立刻送到史翠德剧院的后台门口。请确认每件物品都清楚贴上寄给我的标签，我会领取。

随信附上一笔钱，一定足够付运费，剩下的钱你就留着。假使你需要找下一个工作的推荐函，安吉尔先生会帮你写。谢谢。

奥莉薇娅·史文森

我大声读出这封信给这可怜的女孩听，并解释如何使用奥莉薇娅附上的五英镑。

1898 年 12 月 4 日

最近都忙着准备里奇满广场剧院这一季的表演节目。今晚，在两场表演的空当之间，我在更衣室休息，正准备和亚当、格特鲁德出去吃饭，有人敲门。

是奥莉薇娅。我什么都没想就让她进来。她依然美丽却看似有些疲惫，还说她已经找了我一整天。

她高举一只密封的信封："罗比，我得到你要的秘密了，但我不会回去你身边。答应我，你和艾尔弗雷德之间的仇恨要立刻结束。你同意我才给你这封信。"

"就我看来，仇恨早已结束了。"

"那你为什么仍想要他的秘密？"

“你知道为什么。”

“为了延续这场竞争！”

我知道奥莉薇娅说出了实情，但我还是说：“是因为我的好奇心。”

她急着离开：“博登会怀疑我为什么消失这么久。”

我心想：你不知道我先前忍受的等待更久。但我没说出口，只问她可不可以简单说一下这讯息。

她说：“讯息很复杂难懂，我是从博登的笔记上抄下来的。”

我拿着信封：“这真的是秘密的句点了吗？”

“我相信是的，没错。”奥莉薇娅语毕就转身要走。

“博登究竟是一个人还是有替身？”

奥莉薇娅露出笑容，一个女人想着爱人时呈现出来的笑容：“我可以向你保证，他绝对是一个人。”

我跟着她到走廊，技术人员在那儿闲晃，站在听得到我们谈话的范围。

我问奥莉薇娅：“你现在快乐吗？”

“是，我很快乐。如果我伤了你的心，罗比，我很抱歉。”

然后奥莉薇娅走了，没有拥抱或碰触，甚至连笑容都没有。过去几个礼拜，我狠下心让自己不要有感觉，即使如此，跟她这般告别实在令我心痛。

我回到更衣室，关上门立刻将信封撕开。里面有一张字条，上面只写了一个名字：

特斯拉。

1900年7月3日

我现在在伊利诺伊州的某处。

早上九点，我们搭乘火车从芝加哥出发，缓慢行经那最活跃、令人兴奋的都市后，我们便快速越过农地平原往西驶去。

我的卧铺相当舒适，还有一个专用的头等厢座位。美国火车很豪华舒适，对长途跋涉的旅客来说也是如此。车上的餐点完全由厨房准备供应，分量多且可口营养，样子也很吸引人。我已经坐铁路旅行了五个星期，非常满意他们的服务与食物，让我已经不敢量体重了。

我已深陷在舒适便利、丰裕有礼的大美利坚无法自拔，美好的当地风情从窗外一一掠过。

车上的旅客是一群外貌各异的美国人，对我很友善和好奇，就像我对他们一般。我猜他们里面大约三分之一是地位较高的商旅人士，有几个像是一般的企业雇员。另外有两位职业赌徒、一位牧师、四个从芝加哥返回丹佛的大学生、几位富有的地主，另外一两位我不能确定。

从初次见面起，我们就以名字来互相称呼，这是美国人的方式。我早就料到鲁伯特这个名字会引起别人的好奇，所以只要待在美国，我就改叫罗伯或罗比。

1900年7月4日

火车昨晚停在伊利诺伊州的盖尔斯伯格，因为今天是美国独立纪念日，铁路公司提供所有头等车厢旅客两个选择；留在车厢里，或在城里最大的旅馆住上一晚。过去几周我都睡在火车上，所以就选择在旅馆里待一晚。

在上车前，我还有一点点时间能游览这座城市。这座吸引人的城市中有一家大型剧院，一出戏剧刚好在上演，有人告诉我杂耍综艺的表演很受欢迎，魔术也常出现在节目单上。我将名片留给剧院经理，期待有一天能在此演出。

值得一提的是，盖尔斯伯格的剧院、旅馆和街道都有电灯照明。我才知道，有点重要性的美国乡镇和城市大部分都有电灯设备。

我在旅馆里，亲眼见到了白炽灯泡的作用。我敢说这新颖玩意很快就会变得平凡普通。电灯光线很明亮、稳定。除了照明设备之外，我还看到许多贩售的不同家电：风扇、熨斗、暖气机，甚至有电动的梳子。回到伦敦，我一定要去问问关于在家中装置电力的事。

1900年7月5日

穿越爱荷华。

我坐在马车里，凝视窗外，希望千篇一律的单调景色有些变化。然而，放眼所及都是平直广阔的农田。天上是淡蓝色的晴空，多瞧一会儿眼睛就会疼痛。南边是累积堆叠的层层白云，无论我们走了多远，看起来都一样。

鲍伯·唐斯先生，一位火车上的旅客，恰巧是一家电器用品制造公司的销售部副总裁。他自信地说，我们正迈向无限可能的20世纪，电力会带来生活上的许多便利。他预料人类将以电力驱动船、睡在电动床上、在天空中以电力飘浮、以电力烹调食物……甚至电动刮胡刀！

鲍伯是梦想家，也是推销员，却点燃了我内心极强烈的盼望。我相信在这崭新的世纪、这迷人的国家中，任何事都有实现的可能。进入这片未知大地的精华地带，我一定能知道那渴望已久的秘密。

1900年7月7日

已经到了科罗拉多州的丹佛市，无论铁路旅行有多豪华舒适，但不必再旅行奔波，勿庸置疑是种幸福。继续行程前，我打算在这座城市停留一两天。

这是我当魔术师以来休息最久的一次，没有表演或排练、试演，更不用与技师讨论。

1900年7月8日

我还在丹佛。这座城市东边是片广阔的平原，我从芝加哥过来时，已横越许多平原地带、看遍内布拉斯加州，足够后半辈子都记忆深刻；那单调乏味的风景，让我想到都害怕。

昨天一整天都吹着一阵炎热干燥的风，并夹杂着沙砾。旅馆工作人员抱怨那是从邻近的干燥地区，例如奥克拉荷马州吹来的，然而，无论热风来自何处，这个城镇让人感觉炎热、令人不快。

我缩短对这座城市的游览计划，返回旅馆。但在那之前，薄雾终于消散，我立刻看见西边那一大片尖突锯齿状的落基山壁。

稍晚较凉爽时，我到屋外的阳台，欣赏这美不胜收的山峰与落日西沉。因为落基山脉的广阔倒影，黄昏似乎也比其他地方来得久。

1900 年 7 月 10 日

到达科罗拉多泉。这座城市大约在丹佛南方 70 里处。我坐了一整天的公共马车，马车常常停住让乘客上下，或更替马匹和驾驶。我觉得很不自在与疲惫。从旁边的农人脸上的表情来判断，我看起来应该很滑稽可笑。

无论如何，我还是平安抵达，并很快发现自己被这地方迷住了。它没有丹佛大，却充分显露出美国人对家乡小镇的大量感情。

我找到一家不大却很迷人的旅馆，我一见到房间就很喜欢，因此登记了一星期的住宿，必要时还可以继续住。

从窗户看出去，可以看到科罗拉多泉吸引我停留的两个特色。这个城镇在太阳西沉后，便灯火通明，街灯闪烁，每户人家的窗户都透出明亮光线；而在市区，有许多店铺和餐厅挂着灿烂耀眼的广告标牌，在这温暖宜人的夜里闪闪发光。

远处衬着夜空的是坐落在镇旁的那有名的落基山脉：黑色的帕克峰，将近 1.5 万英尺高。

明天我要去爬帕克峰，并寻找我来此的目的地。

1900 年 7 月 12 日

昨晚太疲倦了所以没写日记，今天我会独自待在城里，可以详细叙述昨天的事情经过。

昨天我很早就醒来，用完早餐后，很快走到城中央的广场，我的马车应该在那里等我。这是我离开伦敦前就用信件安排好的事，虽然已确定过，我还是不敢肯定会有人在那里等我。结果令人惊讶的，那里的确有人等我。

仰赖美国人那不拘小节的态度，我们很快就熟识起来。他的名字是蓝道尔·吉朋，土生土长的科罗拉多州人。我称呼他吉尔平，他叫我罗比。他个子矮小，身材圆胖，面容轻松，还留着一大圈灰白胡须。

他的双眼是漂亮的水蓝色，脸庞则晒成红赭色，而灰白色的头发上戴着一顶皮帽，穿着一条我这辈子见过最脏的长裤。他左手少了根手指，将一把步枪放在马车座位下方，并说他的步枪都会装满弹药。

尽管吉尔平很客气而且友善，但我感觉得到他对我还是有所保留，这是我旅行了好几个星期后学会判断的。在登上帕克峰的旅程中，我花了很久才想出原因。

他可能从我的信判断，我如多数人一般，是来这里淘金的（原来这条山脉蕴藏了许多丰富的黄金矿藏）。后来我们比较熟了，吉尔平才说第一次看到我时，我的衣着和行为举止就像是神职人员。他可以猜到淘金一事，也可以想象一位牧师，但无法将两者合在一起。而我这个怪异的英国人竟然还要前往山中声名狼藉的实验室，更增加了神秘性。

因此吉尔平对我一直有戒心。我无法减轻他对我的疑虑，但他又怎么可能猜得到我真正的身份与意图？

通往特斯拉实验室必须穿越山脉东侧，经过坡地，上上下下。离开城镇一英里左右，道路两旁的景致便转为浓密的树林和一整片岩地，种满无边无际、高大相间的冷杉木。

东边的景色浩瀚辽阔，但这里的景观相当平常，被统一开发使用，实际上毫无令人惊奇的风景。

一个半小时后，我们来到了位于山脉东北面的高原地区，这里根本没有树木生长。我留意到这里有许多树木残枝，表示原本有少数的树木存在，直到最近才被砍倒。

高原中央，是特斯拉的实验室，它没有我想象的大。

“你来这里是有事情要处理吗，罗比？过去小心点，据说高原上很危险。”

我坚决地说："我知道有危险。"我不确定特斯拉有没有任何下山的交通工具，希望稍晚我能顺利回到旅馆，所以和吉尔平商量讨论回程的事，吉尔平说他有自己的事要处理，下午会回来这里等我。

我发现他不想太靠近那栋建筑物，最后四五百码的路程我只能自己走。

实验室是栋屋顶倾斜的方形建筑物，以没上漆的木头建造，整座建筑看起来充满临时起意的改建：主要建筑在完成后，再添加了许多延伸处，使得屋顶的斜度不太一致，有些角度甚至很奇怪。

主屋顶上还有一架木质起重机，另一座较小型的钻塔建在另一边的倾斜屋顶上。建筑物中央则是一根高耸的金属柱，最上端还有个闪闪发光的巨大金属球体，在微风中轻轻来回摇动。

地面上则设有一些不明用途的技术器械。许多金属杆打入铺着石子的地面，且大部分杆子都以金属线相互连接。主建筑物旁有一片木框玻璃墙，几个测量用的刻度表或标示器在上面。

突然，一阵激烈的爆裂声传来，玻璃墙发出一连串可怕的闪光：白色、蓝白色、粉红色，快速地不规则出现。这些光相当强烈、炫目，甚至发出点点火光，使墙上的细缝更加明显。

这一刻，我几乎失去决心，甚至回头瞥了一眼吉尔平和马车是否还在。但他已经不见了！这让我衰弱的心脏变得更加无力，只好前进两三步，看到大门边墙上有面牌子。上面写着：

极度危险

禁止进入

当我读着标牌时，玻璃墙的电光逐渐止息，这看起来是个好预兆。我用拳头敲了敲门。

片刻等待后，尼古拉·特斯拉本人来开门，带着工作被打断的恼怒表情。这不是一个好的开始，我只能尽全力弥补。

“特斯拉先生吗？我是鲁伯特·安吉尔。不知道你是否还记得我的信？我从英国一直写信给你。”

“我不认识任何英国人！”他往我身后看，似乎以为我还带了很多人来，“先生，再说一次你是哪位？”

“我叫鲁伯特·安吉尔，参加过你在伦敦的示范宣传，而且很感兴趣……”

“你是那个魔术师！艾利先生认识的那位？”

“我就是那个魔术师。”我口气很肯定地说，虽然我其实不知道艾利先生是谁。

“请进来！”

之后我在那里待了好几小时，对这位博士留下深刻的印象。我先注意到他的脸，憔悴、聪颖而且英俊，还有轮廓明显的斯拉夫人脸型。他留着稀疏的八字胡，头发中分，不修边幅，就像那种长时间工作，不得已才睡觉的男人。

特斯拉拥有非凡的记忆力，一经我确认自己的身份，他不但记得我们的通信内容，还有更早时，大约八年前，我向他要一份笔记的那封信，他也能记起来。

在实验室内，他介绍助理给我认识，就是那位艾利先生，这男人显然在特斯拉的生命中担任许多角色，身兼很多任务，从实验助理、合作伙伴，到家庭帮佣与生活伴侣。艾利自称是我的魔术表演的仰慕者！他在1893年曾看过我在堪萨斯城的表演，他简短却很内行地谈论魔术。

种种迹象显示，在这些令人惊奇的研究设备陪伴之下，这两个男人与世隔绝地在实验室里工作。

之所以说这些设备是在“陪伴”他们，是因为特斯拉有个习惯，谈论他的设备器械时就好像它们有自己的思想和直觉。昨天我还听到他对艾利说:“它知道暴风雨要来临了。”或是：“我想它在等我们。”

特斯拉似乎很自在随和，我在门口感受到的短暂敌意，之后再也没出现过。他表示他和艾利即将吃午餐并休息，然后我们一起入座，艾利很快从一间侧房中拿出一些简单却营养的午餐。

特斯拉没和我们一起坐，我发现他吃东西很挑剔，把食物放进嘴巴前，每一口他都要高举检查，还吐掉许多食物。每吃一口，他会用一小块餐巾纸擦手和轻拭嘴唇。最后，他把剩下的食物倒进屋外的垃圾箱，然后一丝不苟地清洗餐具并擦干，再放进抽屉上锁。

饭后，特斯拉问我一些英国使用电力的情况：电力有多广泛、英国政府对长期发电有什么计划、打算怎么输送电力、如何应用。

还好因为我本已计划好这次和特斯拉的会面，所以离开前就已做足功课，能够在一个程度上和他交谈。

特斯拉似乎深表赞赏。知道英国的电力装置似乎偏爱用他的系统，他特别高兴，但在美国并非如此，“大多数城市仍比较喜欢爱迪生的系统。”他开始大声批评对手在技术上的缺点。

我想他已准备好许多这类批评，他抱怨的结论是，到最后人们会对他的交流电系统改变想法，但同时，他们早已浪费许多时间和机会。

在这些和他工作相关的话题上，他听起来毫无幽默感并令人生畏；但其他时候，我觉得他是个有趣的同伴。

终于，问题的焦点转到我身上，我的事业生涯、我对电力的兴趣、希望怎么应用它。

离开英国前我就决定，如果特斯拉询问我幻象的秘密，我会破例揭发任何他有兴趣的事。在伦敦演讲时，他就像我的同行，想要让观众感到惊奇和诧异；不像魔术师的是，他可相当愿意，甚至渴望大家去揭露并分享他的秘密。

结果是他一点也不好奇我的表演。我让他主导对话。有一两小时的时间，他兴味盎然地大谈自己和爱迪生之间的争执、对抗官僚和科学组织的奋斗，以及他的成功故事。

刚刚这间实验室是过去几年他辛苦工作的成果。他装设了全世界第一部庞大如小镇的水力发电机；就在尼加拉瀑布，受惠的城市是水牛城。可以说特斯拉从尼加拉瀑布赚了一大笔钱，但就像许多一夜致富的人，他不知道自己的财富可以持续多久。

我尽可能小心地将话题停在金钱上，因为这是我们俩真正有交集的地方。特斯拉当然不会向我这个陌生人透露他详细的财务状况。但资金赞助显然是个重点，他提到他目前的资助者约翰·皮尔庞特·摩根好几次。

我们还没讨论到我这次所为何来，但未来几天，我们还有很多时间。昨天只是相互认识，并了解彼此的兴趣和爱好。

现在来说说这实验室的最大特征。在用餐和交谈时，实验室里那一大捆线圈不断干扰着我的思绪。整个实验室可以说是充满一捆捆线圈和记录、测定仪器，除此之外可说什么都没有。

实验室里相当宽阔，特斯拉说它的直径超过五十尺，这我很相信。因为光线不是很足，所以这室内有种阴沉、诡秘之感。正中央是我在外面看到的那突出屋顶的金属杆基座，很多木板和金属板缠绕着电线，愈往核心，愈觉得这不知名机器错综复杂。以门外汉的眼光，我的确看不懂它的设计。大致上，那是只奇异的笼子。

这室内乱成一团，几张木椅就被放置在电线附近。还有其他零零碎碎：纸张、工具、残羹剩饭，甚至肮脏的手帕。

特斯拉带我到处看看，我对那一大捆电线感到十分惊讶，完全不明了其所以然。我只想得到这些电线可以输送大量电力。输送上山的电力是来自下面的科罗拉多泉：特斯拉帮市政府装设发电机，所以可免费用电。

“只要我想，我可以拥有全部的电力。或许你晚上就会发现。”

我问他是什么意思。

“你会发觉整座科罗拉多泉的灯光会随时变黯淡，甚至会停电几秒钟。这表示我在这里工作！让我演示给你看。”

特斯拉带我走出这栋歪七扭八的实验室。在山坡上走了一段路后，我们到了一个地方，那里的山坡有一边很陡峭，下方就是科罗拉多泉，在夏日艳阳下闪闪发光。

“如果你傍晚过来，我会示范给你看，只要控制杆一拉，我可以让整座城市陷入黑暗。”

我们走回实验室时，特斯拉又说了一次：“你一定要找一天晚上过来。傍晚是山上最美好的时光，无疑地你会察觉到，这里的风景有多壮阔，虽然有些欠缺变化。一边是满布巨岩的山峰，另一边则和桌子表面一样平坦。但真正有意思的是在我们头顶上！”

特斯拉朝天空比了个手势：“我从来不知道天空可以这么晴朗，月光能够如此明亮。还有这里的暴风雨！我选择这地点就是因为暴风雨发生得有多频繁。现在就有一场暴风雨即将来临，这很常见。”

我环顾四周，看看远处是否有堆叠的深黑云层，或较近一点，在暴风雨真正降临前，片刻遮暗天空、带来雨水的满布乌云，但我们上方只是一望无际的蔚蓝晴空。空气也一样，闻起来清新凉爽，毫无倾盆大雨的闷热预兆。

“暴风雨将在今晚七点左右来临。事实上，来看看我的金属探测器，就可以确定更精确的时间。”

我们走回实验室。吉尔平和他的马车已经到达，而且停在远处。吉尔平向我挥手，我也做出回应。

特斯拉指着我稍早看到的一副仪器。

“显示暴风雨目前正在中央市，大约我们北边80里处，小心！”

他指着这仪器上的一个放大镜，并不时戳戳它。过了一会儿我才看到他叫我看的东西——两个金属圆钮之间有些微弱的电光火花。

特斯拉解释：“每次冒火花，便表示有一道闪电。我会记录这里的电光释放，大概一个多小时后，就会听到远处的雷声。”

我正要表达怀疑时，却看到这男人极度严肃。他移向另一个金属检测器旁边的仪器，并记下两三个数字。我跟着他到那里去。

“对了，安吉尔先生，你今晚可以注意看看你的表，然后记下第一道闪电发生的时刻。据我估计，应该会在7点15到20分之间。”

“你可以预估正确的时刻？”

“误差不会超过五分钟。”

“那么单单靠此，你就可以赚一大笔钱了！”

但特斯拉看起来没什么兴趣。

“这只是次要的，我的工作纯粹是实验性质，而我最想知道的是暴风雨何时会降临，让我可以做最好的利用。”

他朝吉尔平看了一眼：“我看到你的马车已经来了，安吉尔先生，你还会再过来吗？”

“我来科罗拉多泉只有一个目的，就是和你谈一桩生意。”

特斯拉的表情很严肃：“这是个好提议。希望你后天可以再过来。”

他今天要动身去收集更多装备。

之后我便离开了，和吉尔平顺利回到科罗拉多泉。

我必须记下，当晚正好在 7 点 19 分出现一道闪电，接着是雷声，然后一场壮观的暴风雨降临，这是我注定要经历的。暴风雨中，我冒险到旅馆房间的阳台看着帕克峰顶，想看看是否能找到特斯拉实验室的位置，但外面一片漆黑。

1900 年 7 月 13 日

今天特斯拉示范了实验室最主要的设备。

一开始他问我容不容易紧张，我说不会。于是特斯拉叫我拿着一条铁棒，铁棒还有一条长长的金属链接到地板。他叫我进入一个充满烟雾及气体的大玻璃圆顶下方，我左手握着铁棒，在他的指示下，将右手掌心贴着玻璃室。一道强光马上从圆顶内爆出，我的手臂上每根汗毛都得意地竖起。

我惊恐地把手收回，那道光立即消失。我注意到特斯拉在笑，所以将手放回玻璃上，不理会那道怪异的光芒一再爆出。

接着是更多类似的实验，有些我曾看过特斯拉在伦敦示范。我决心不暴露出自己的紧张，所以强忍着每件仪器放出的电流、怪异气体。

最后，特斯拉问我敢不敢坐进他实验电圈的主区域，如果他将电力提高到两千万伏特！

“你确定安全吗？”我询问他，但稍微挺出下巴，装作对危险已习以为常。

“我可以向你保证。这不是你来找我的原因吗？”

“的确是。”

特斯拉叫我坐在其中一张木椅上，我照办。艾利也过来了，拖着另一张椅子，坐在我旁边，还递我一张报纸。

艾利说：“看你可不可以用超自然的魔术来阅读！”语毕他和特斯拉同声笑了出来。

我和他们一起笑，特斯拉扳下一个金属握把，然后突然一阵电流夹带着震耳欲聋的爆裂声，从我头顶上方的电圈释放出来，像某种庞大且致命的花瓣般层层堆叠。

我目瞪口呆地看着刺刺作响的电光，它们蜿蜒向上环绕着电圈头，然后开始朝下向艾利和我席卷而来，我们就像是电流的猎物。艾利在我旁边动也不动，所以我也强迫自己不要动。

突然一道电光碰到我，在我身上不停蔓延，好像在找寻我的轮廓。我再次觉得毛骨悚然，双眼也因闪光而刺痛不已，除此之外，没有疼痛、灼伤或触电的感觉。

艾利指指我还抓着的报纸，于是我发现，电流发出的光芒让我可以清楚地阅读。当我把报纸拿在眼前，两道电流在报上流窜，几乎要将报纸点燃。但就像神迹般，报纸没有烧起来。

之后，特斯拉问我是不是想和他散散步。我们一走出实验室外，他就说：“我要恭喜你，你很勇敢。”

“我可是下定决心不表现出真实的感觉。”我礼貌地回应。

特斯拉说：“到实验室来的访客都会看到你刚看到的相同示范。

但很少人可以承受电流释放的蹂躏。”

“也许是因为他们没真的看到你的示范。我知道你不会以自己的生命做赌注，我这个大老远从英国来和你谈生意的人也不会。”

“的确不会，或许我们可以正式讨论了，你的计划究竟是？”

“我其实也不能完全肯定。”我停顿下来，试着找到正确的字眼。

“你打算投资我的研究？”

“不，我没有这个打算，我知道你曾接触过许多赞助者。”

“确实，有些人认为我不好相处，而且我不太去想短期获利的事，这常造成我与赞助者的争论。”

“我可以冒昧地说一句吗？你似乎一直想着摩根先生的事。”

“摩根先生那边的确是我目前很关注的。”

“我直说了吧，特斯拉先生，我很有钱，我希望可以赞助你。”

“但你不是要投资我的研究？”

“我要购买你的设备。我希望你帮我建造一个可以产生电流的仪器，价钱谈妥的话，我会很乐意付款。”

实验室坐落在视野良好的高原上，我们就在周围漫步。但现在特斯拉突然停下来，摆了一个姿势，若有所思地凝视我们前方的树木。

他说：“你是说哪一件仪器？你已经看到了，我的研究是理论性、实验性的，没有一件仪器是出售的。目前这里每样东西，对我来说都是无价的。”

“我离开英国前，在《时代杂志》上读到一篇关于你研究的文章，里面提到你发现理论上电可以通过空气传输，不久的将来你想证明这原理。”

特斯拉狠狠地看着我，然而，已经到这种地步了，我不能回头。

我鼓起勇气继续说：“你许多科学界的同行都说这是不可能的，但你对自己所作所为信心满满，这真可能实现吗？”

我直视特斯拉的双眼，看到最后这个问题让他脸色突然大变。现在他整个人变得兴致勃勃而且表情丰富。

他大叫：“没错，是真的！”然后马上说出我实在听不懂的理论解释。

一旦开口，他根本是挡不住的！他迈开大步，很快且兴奋地说话，我得小跑步才跟得上他。我们绕着实验室行进，那球状的尖顶一直在视线范围内，特斯拉讲话时，好几次指向它。

他的重点是，很早以前他就证实了，传送交流电最有效的方法是提高电压，并沿高压电缆传导。现在他可以证实，如果电压被提到更高，就会变成超高频率，再也不需要电缆。电流会被投射至天空：同时，一连串的检波器或接收器可以在他地接收到电流，然后转换使用。

“想象一下这可能性，安吉尔先生。人们所熟知或想象的每项生活用品和设施，都会由空气中放射的电流所推动。”

然后，说来奇怪，我发现在某种程度上，特斯拉使我联想到之前的同车乘客鲍伯·唐斯。特斯拉开始举例：光、热、热水澡、家具、娱乐活动、汽车……都会以电发动，一种对我来说还是难以理解的神秘方式。

我问：“你可以让这些成真？”

“毫无疑问！要知道现在还在实验阶段，别的科学家只要愿意，都可以复制这些实验，实验结果都是可以被控制的。这不是幻想！几年内，我应该就可以用目前提供水牛城电力的方法为全世界发电！”

特斯拉说到这里时，我们已经绕了两大圈，我跟着他亦步亦趋，决定让他讲个够，道尽他的科学狂热。我知道以他的聪明才智，终究会回到我们最初的话题。

最后他终于说：“你要向我买这件仪器，对不对，安吉尔先生？”

“不是，我要买另一件东西。”

“可是我现在全心在处理刚刚所描述的实验！”

“特斯拉先生，我在寻找一些新的东西。告诉我，如果电力可以被传送，那物质也可以吗？从一处传至另一处？”

他从容镇定的回答令人意外：“能量和物质仅是相同物理力的两种表现形式。你一定了解这原理吧？”

我回答：“是的。”

“那你已经知道答案了。虽然我不懂为什么有人想传输物质。”

“但你可以建造这种仪器对吧？”

“要传送的东西质量多大？重量呢？尺寸大小？”

“绝不会超过两百磅，而尺寸……高度最多两码。”

特斯拉不屑地挥挥手：“你要出多少钱？”

“你要多少？”

“我需要八千块，先生。”

我无法自抑地放声大笑。这数目比我预估的还多，但仍在可接受的范围内。特斯拉看起来有点忧心，好像以为我发疯了，往后退想离我远一点……但稍后，我们在高原上的强风中拥抱，互相拍拍肩膀，两人各取所需。

最后当我们紧紧握手象征契约达成时，一阵雷鸣从我们身后响起，回荡在狭窄的山口。

1900年7月14日

特斯拉比我想象的还会讨价还价。最后我不是付他八千，而是一万，无论以什么标准来看，这无疑是笔财富。原来特斯拉也像普通人一般，对重要的事三心二意，今早才发现八千块只够付清他的债务，而帮我制造仪器还得花费更多钱。

除此之外，他要求我先付大部分现金。我手上有三千块现金，随身的债券可再凑个三千，其余则必须从英国寄过来。特斯拉马上同意付款协议。

今天他更详细地询问了我的要求。他对我要怎么用在魔术表演不感兴趣，只关心仪器的实用性：尺寸、所需电力的来源、仪器会有多重、是否方便移动装卸。

我对他的头脑感到钦佩。可携性是我根本没想到的事，但当然这对巡回表演的魔术师而言，是非常重要的。

特斯拉已经拟出草图，当他去丹佛取零件时，我被他赶到科罗拉多泉去玩了两天。而他对我计划的反应，终于使我相信我一直存疑的事：博登没来找过特斯拉。

我终于搞懂了。我的世仇试着透过奥莉薇娅来误导我。他的幻觉表演中使用的闪光效果，一般人认为是电流，但事实上，就只是闪光而已。博登一定想让我白忙一场，他不会料到特斯拉和我即将处理隐藏的能量传送。

但特斯拉进行得很慢，让我担心时间的问题！

一开始我还天真地认为委托特斯拉帮我建造一台机械装置，只需要几小时。但从他喃喃自语时呈现的发呆表情，我明白这可能会是一段没有结论的发明过程。艾利也向我证实了特斯拉有时反复斟酌一个问题就要好几个月。

我 10 月起在英国有固定演出，在第一场表演开始前，我一定得回去。到特斯拉回来前，我有两天空闲，我想利用这段时间研究火车和轮船的时刻表。我发现美国许多事情都很棒，但在提供这类资讯上并不是很方便。

1900 年 7 月 21 日

特斯拉的工作似乎进行得很顺利。他允许我每隔两天可以去实验室参观。虽然仪器已略具规模，但还没有到可以示范的程度。今天我去时，特斯拉在整修，他的心思全在那上面；看到我时他有点火气，但又有些迷惑。

1900年8月4日

已经连续三天下大雷雨了，坏天气使我陷入沮丧和闷闷不乐，我知道特斯拉在乎的是他自己的实验，而不是建造我的仪器。

时间不断流逝，我必须在月底前离开丹佛。

1900年8月8日

今早我抵达实验室时，特斯拉说仪器可以实地示范了。我很兴奋能亲眼瞧瞧。

但一开始，那仪器就停止运转。特斯拉光是调整一些金属接线就花了三个多小时，我只好返回旅馆。

科罗拉多第一银行告诉我，这一两天内就会有更多我的钱汇过来了，或许那会激励特斯拉更加努力。

1900年8月12日

另一次失败的示范。我很失望，特斯拉似乎很困惑，声称他的计算不可能有误。在此简短记下失败的示范情形。

这仪器是他实验室那个大笼子和无数线圈的缩小版本，在冗长的讲解原理后（虽然我完全听不懂），特斯拉拿出一根漆成亮橙色的金属棒。他把金属棒放在平台上，一个由电线组成的倒三角锥正下方，三角锥的顶点就直接对着金属棒。

特斯拉一声令下，艾利操作一个巨大的控制杆，那种熟悉的电流释放爆发又出现了。

橙色金属棒几乎立即被蓝白火焰吞没，电流以一种非常吓人的形式，沿着金属棒蜿蜒蛇行。声响和白热光芒迅速产生，而且不久之后，看起来像是金属棒的熔解微粒飞溅到地上，但金属棒的外观依然完整。

几秒钟后，特斯拉戏剧性地挥手，艾利往后扳动控制杆，电流立即停止。金属棒仍在原位。特斯拉立刻全神贯注在这谜团里，完全不理会我的存在。艾利建议我这几天别来实验室，但我严重意识到所剩时间已经不多，不知道是否该提醒特斯拉？

1900 年 8 月 18 日

比起特斯拉和我难堪的争执，今天第二次的失败示范还不算什么。争执发生在机器无法运作之后，我们两个都很激动，我非常失望，特斯拉则很灰心。

橙色金属棒又一次毫未移动，特斯拉把它拾起来给我。几秒钟之前它还被电流包围，火花纷飞，我谨慎地接过来，觉得手指可能会被灼伤；但它是冰冷的。

这真是怪事：它不只凉凉的，完全感觉不出被加热过，还冰冷得好似埋在冰里，我拿着金属棒纳闷。

“安吉尔先生，这样的失败太多了，我得把它给你当作纪念品。”特斯拉的口气极其友善。

“我会收下。尽管我比较希望带走我想买的东西。”

“给我足够的时间，我能转动地球。”

我把铁棒扔在地上：“我没时间了，而且我不想转动地球，也不想传送这根棒子。”

“那请告诉我，你究竟想传送什么？我可以专注地来做这个实验。”

那时我觉得自己差点就要爆发了，在压抑了好几天之后。

“特斯拉先生，我一直在旁边观察，你使用这金属棒是为了实验。如果现在我已经快等不及了，你可能用其他东西来代替吗？”

“可以，如果你给我个理由的话。”

“那你为什么不直接建造我需要的仪器？”

“因为你没有清楚告诉我你的用途和需要！”

“至少不是为了传送铁棒！这实验对我来说没有多大用处，我想要传送的是活生生的肉体，活生生的人啊！”

“所以你希望我不要再用金属棒来示范失败的实验，而用一个人？谁来做这危险的实验？”

我说：“为什么会危险呢？”

“因为所有实验都有危险性。”

“我会是唯一被传送的人。”

特斯拉似乎随时都会发怒地笑着：“你想传送自己？先生，我开始用你本人进行实验前，你得付清剩下的钱！”

我说：“我该走了。”我转身离去，觉得愤怒并得到一次教训。我推开特斯拉和艾利，走到屋外，虽然没看到吉尔平，但我还是大步离去，决定就算走回到城里也好。

特斯拉站在实验室门口：“安吉尔先生，先生！我们不该口不择言地相互批评，我想解释一下，我不知道原来你想传送的是活的有机体。又大又重的无机物是很难处理的，活的细胞应该没有相同的问题。”

“教授，你说什么？”

“假如你希望我传送有机物，明天请回到这里，我会完成。”

我点头同意，然后继续踩着下山小径松散的碎石路，期待会遇到吉尔平。但他没出现，我决心就当作运动，下山的路程蜿蜒迂回，紧邻着悬崖峭壁。

走了半里路左右，我突然瞥见小径旁长草堆中有道光芒，于是停下脚步。一根橙色的金属棒在那里，显然和特斯拉用的完全一样。我心想还是保留这个此次非比寻常会面的纪念品好了，于是把它捡起来带下山，到现在我还保留着它。

1900 年 8 月 19 日

今早吉尔平载我到实验室，我发现特斯拉的情绪十分低潮沮丧。

他对我说："我恐怕要让你失望了，还有许多工作未完成，而我知道你很快得返回英国。"

"发生了什么事？"我很高兴昨天争执的怒气都过去了。

"我以为处理活的有机体会比较简单，它的结构比金属元素来得单纯许多，生物本身已经包含微量的电流，我依此假设进行实验，想提高生物本身的能量就好。但我实在不解，为什么行不通！计算的数值应该是正确无误的。你自己过来看看。"

我注意到实验室里，艾利以一种我从未见过的好战姿态站着，手臂抱胸，下颚突出，就像一个怒气冲天的男人正处在防守状态。他身旁是一个木质小笼子，关了一只睡着的白脚小黑猫。

我走进实验室时，艾利盯着我看。

我说："早安，艾利先生！"

艾利却大叫："我真希望你没有提出这个计划，安吉尔先生。我把我小孩的猫带来，保证它不会受伤，特斯拉先生昨晚向我明确保证！但现在他却说，如果我们用这可怜的小动物做实验，一定会杀死它！"

"我不在乎。"我对特斯拉说。

特斯拉回答："我也不在乎。你认为我残忍无情，要折磨上帝美丽的创造物？来看看吧！"

他带我到那部仪器，这是他在一夜间重新打造的。离它一两尺远时，我震惊地往后退！大概有半打黑亮硕大的蟑螂散布满地。它们是我看过最令人恶心的东西。

特斯拉注意到我的反应："它们死了，不会威胁你了。"

艾利大喊："对，死了！那就是问题所在，特斯拉先生打算让这只猫面临相同的危险。"我看着地上那些恶心的昆虫，唯恐它们复活。

特斯拉用他的靴子轻推其中一只蟑螂，把它翻过来："看起来我建造了一部杀蟑螂的机器。它们也是上帝的创造物，我很沮丧。我并不是要建造一部杀生的机器。"

我问："怎么回事？你昨天听起来非常肯定。"

"我重复计算过许多次了，艾利也核对过。这是每位实验科学家的梦魇：理论和实际结果无解的歧异。我承认我很困惑。我以前从来没发生过这种事。"

"我可以看看计算结果吗？"

"当然可以，但你不是数学家，恐怕看不太懂。"

他和艾利拿出一本活页笔记本，上面记载计算数值，我们一起研究了很长一段时间。特斯拉以我能理解的方式解释计算原理和结果给我听。

我尽可能点头，最后，我注意到计算结果，突然灵光乍现："你说这是决定距离？"

"那是个变因，实验中我一直都从理论上设定为一百公尺，但你可以看到，传输的东西丝毫没有移动。"

"那这里的数值呢？"我指向另一行。

"角度、方位点。能量三角锥可以设定瞄准任何角度。再次强调，目前完全是理论性的。"

我问："你有高度的设定吗？"

"还没有，目前只是瞄准实验室东边的天空。只要注意不是对准另一物品，就不会造成再次实体化！"

我看着整齐的计算过程。虽然不知道它发生的过程，但我冲出实验室望向正东方。如特斯拉所言，那个方向是一片空旷，高原的地势就是从那边缓降。我赶快跑过去往下望，看到山腰旁曲折蜿蜒的小径。

我返回实验室，从皮箱里拿出我昨天傍晚在小径旁找到的铁棒，递给特斯拉。

我说："这是你实验用的东西吧？"

"没错。"

我告诉他在哪里找到的。仪器旁边有另一根相同的金属棒，特斯拉把两根铁棒握在一起，艾利和我站在旁边，对两根铁棒的一模一样啧啧称奇。

"这些记号，安吉尔先生！"特斯拉倒抽一口气，轻轻触碰一个整齐蚀刻的十字记号，"这十字记号是我刻上的，以确定是这个物体穿越天空被传送出去。但是……"

艾利抢着说："它被复制了！"

特斯拉问我："你说你在哪里找到的？"

我带他们到外面，指向山下的方向。

特斯拉陷入沉思："我需要看看那个地方！"然后他转头命令艾利："把经纬仪拿来，还有卷尺！快！"

就这样我们动身前往小径确实的发现地点。

我本来以为自己记得很清楚，但走远之后，我也不是很确定。大树、碎石、茂密草丛，一切都很像。而且特斯拉不停比画着手势并说话，我实在不能集中注意力。

最后我在小径一转弯处的长草堆前停下来。艾利小跑步紧跟在后，很快就追上我们，特斯拉指示他架起经纬仪。一些简单步骤的测量就足以让特斯拉认定不可能是这里。

大约半小时后，我们找到另一个可能地点，在实验室正东方。我们考虑到这处山坡的陡峭，铁棒可能弹起并在地面上滚动了一段距离。这可能是它最后落地的位置。

特斯拉很开心。当我们走回实验室，他又陷入沉思中。

我也在想事情，一进实验室，我就说："我可以提出个建议吗？"

"我真的很感谢你，先生。直说无妨。"

"既然你可以调整仪器的设定，可不可以不要朝东边的天空对准，只是短距离地传送东西？或许就从实验室这一头到那一头，或是实验室外面？"

"我们的想法是一样的，安吉尔先生！"

认识特斯拉以来，我从没见过他如此兴高采烈。他和艾利马上着手准备。我再次变得多余，就安静地坐在实验室后方。

当特斯拉和艾利全神贯注在工作时，进食非常不规律，所以我早已养成带食物来实验室的习惯，吃着旅馆准备的三明治，我陷入一段漫长乏味的等待。

最后特斯拉终于说："安吉尔先生，我想我们准备好了。"

我检查仪器，完全像观众被邀请上台检查魔术师的道具一般，我和特斯拉去外面，证实他设定的目的地现在没有任何金属棒。

他放好金属棒并操作控制杆，令人兴奋的碰撞声宣布实验圆满完成。

我们冲到外面，千真万确的，草坪上是那橙色铁棒。

回到实验室内，我们检查原本的铁棒，冰冷如石，但和草坪上另一根铁棒是一模一样的。

“明天，先生，在我高贵的助理允许下，我们会将猫安全地传输到另一地点。如果成功了，我想你会很满意吧？”

我高兴地说：“没错，特斯拉先生，你说得没错。”

1900 年 8 月 20 日

成功了。小猫毫发无伤地飞越天际。不过机器发生小小的故障，特斯拉又全神贯注在工作上，我再次被赶回旅馆，为时间的流逝发愁。

特斯拉答应我明天再示范一次，他保证这次不会再出问题。我觉得他是急着想拿到剩下的费用。

1900 年 10 月 11 日

德比郡，克德罗大宅

没想到我会有这一天。我的哥哥亨利发生意外死了，因为他没留下任何子女，我因此继承了父亲的头衔和土地。

现在我长住在家族的大宅中，已放弃舞台魔术师的事业，每天都忙着家族资产的事，还得处理一堆因亨利奇怪、错误的判断造成的许多现实问题。

现在我的署名是：鲁伯特·凯特德十四世。

1900年11月12日

我刚从伦敦回来，此行卖掉了旧公寓和工作室。在克德罗的家族资产已濒临危机，我急着筹钱来整修房子和一些地产。也开始后悔，自己竟挥霍了表演事业所累积的几乎全部财富在特斯拉身上。

当我最后快要离开科罗拉多州时，亨利意外去世的消息传来，我匆忙返回英国，并付清剩下的费用，那时我还没料到自己的生活即将再次面临剧烈的改变。

伊斯林顿的房子让我充满回忆，相当错综复杂的回忆，尤其是回想起早年待在伦敦的时光。那时我不过是个男孩，继承权被剥夺，为人处世都缺乏经验，还在受教育，没有任何专业训练，但我为自己开拓了人生，对抗失败的威胁，最后累积了一笔不错的财富且变得相当有名。

我以前是，我想现在还是，处于魔术表演界的顶端。但我不满足现有的成就，把大部分的财产投资在创新的魔术仪器上，这些仪器带给了我崭新的成功动力。

我沉浸在这样的思绪中，最后寄了一封信给茱莉亚。我很想她，尽管我们已经分开了好些年，但我早期在伦敦的生活和她画上了等号。爱上她的那时期，就等于我早期所有的计划和梦想。

出乎意料地，我很高兴茱莉亚答应见我，于是两天前我与她及孩子们在一位朋友家共度了一下午。能再次见到他们，我十分激动，也忘了提起事先想好的提议。爱德华现在 16 岁了，长得高大英挺！莉蒂亚和佛罗伦丝是如此美丽温柔！整个下午我的视线都无法离开他们。

茱莉亚一开始显得很冷漠孤傲，但被我激动的表现深深影响，没多久后就卸下心防，温柔地和我交谈。

于是我告诉她一些事情。即使我们曾结过婚并住在一起，我也从没向她透露过我的过去，所以我告诉她的事令她十分惊讶。第一，我曾一度和家人断绝关系，并声明放弃一些房产；第二，我现在已经恢复了家族身份并拥有那房产；第三，因此，我决定放弃魔术表演的事业。

我早就猜到，茱莉亚会冷静接受这一切。只有当我说，她今后会被尊称为茱莉亚夫人，她的沉着镇静才瓦解片刻。一会儿之后，她问我确定要放弃事业吗。

我说："不然还有什么选择？"

茱莉亚说："尽管我们分开，我仍继续注意你的魔术事业，也深感钦佩，只是很遗憾地，我不再参与其中。"

谈话时，我感觉到一股绝望自体内涌出，更正确地说是沉入心底;我竟为了那个美国女人抛弃了妻子,以及我那些漂亮杰出的孩子。

昨天,离开伦敦前,我第二次去找茱莉亚。这次只有我和她会面。我为过去对她做过的蠢事恳求原谅。我求她回到我身边,再次做我的妻子。我向她允诺在能力范围内,我会答应她任何事,只要她回来。

她先拒绝了我,但答应会好好考虑。我想我也是活该。

之后我搭上夜班火车回谢菲尔德,满脑子想着和茱莉亚重修旧好的事。

1900年11月14日

现在,我被迫全心全意思考钱的问题,面对我眼前这栋腐朽老旧的祖宅。在特斯拉那里挥霍了一大笔钱后,我立刻就为缺乏现金而感困窘,这真是荒谬。因此我写信给特斯拉并要求退款,让他退还我已付的所有金额。

我离开科罗拉多泉已近三个月,他没有给我只字片语的回应。无论情况如何,他都得退款,我同时也已写信给纽约的律师事务所,请他们下个月开始对特斯拉提出诉讼。假使他收到信后立刻退款,我就不提出诉讼,如果他不退款,就自行负担后果。

1900年11月15日

我要回伦敦了。

1900年11月17日

回到德比郡，对坐火车奔波感到厌倦。可是对现在的生活，我非常满足。

茱莉亚提出一个建议，关于我们未来在一起的可能。而我必须做一个简单的决定。

她说她会回到我身边，但我得继续我的魔术表演生涯。她希望我离开克德罗祖宅，住回伊斯林顿的房子。她说她和孩子们不想搬到一间偏远又陌生的房子里去。她很直接地向我表达，我明白这没有讨论余地了。

为了说服我，同时也是为我好，她补充说明了四点：

首先她说，她和我身上都流着表演的血液，尽管目前她视孩子为最重要的事，但她还是希望参与我未来的舞台表演生涯。（我猜她的意思是以后没有她同行，我就不准到国外巡回表演，那么就再也不会有另一个奥莉薇娅出现了。）

接着她说，今年年初我还处在事业高峰，但卑鄙的博登因我的弃权而几乎拿下王冠。他还是一直表演他的版本的瞬间转移幻象。然后茱莉亚提醒我，我唯一可靠的赚钱方法就是表演魔术，而我有义务继续供养她和经营家族资产。最后她指出持续在伦敦表演不会让我失去所继承的遗产，一旦退休的时候到了，房子和地产仍都等着我。整修或管理事务，都可以在伦敦处理，不成问题。

因此我返回德比郡，表面上是处理这边的事，实际上，我的确需要一些独自思考的时间。

我不能放下照顾克德罗住宅的责任。那里家中有佃农、家仆，还有家族对地方议会、教会和教区居民传统上所承担的义务。我很认真地考虑这些事情，无疑地，家族责任感一直在我血液中流动。

但我能够真的做什么吗，如果我破产了？现在看起来破产很有可能。

1900年11月19日

我想要与茱莉亚和孩子们重逢，但这么做便得接受茱莉亚的条件。搬回伦敦并不困难，但重回舞台表演？我十分抗拒。

我离开舞台才几个星期，但表演已经成为我沉重的负担。记得在科罗拉多泉得到亨利死讯的那天，我对亨利在巴黎的意外死亡没有多想；我只想到自己，觉得松了口气，真正宽心：我终于摆脱幻术表演所引起的疲劳以及精神压力。

每日练习的时光将不再，一个令人感激的终止。不用在可怕的地方小旅舍或海滨旅馆过夜，不再有疲惫的火车旅程，不用再对现实无休止地留意和走心：确认道具和戏服会和我同时到达、检查剧院后台、付员工薪水等许多不重要的琐事。这一切突然从我生活中消失了。

我同时也想到博登。那个打不倒的敌人，潜伏在魔术世界，一再准备发动攻击的敌人。

假如我不再回到魔术世界，我不会想念这些事情。我心里早已对这些事渐渐产生厌恶之感。

然而茱莉亚打动了我。

制造惊奇的魔术效果时，观众席传来的欢笑声，聚焦在我身上的灯光，工作时与其他表演人员建立的惺惺相惜，表演尾声时的掌声喝彩。

最重要的，声望、世人钦佩的眼神、尊敬、社会最高层的认同。没有一个诚实的人敢说这些不具任何意义。还有表演的报酬，我渴望那些金钱！

所以问题不是我要不要答应，而是我能多快说服自己。

1900年11月20日

再次搭火车去伦敦。

1900年11月21日

我在伊斯林顿，有一封特斯拉的助理艾利寄来的信。我现在照抄下来：

安吉尔先生钧启：

我想您还没听说吧，特斯拉先生已经离开科罗拉多州，据传闻将把他的研究工作移到东岸，可能是纽约或新泽西。这里的实验室已被他的债权人查封，目前正在寻找买主。我在这窘境下被遗弃，特斯拉还欠我一个多月的薪资。

然而我想您会很乐意知道，特斯拉先生在某些事上还是很有信用的，您购买的设备已送到您的工作室。一旦仪器正确地组合起来（我已亲自写下组装说明），仪器就可以正常运转，且确实依照了您的要求。仪器可以自我调整，应该可以持续好几年无须校正修理。您唯一要做的是保持仪器的干净，在电流接触点变得黯淡无光时将之擦亮。

一般来说，机器一有损伤就必须修好。特斯拉先生附上了一组备用零件，以供未来正常使用下更换所需。其他部分的零件，如木柱，可以从一般正常渠道取得更换用的材料。

我当然很想知道您要用这非凡的发明物来表演什么幻觉魔术，因为如您所知，我是您的崇拜者。尽管您没有目睹，但我可以证明雪鞋（就是那只我小孩的猫）已被安全地传送好几次，现在再度回到我家当宠物了。

先生，最后让我这么说，我很荣幸在建造这部仪器时参与了一部分的工作，无论多么微不足道。

附带一提：您曾经非常善良地，对我冒失表演的小小戏法表示称赞并佯装困惑。既然您曾说您想知道那戏法的解释，我就告诉您，那五张纸牌和消失银币的小魔术，是典型的手心隐藏和控制力道手法。您对这戏法的反应让我相当欣慰，若您需要，我也会乐意转寄每个动作的详细说明。

费尔罕·艾利

1900 年 9 月 27 日

一读完信我就赶到工作室。问邻居是否有从美国寄来的巨大包裹最近到达了，但没有人知道这件事。

1900 年 11 月 21 日

今早我把艾利的信函给茱莉亚看，完全忘记了一件事：我还没告诉她去美国的那趟旅程，还有我去那里做了什么。她当然十分好奇，于是我向她解释。

听完我的解释，茱莉亚说："所以你的钱都花在这里？"

"对。"

"特斯拉很明显已经卷款潜逃，我们却只有这封信来证明仪器的存在？"

我要茱莉亚放心，艾利可以信任，而且这封信完全出乎我意料。我们开始谈论包裹寄送途中可能会发生什么状况，它现在可能会在哪里，我又该怎么寻回。

然后茱莉亚说："这幻觉表演有什么特别之处？"

"幻觉本身不特别，是完成幻术的方法。"

“博登和这件事有关系吗？”

“我就知道你还没忘记博登这个人。”

“亲爱的，是艾尔弗雷德·博登先挑起我们之间的不合。我想了好几年，每件出差错的事都可以回溯到他攻击我的那天。”

泪珠已在茱莉亚双眸中打转，露出悲痛的光芒，但她的语气平静愤怒，且不带任何自怜。

“若他没有伤害我，我就不会失去我们第一个小孩，我们之间的第一次裂痕也不会发生。然后你开始心神不定、坐立不安。即使接下来我们生了那么多可爱的孩子，也无法弥补博登那天所作所为的残酷；而你们之间持续了那么久的仇恨，也一定是因为你无法忘记那股愤怒。”

“我从未和你谈过那些报复，你怎么会知道？”

“因为我不笨，鲁伯特，我偶尔会在魔术杂志上读到评论。”

我并不晓得茱莉亚一直订阅那些杂志。

“你一直是我最关心的人，亲爱的，我只是不明白你为什么从不和我讨论那一连串攻击？”

“我想，我是有点羞愧。”

“想必博登是先挑起争端的人？”

“我必须保护自己。”我告诉茱莉亚我对博登做过的调查，还有我企图找出他达成那幻觉表演的秘诀。然后我说出自己对特斯拉装置的期望。

“博登仰赖标准的舞台欺骗手法，他使用橱柜、灯光和化妆，而当他传送自己穿越舞台，进入一个设备再从另一个出现。表演很精彩地完成，但这个秘密不仅被他的道具所隐藏，也因此显得平庸无奇。

“特斯拉装置的美妙之处在于戏法可公开执行，传送完全不需使用道具！假使一切如计划，我就可以把自己传送到任何位置：舞台空旷之处、包厢、前排观众席，甚至观众席中任一空位！所有会对观众产生最大震撼效果的任何地点。”

“听起来有点假设的意味。所以一切还在计划中？”

“艾利在信上说，仪器已经寄来了……不过我还没收到！”

我对特斯拉装置的热衷，茱莉亚是最好的听众，接下来一小时或更久，我们讨论这将是什么样的契机。茱莉亚很快看出一个核心问题：如果我能公开在舞台上表演这项戏法，博登会因此永远受挫！

对于未来的所有疑问，茱莉亚把它们从我心中赶走。她确实很兴奋，我们立即展开仪器运送的调查。我有些悲观，毕竟到伦敦运务中心追踪一件大木板箱，可能要花上好几个礼拜。

然而茱莉亚以她克服难题的方式建议：“我们为什么不从邮局开始？”

因此两小时后，我们就找出两个邮寄给我的大木箱，安全地被放在邮务分类中心的无法投递邮件的部门。

1900年12月15日

过去的三周充满了挫败及痛苦，因为我的工作室才刚申请了电力。我就像是个有玩具却不能玩的小男孩。特斯拉的装置从领回来就一直摆放在工作室，没有电流的供应，它毫无用处。

我读了好几次艾利那清晰易懂的组装说明，在我频繁的提醒和催促下，伦敦电力公司终于完成电力供应。从那时起，我便不断地排练，专心在这组不寻常的仪器上。接下来，是我目前练习的心得。

仪器完全可以正常运转，还巧妙设计成可在目前所有电力供应形式下运作。这是说我可以旅行各处去表演这项戏法，无论是欧洲、美国，甚至（艾利在说明中声称的）远东地区。

然而，除非剧院有电流供应，否则我无法表演这项节目。未来接受任何表演预约前，我都必须确定这一点，还有其他许多事项。（后面还会提到。）

可携带性：我知道特斯拉已经尽力，但这设备真是该死的笨重。现在起，筹划机器的运送、拆卸和组装将优先需要考虑。如果我想表演特斯拉装置的传送戏法，就不可能再乘坐火车去表演。

技术演练：必须安装两次。首先是表演当天早上的排演测试，然后是表演中当幕布放下，另一项表演进行时，必须再次安装机器。艾利已经写下如何快速无声安装好机器的方法，但即使如此，这一定会是艰难的工作。需要多次排练，且我将需要额外的助理。

剧院的实体配置。我或者亚当一定要事先勘察。

隔绝舞台：这是一定要做的，但在许多剧院里，这会和后台工作人员造成敌对，因为某种原因，他们认为自己有权利看到行业机密。在我这案例里，允许陌生人看到我在舞台上如何准备是绝对不可能的。因此，比平常更多的准备工作绝对有必要。

表演后的仪器拆卸会充满风险。直到我想出如何进行前，还无法接受任何表演预约。这些特殊的准备工作真烦人！然而，谨慎的策划和排练是成功舞台魔术秀的精髓，我当然谨记在心。

向前跨进一小步。所有舞台幻觉创作者都会为他们的表演取名，也因这些名字，这些表演在魔术界才广为人知。“一三女神”“斩首”“卡沙达加”就是现今很受欢迎的三项幻觉表演。博登称他改进版本的戏法为“新瞬间转移”（我从未使用过这种名字，即使当时我的确模仿了他的表演）。

经过一番深思熟虑后，我决定称特斯拉的发明为“一道闪光”，这表演一定会声名大噪。

顺带一提，上周一，12 月 10 日，茱利亚和孩子们回到我身边，我们一家人将一起住在伊斯林顿。而圣诞假期时，他们将第一次见到克德罗的祖宅。

1900 年 12 月 29 日

在克德罗的家中。我现在很快乐，因为有这第二次的机会。我不敢回想去年圣诞节与家人疏远的时候，也无法想象再度失去这种快乐。

因此我忙着为接下来的事做准备，避免发生任何意外。我已排练“一道闪光”好几次了，也了解了它真正的运作方式，我必须小心保护它的秘密，即使在日记里也一样。

当孩子们入眠时，茱利亚建议我处理房子的事，我花了很多时间在地产的事上，决心将亨利造成的错误局面处理好。

1900年12月31日

随着19世纪结束，我写下这些事。再过一小时，我要下楼到客厅，茱利亚和孩子们会在那里等我，我们将一家人聚在一起迎接新年和新世纪。这是一个迎向未来，同时记住过去教训的夜晚。

我再度开启了一个秘密，霍顿和我今晚稍早已经完成准备。

想到稍早的事，我的手仍旧颤抖不已。我一直在想该记下什么，最后我决定，唯一的方式是直截了当、赤裸裸地描写。

今天傍晚过后没多久，孩子们已去小睡片刻，以便稍后清醒地迎接新世纪，我告诉茱莉亚我等下的恐怖计划，便留下她独自待在起居室。

我去找霍顿，我们穿过一大片草坪，走向家族墓穴；霍顿找来园丁的手推车装特斯拉仪器的零件。霍顿和我只用防风灯来领路，在几乎一片漆黑中花了好几分钟打开挂锁式的栅栏门。那老旧的锁因废弃已久而很难开启。

栅栏门一打开，霍顿就说他很不安。我很同情他。

“霍顿，我不期待你全程参与这件事，你可以在这里等我，或回屋里，我可以自己来。”

“不，主人，我已经答应你了。坦白说，我不会独自进去那里，而我敢说你也不会。但其实除了我们想象的之外，没什么好怕的。”

我们将手推车留在入口处，继续冒险进入。将防风灯提高到眼前，但前方的光线没有显露太多景象，而我们巨大的影子落在旁边的墙上。

我对墓穴的回忆很模糊，因为唯一那一次进到里面时，我还是个小男孩。

前方是一列往下的粗糙石梯，而阶梯底部变得比较宽阔，有另一道门，门未上锁，但很重而且不好开。我们费了一番力气才开了门，往更里处走进一片极其漆黑的空间。我可以感觉到洞穴在前方延伸，灯光几乎无法穿透黑暗。

空气中有一阵强烈的刺鼻气味，似乎可以在嘴里尝到味道。我放低提灯并调整灯芯，希望光线更明亮些。无数的灰尘在空气中飞舞。

霍顿紧靠着我说话，在这封闭的音响效果下，他说话的声音变得很小。

“先生，我应该去把那些东西拿下来吗？”

在提灯的光线下，我只能勉强分辨他的容貌。

“好，我想可以了。需要我帮你吗？”

“你在楼梯底端等我就好，先生。”

霍顿迅速走上阶梯，我知道他想尽快完成这项任务。随着他灯光的模糊远去，我备感孤独，孩童时对黑暗和死亡的恐惧，此刻似乎又涌上心头。

这里大部分是我的祖先，依据仪式被摆在架子和石板上，骨头都已变成碎片，平放在箱子和裹尸布中，被灰尘和几乎风化的衣服所覆盖。当我用提灯四处投射，可以看出离我较近那些石板的隐约形状。

墓穴下方某处，在灯火照射范围外，我听到巨大啮齿动物急忙跑开的声音。我往右边移动，摸到大约腰部的高度处有块石板，我摸黑越过。有些尖锐的小物体，一经触摸就散落了。臭气越发明显，我发觉自己开始作呕。我缩退离去，趁着摇晃的提灯微弱光线，瞥见那可怕的旧生命断片。其余的部分我都看不到，然而我可以轻易想象微弱灯光照射不及的景象。

尽管如此，我将提灯举高并四处摆动，期待看到那里的摆设。我知道事实可能没有想象的糟糕。这些逝世已久的祖先似乎被我的到来唤醒，正在变换姿势，举高他们可怕的头颅或手，发出含糊不清沙哑恐怖的声响，我的存在惊动了他们。

这里还放有我父亲的骨灰盒。我极度恐惧，想跟着霍顿上去外面，然而我知道必须往下走到墓穴深处。我无法确认方向，恐惧使我无法动弹。

我是那种理性的人，凡事实事求是并接受科学方法，然而霍顿离开的那几秒钟，我却受到非理性的折磨。然后我终于听到霍顿的脚步声又出现了，他拖着第一袋用具下来了。尽管他似乎自己应付得来，我还是很乐意转身去帮他一把。霍顿把他的提灯留在手推车上，当我们将布袋拖进门时，几乎是在一片漆黑中做事。

我说：“谢谢你在这里帮我，霍顿。”

“我明白，主人。换成是我，也不会想独自一人做这件事。”

“那我们赶快完成它。”

这次我们一起回到地面上搬第二只布袋。

我原本计划好好探测地窖一番，寻找最好的存放用具地点，但现在我想都不想了。因为提灯的光线不足以穿透黑暗，我知道一切探索都需要在短距离内完成。我害怕探查那些想象中的架子或石板。它们环绕着我，洞穴一直往后延伸，这里充满着死亡和死者，令人想起生命终结、遭遗弃且供老鼠蹂躏的生命。

我说：“我们把布袋放在这里并尽可能远离门口。明天早上我会再下来一趟。带一把比较好用的火把。”

我们一同走向墓穴左边的墙壁，找到另一块石板。我鼓起勇气触摸，似乎没有任何重要的东西在上面，所以我举起两大袋的幻术用具放在那里。

完成之后，我们二话不说，赶紧返回地面，将栅栏门关起。我全身直发抖。在夜晚庭院的寒冷空气里，霍顿和我握握手。

“谢谢你的帮忙，霍顿。我不知道下面会是那样子。”

“我也是，主人。你还有任何其他吩咐吗？”

我仔细想着，最后说：“你和你妻子愿意来和我们一起跨年吗？”

“谢谢你，先生。真荣幸能与您一同跨年。”

我们的远征就此结束。霍顿将手推车推回庭园的棚架下，我穿越东边的草坪，然后绕了房子一大圈到大门口，直接回房间，赶紧写下刚刚可怕的经历。

然而，我没有马上动笔。进入房间时，我在镜子中看到自己，就驻足在镜前。一层厚厚的灰尘附在我的短统靴和脚踝上，身上则满是蜘蛛丝。我的头发纠结在一起，很明显被灰尘给压扁了，还覆盖着我的脸。我的脸就像一副空洞的面具，里面则是一双发红的眼，我在那里站了一会儿，被自己的外表吓到，好像一趟家族墓穴的探险已经把我变成墓地居民的一员。

我脱下污秽的衣服，甩开这个可怕的念头，爬进已放好水的浴缸，洗去这所有肮脏。

现在，我写得差不多了，接近午夜时分，我该去找家人了，我将要和他们一同度过这熟悉的节庆，庆祝一年的结束，也是一个世纪的结束，然后迎接崭新时代的到来。

20 世纪是我的儿孙们茁壮成熟、兴旺繁荣的世纪，属于旧世纪的我到时将已不在人世。但在逝世之前，我一定要留名千古。

1901 年 1 月 1 日

我返回墓穴，把用具移到较好的位置。霍顿和我放了一些毒老鼠药，我想未来需要找些比帆布袋更坚固的东西来存放零件。

1901 年 1 月 15 日

我现在在伊斯林顿家中。尤恩说他已为我接到三个表演预约。两个已经确定，另一个则是以包括“一道闪光”的表演为条件（这在尤恩的提案中看起来相当吸引人）。我全都同意，因此三场预约应该可以全部到手。一共 350 基尼。

昨天，特斯拉的仪器从德比郡送来，在亚当的帮忙下，我们将零件卸下并安装。根据我的估计，安装时间不到 15 分钟。

但等到在剧院表演时，必须在十分钟内完成。艾利的安装说明书上表示，他和特斯拉在测试可携带性时，是在 20 分钟内完成的。

亚当知道这幻觉表演的秘密，他替我工作五年多了，我知道可以信任他，不过为了更保险一点，在每场成功演出之后，我会额外付他十英镑。他和格特鲁德很期待第二胎的来临。

我在“一道闪光”的表演上花了更多心思，额外时间才排练其他几项幻觉表演。距离我上一次的公开表演已有好几个月，我觉得有些生疏。我其实对处理这样的例行工作丝毫不感兴趣，但一旦决定去做，我就开始找回其中的乐趣。

1901 年 2 月 2 日

今晚我做了一次表演，但未包括“一道闪光”。我把这表演当成重返魔术界的小试身手，再次体验在观众面前表演的感觉。

消失钢琴的表演十分顺利，观众的鼓掌喝彩久久不散，然而表演尾声之际，我发觉自己很泄气、很不满意。

我很想演出特斯拉的幻觉表演。

1901 年 2 月 14 日

我昨天排练了两次“一道闪光”，明天会再排练两次。我不敢排练太多次数。

这个星期六晚上我将首次表演这道魔术，然后接下来一个礼拜还有一次。我想如果能够定期演出这魔术，那么额外的排练、舞台之外的动作和口白应该都不需要了。

特斯拉曾警告我会有副作用，而且影响很大。使用这仪器非同小可，每次我被这仪器传送，都会十分痛苦。

刚开始是身体的疼痛。我的身体被拆解，变成一个个碎裂的微小粒子，融入空气之中。在极短的一瞬间，我的身体被转换成电波，借由空气传送，在指定的目标上重新组合起来。

砰的一声！我的身体支离破碎！砰的一声！我又再度被组合起来！

强烈的撞击从我身体的四面八方爆发。想象一根铁棒在你手掌心猛捶。再想象十几二十根棒子从不同的角度打过来，打在你的手指和手腕之上。更痛的是手背、指尖、每个关节。更多从肉体里面爆发出来。现在痛苦蔓延整个身躯，从里到外。

砰的一声！百万分之一秒的绝对痛苦！

再砰的一声！那感觉就是如此。

我抵达选定的位置，而且和百万分之一秒前看起来一模一样、完整无缺，却已处在极大痛苦的震撼中。

第一次在克德罗住宅的地下室使用特斯拉的仪器时，我毫无心理准备即将遭遇多大的痛楚，完成之后我瘫在地上，以为自己死了。

在这般巨大疼痛的爆发下，我的心脏和脑袋似乎不可能幸免无伤。我没有任何想法或反应，就好像自己已死去。我重重地倒在地上，陪同我在那里做测试的茱莉亚冲到我旁边。我第一个清晰的记忆是她温柔的手伸进我的衬衫寻找生命迹象。

我惊讶地睁开双眼，发现茱莉亚在身边，能再次感受她的温柔真好。很快我就可以站起来，我再三向茱莉亚保证自己没事，抱着她的身子亲吻她，再一次回复到我自己。

实际上，身体从这严酷的经历中很快就能复原，令人担忧的是精神上的负担。第一次测试那天下午，我强迫自己再测试一次，结果圣诞假期期间大部分时间，我都深深陷在最阴郁沮丧的情绪里。

我已走过鬼门关两次，变成一具活死尸、被诅咒的灵魂。每次演出后都必须收好的工具不断提醒我。我甚至一直到新年前夕都无法面对那阴森可怕的经历。

昨天，在伦敦工作室里，特斯拉仪器重新装配，我认为自己应该至少进行两次排练。我是个表演者，专业的表演者。我必须包装我的工作，给它一层光辉、一股魅力。我必须在一瞬间将自己扔过剧院，且在降落的刹那，我要以一种全新的身份出现：一个魔术师完成了不可能完成的表演！

所以跪坐在地上是不可能的，甚至只是短暂显露出我所承受的痛苦也是不被允许的。重点是，我的骗术有双重意义要传达。

魔术师通常揭露“不可能”的效果：钢琴似乎消失不见、一颗撞球被神奇地复制、一位女士穿越玻璃。观众当然知道不可能的事并没有变成可能。

但“一道闪光”，依据科学方法，却达成了到今天为止都不可能达成的任务。观众目睹到了真正发生的事！但这事实不能被揭发，因为在这里，科学取代了魔术。

所以我必须以谨慎的手法，让我的奇迹看起来没有那么神奇。我不能表现出被猛烈拆开，然后再猛烈地组合起来的样子。于是我试着学习迎接疼痛，并鼓起勇气对抗痛苦，如何在承受疼痛时而不跪下，高举双臂往前站立，并带着笑容鞠躬接受喝彩。去神秘化我的魔术，又不至于太过。

昨晚返家时，我处于极大的绝望低潮，甚至无法思考记录发生的事情。现在是下午了，我或多或少平复了心情，但明天的两场排练已开始让我气馁畏缩、心情郁闷。

1901 年 2 月 16 日

对于今晚在特罗卡德罗的表演，我很惶恐，花了一个早上在剧院安装仪器，测试并拆卸，然后上锁收回木板箱。

之后一如预期，我与剧院工作人员商量了好一阵子，因为他们对我隔离舞台有些不满。最后我付了一笔钱解决这个问题，才让一切照着我的要求走，也因此这场表演的收入去掉了一大部分。所以除非我以后对这项表演要求比之前还要高很多的酬劳，不然这项表演的成本就太高了。

今晚的表演成败更显重要。

我现在有一两小时的空当，打算陪一下茱莉亚与孩子们，然后再小睡一会儿。然而，我现在相当兴奋，要入睡似乎不太可能。

1901 年 2 月 17 日

昨晚我安全从特罗卡德罗的舞台把自己传到王室包厢。设备运作完全正常。

但观众并未鼓掌，因为他们没看到发生了什么事！最后掌声响起时，观众是困惑多于热烈。这戏法需要更多的改良，表现出这表演所隐含的危险性。

必须有聚光灯照射，以凸显我突然出现的位置。我已和亚当讨论过这件事，足智多谋的他提出一项建议，或许可以在仪器上装配一个电子拉手，让开灯的开关由我自己掌控，而不是舞台工作人员。魔术一直在改良。

星期二在同一家剧院我又表演了一次。

我把最精彩的部分放到最后——可以掩饰这项表演造成我身体的衰弱。茱莉亚从观众席上观看表演，而亚当从舞台后方透过布幕的小孔窥视，两人都表示我身体的复原简直没有瑕疵。

这场表演中观众不太专心地看表演正好有利于我，他们不会注意到那唯一发生的瑕疵（我不慎地往后退了一步）。

对我而言，用那仪器做练习产生的可怕影响，已经没有先前那么可怕了，且情况已随我每次的尝试逐渐好转改善。我想只要再适应一个月左右，我应该就能承受那种撕裂的冲击，对痛苦不像先前那样在乎。

同时每次冲击后的情绪低潮，已经比开头那几次尝试减少许多。

1901年2月23日

星期二我又表演了“一道闪光”，经过周末的练习，表演已大为改进，同时，报纸评论也对我赞美有加。一切完美得出乎我预料。

昨天在火车上，茱莉亚和我一遍又一遍读出报上的文字，扬扬得意这篇报道将给我的魔术事业带来的光明影响。

我们在德比郡短暂停留，完成这里的表演后就会返回伦敦，回去之前我们将不会知道这篇报道带来的结果。我心满意足地等待。孩子们和我们一起，天气寒冷清明，柔和静谧的荒野景观令人心醉神迷。

我觉得自己终于快要达到事业的巅峰了。

1901 年 3 月 2 日

接下来四个月的预约表上，是前所未有的 35 次已确认的表演预约。有三场表演是直接以我的艺名为名，其中一场就叫“伟大的丹顿魔术秀”；在 17 家剧院中，我将是节目单上的表演首席；剩下的表演合约则以高额的酬金回报他们无法给予的排名。

而且表演条件十分优渥：我可以在签约之前要求一份后台技术作业的详细资料，同时，也可要求剧院满足我隔离舞台的需求。剧院须提供表演会堂正确的平面图，并且保证电力供应的稳固和可靠，这些已经成为标准的合约里必须具有的款项。其中，有两家剧院期盼我可以去他们那里表演，甚至保证在我表演之前，会更换电力设备。

我的足迹会遍及全国各地。布莱顿、埃克塞特、基德明斯特、朴兹茅斯、艾尔、福克斯通、曼彻斯特、谢菲尔德、阿伯里斯特维斯以及约克，更多城市会在巡回表演行程中欢迎我们，还有首都伦敦，我会有几天在那儿表演。

这趟巡回旅行（搭乘对方付费的头等舱火车及马车），行程安排相当从容。我们会有充足的时间回克德罗住宅看一看。我的经纪人已经提及国外巡回表演，或许在不远的未来，还会有另一趟美国之行……无疑会有其他设置装备的问题要解决，对于一个处在事业巅峰期的、机智的魔术师来说，没有事情是无法处理的。

一切都令人很满意，流露在这日记中的自信满足可以被容忍吧！

1901年7月10日

在南安普敦。

我在南安普敦女公爵剧院长达一周的表演档期已经过了一半。茱莉亚昨天来探望我，按我要求带来了装有公文和档案的皮箱，因此我拿到这本日记。

我已连续好几个月一直排练并修正“一道闪光”，现在它已经改良得近乎完美。我早先抱持的一切希望，已经出现成果。

我可以穿越空中而不显露出身躯所承受的冲击。整个移转过程平顺无瑕，而且从观众的观点看来，依旧是神秘、无法解释的现象。同时，一开始相当折磨我的精神副作用也不再是问题。我不再有沮丧的痛苦或自我存疑。相反地（我未对任何人透露过这件事，不过这本日志是可以上锁的），我身体扭拧拆离的折磨似乎成了一种乐趣，几乎让我上瘾。

本来我对死亡、来世、再生的说法很恐惧排斥，但现在我每晚都能体会重生、复活的转变。刚开始，我担心得多次表演这项戏法，但现在每当我完成一次，就会开始渴望下一次。

三个礼拜前，在巡回表演中的短暂空当间，我在工作室安装特斯拉仪器并让自己经历一次。不是为了尝试新的表演手法或使现有的戏法更精进，而是纯粹想得到那种经历的身体快感。

处置每场表演后所产生的多余东西仍是一个问题，但经过几周之后，我和亚当已发展出一些程序，可以从容地完成处理工作。我对表演的改良大部分是在表现手法上。

一开始我错在假设那表演效果便足以令观众赞叹不已，却忽略了魔术里最古老的一个原则之一，那就是戏法的神奇魔力必须一清二楚地呈现出来。观众不容易被误导，所以魔术师需要激起观众的兴趣，然后完成明显不可能的表演让观众大呼不可思议。

我用一系列的魔术效果和技巧（职业魔术师对这些手法都很熟悉）与特斯拉仪器相辅相成，把“一道闪光”表演得很有吸引力，而不只是令观众生畏和困惑而已。

我不会在每一场表演使用每项效果，而是随时变化节目内容，让自己不会厌烦，并困惑我的对手。

以下是一些我用来误导观众的手法：

我允许仪器在使用前被检查；在某些场合和剧院，仪器还可以在使用后被检查。偶尔从观众里邀请一群目击者上台。向观众要来一些可辨认的私人物品，在经过传送的过程之后，重新展现那些物品。

我让自己被面粉、粉笔或类似东西留下记号，如此一来，当我出现在选定的位置时，观众可看到，我毫无疑问地是先前在舞台上见到的同一个人。我在剧院里许多不同的位置出现，依建筑物的平面设置，或是依我想达成的表演效果程度而定。我可以在一瞬间飞驰到正厅的中央或后方，到特别的座位或任何一个包厢。

我还会安排自己被传送到其他舞台道具里。譬如说有时候，表演中会有一大张空的网子从观众席上悬挂下来，我便从网里重新现身。另一项受欢迎的表演效果是我从众目睽睽下的密封箱子或木箱内出现，一群观众还会围住，以防我从暗门或活板门进入。

然而，这样的自由穿梭令我变得轻率鲁莽。有一晚，几乎是一时兴起的念头，我让自己出现在舞台上放置的玻璃水缸中。这是致命的错误，我犯下魔术师最不可饶恕的过失——并未事先演练表演效果，只靠运气来决定。

尽管我突然出现在水中引起的轰动使观众惊喜地起身，但这也几乎使我送掉性命。我的肺迅速积满水，几秒内我就陷入奋力挣扎中。结果是亚当的快速反应拯救了我。博登早期对我发动的攻击中也有个类似的令人惧怕的回忆。

在这不愉快的教训之后，每一次我想尝试新的表演效果，都会事先完整排练过。当然我的表演大部分由传统的幻觉戏法组成。我可以表演的项目非常多，每当在一家新的剧院开幕演出，我都会改变节目戏码，呈现各式各样的表演，以众所周知的戏法做开场白，譬如杯子与球或神秘的酒瓶。

接下来是几种不同的纸牌戏法，然后在视觉上，为了制造绚丽的感受，我会表演一系列的丝巾、旗子、纸花或手绢的戏法。利用两三项桌子、柜子或镜子的表演，渐渐向整场的高潮前进，并邀请观众席中的志愿者上台参与。最后则总是以“一道闪光”来压轴，结束整场表演。

1902年6月14日

在德比郡。我比以往更加忙碌。去年从8月到10月在英国巡回表演。去年11月到今年2月是另一趟美国巡回表演。今年从年初到5月都待在欧洲表演，目前则正在英国各剧院做加场的巡回演出，这次表演集中在海滨度假胜地的剧院。

未来的计划：

我打算长期休息，且花一段时间陪伴家人！9月大部分都空下来了，直到10月初。

在美国巡回演出时，我设法寻找尼古拉·特斯拉。我想问他一些仪器上的问题，也想对功能改良提出些建议。我确定他会有兴趣知道那仪器到目前为止对我有多大的用处。然而，特斯拉不见人影。谣传他已破产，正在躲避债主。

1902年9月3日

一项重大的真相揭示！

昨晚稍早，在伊斯林顿的戴利剧院的几场表演中间的休息时间，一个男人在后台门口要求见我。我看到他的名片后，立刻请他到更衣室。他是一名年轻新闻记者——来自《夜晚明星》报纸的亚瑟·科尼希先生，之前给了我关于博登相当多的个人资料。

科尼希目前已是那家报社的新闻副总编辑，我一点也不讶异。

时间已在他脸上增加少许灰白，且腰围也多了几寸。他很热情地进来，使劲握着我的双手，并拍着我的肩膀。

“我刚看过你的表演，丹顿先生！我衷心祝贺。评论家总算对您的一场魔术表演下了公平的评论。我承认自己很疑惑，但同时也看得很开心。”

“很高兴听到你这样说。”我示意造型师倒一小杯威士忌给科尼希。之后，我要求别被打扰，给我们 15 分钟聊聊。

科尼希高举酒杯：“这杯为你的健康致意，丹顿先生！或者我应该称呼您阁下？”

我吃惊地注视着他。

“你怎么会知道这件事？”

“我为什么不该知道？你哥哥死亡的消息报刊新闻界都听说了，也有不少报道。”

“我看过那些报道，没有一篇提到我。”

“可能是因为很少人知道你的本名。忠诚的崇拜者才会把你和亨利·安吉尔连在一起。”“没有任何事逃得过你的眼睛，不是吗？”我以钦佩的口气说着。

“先生，不用担心，我会保守你的秘密，我想它是个秘密吧？”

“我一直将生活中的两部分分开。因此，它的确是个秘密，如果你也能如此看待，我会很感激。”

“我向你保证，阁下。很感谢你如此直接坦诚。我知道秘密是维持生活的工具，我不想揭露它们。”

“实际情况并非永远是那样，我们上次见面时……”

“博登先生，当然，我承认那有点不同。他的秘密一直很让我感兴趣。”

“我懂你的意思。”

“是的，先生，我想你知道我的意思。”

“告诉我，科尼希，你今天看了我的演出。你认为我终场的幻觉表演如何？”

“你已经将博登先生初创的表演改良至近乎完美的地步。”

我当然很高兴听到那样的赞美，但我继续问：“你说你对我的表演感到困惑，但你不觉得有股驱使力在刺激你发掘我的秘密吗？”

“没错，我没有感觉到这股驱使力。我很熟悉你的表演所引起的神秘感。当你看到杰出的魔术表演，会很好奇刚才的奇迹是如何达成的，但同时你也意识到，秘密一旦被解释，接踵而来的会是极大的失望。”科尼希笑着说，然后安静满足地啜饮他的威士忌。

最后我问：“请问是什么风把你吹来的？”

“我是为你的竞争对手——博登先生的事前来道歉的。我所有关于他的推测都是错误的，你那率直简单的看法才是正确的。”

“我不了解你在说什么？”

“还记得我之前来看你时，对博登表演的一项前所未有的伟大魔术发表了夸张的看法。”

“我记得，你说服了我，我得感谢你……”

“但你的解释比较清楚简易对吗？你说博登不是一个人，而是两个人。你认为是双胞胎。同卵双生的兄弟，在必要时交换角色。”

“但你证实了……”

“你的看法是正确的，丹顿先生！博登的表演确实是以双胞胎为基础。艾尔弗雷德·博登的名字是由两个名字合并的：艾伯特和弗雷德里克，双胞胎兄弟以同一个身份一起表演。”

我大喊：“那不是真的！”

“但那是你的推论，不是吗？”

“可是你很快就纠正了我。你找到证据……”

“那些大部分都是间接的证据，剩下则全是伪造不实的。那时我还年轻，不够成熟。之后，我才学会了要查证事实真相，查证再查证。”

“但我也亲自查过这件事了，我查过医院的出生记录，他读书的学籍资料……”

“那早已被造假了，安吉尔先生。”他探询般看着我，想确定我相信他说的话正确无误。我点头示意，科尼希接着说：“博登兄弟的生活一直以这个幻觉魔术为中心。关于他们的记录，没有一点可信赖。”

我很坚持地说：“可是我调查得相当仔细，我知道有两兄弟名叫艾伯特和弗雷德里克，但是两个人相差两岁！”

“我记得两个碰巧都出生在5月。从1856年5月8日到1858年5月18日！更改出生记录不用太多伪造功夫。”

“可是有两兄弟的合照！”

“没错，而且还很容易就被找到，所以那张照片一定是特意使人转移注意力之用，你和我都碰巧发现。”

“但是他们两兄弟显然很不像，我亲眼看到那照片！”

“我也亲眼看过。事实上我那里还有一张拷贝。他们脸部特征的区别的确很明显。但想必你们都很熟悉舞台化妆术的蒙骗手法。”

这消息令我相当震惊，只能凝视地板、思绪混乱。

科尼希说：“这消息使人生气又心烦，不是吗？你一定也深有同感。我们都被骗了。”

“你确定这消息正确吗？完全正确吗？”

科尼希缓缓点了点头。

“例如，你看过两个兄弟同时出现吗？”

“所以我才敢这么确定，他们两兄弟有一次短暂在我眼前碰头。”

“你当时是在跟踪他们吗？”

科尼希纠正我：“我只跟踪了其中一个，8 月时某天晚上我从博登家开始跟踪他。他独自一人走进摄政公园，显然在悠闲地散步。我尾随他，保持一百码的距离。当他绕着圈散步时，一个男人朝他走来。他们只停顿了大约三秒钟互相交谈。然后就分别像先前一般继续散步。那时博登带着一只小型皮箱。跟博登交谈的那个男人很快走过我身边，虽然只是匆匆一瞥，但我还是看见了那男人长得和博登一模一样。”

我若有所思地注视科尼希。

“你怎么知道此刻携带皮箱的男人，不是和博登交谈的那个男人？他可以很单纯地只是回头。不一定你跟踪的博登就是后来又走过你身边的那个人？”

“阁下，我相信我亲眼所见。他们穿着不同的衣服，让我可以区分两人。他们相见、短暂错身而过，他们长得一模一样。”

我努力集中思绪，思考魔术表演的技巧。如果他们真的是双胞胎，那么两兄弟一定得在每场表演中同时出现在剧院。意指后台工作人员一定会知道内情秘密。博登没有分隔舞台，而且表演期间总会有工作人员在舞台侧边出没，看到内幕。我也有利用替身的幻觉演出经验。

但假使科尼希的消息可信，博登的秘密已经保持好些年了。如果博登的表演真是以双胞胎为基础，那秘密想必应该很久以前就会外泄了。

不然，有何解释呢？只能这样解释，秘密在表演前后才可以都不外泄。这么说好了，博登一号带着他的道具抵达剧院，而博登二号此时已藏身在其中一件设备里。当表演中博登一号躲进舞台上的道具里，博登二号就会从另一个道具里现身。

无可否认，这是行得通的，而且如果这就是答案，我还可以接受。但是多年的巡回表演、旅行各地、助理的雇用、住所的寻觅等，都让我存疑。

博登一定有一组自己的工作团队，包括技师、一位或多位舞台助理、几位载运和搬运工，以及经纪人。倘若这些人全都知道他的秘密，那他们的保密功夫可是相当了不起。

另一方面，从人性的角度来说，假如他们不可信赖，博登一号和二号只好全面地隐藏，连工作人员都瞒着。

除此之外，是剧院生活的现实面。

举例来说，有日场表演的那几天，博登二号（躲在道具里的那个）在两场节目间要做什么？当他哥哥与其他表演人员在休息室放松休憩时，他会继续藏在里面吗？还是偷偷溜出来，独自躲在更衣室里，直到下一场节目开演为止？

他们兄弟俩如何躲过人们耳目、来去自如地进出剧院？后台经理通常都很小心地看守门户，据说，某些剧院的守门经理会一丝不苟地检查每位出入人员的身份和来此目的，以致一些有名气的演员不敢迟到或只能让情妇偷偷溜进场。

总是有进入剧院的其他方法，比如说经过舞台布景隔间或剧院正前方，但我得再次强调，这需要完全的保密和准备，还必须忍受相当大的不适和困难。

“我想我说了一些会让你思考一段时间的事。”科尼希打断我的思路，举起空酒杯，就像是在要求再来一杯；但我需要时间思考这整件事，于是我唐突地把他的酒杯拿走。

“这次你肯定你的消息正确？”

“如假包换正确无误，我所说的句句属实，丹顿先生。”

“上次你给了我一些线索，让我去亲自验证你的说法。你现在是在建议类似的事吗？”

“不是，我只是来告诉你这消息。我已目睹两个博登一起出现，对我来说，没有进一步证明的必要了。”

“对你来说是不需要。”我站起来，暗示这次会面已接近尾声。

科尼希拿起帽子和大衣，往门口走去，我替他开门。

我假装若无其事地说：“你对我的幻觉表演一点也不好奇。”

“我视它为魔术，先生。”

“那么你不认为我有双胞胎兄弟？”

“我知道你没有。”

“如此看来你确实调查过我，那博登呢？他想知道我是如何造成那效果的吗？”

科尼希用力眨了个眼。

“我相信他和他弟弟不会想让你知道，他们非常焦躁不安，一心想知道你的秘密。”他伸出手，我们握了握手，“再次恭喜。我很高兴看到你身体如此健康。”

在我回应之前，科尼希早已离去，但我知道他话中有话。

1902年9月7日

结束短暂的一季演出，能让我在伦敦待上一阵子，处理一些事，并且与茱莉亚和孩子们在德比郡共度期待已久的假期。明天我将启程往北，亚当为了演出的安排已先出发。

今早在工作室，我已经将特斯拉的仪器装好箱，付清了助理接下来几周的工资，结算所有未付清的款项，并和尤恩好好详谈了秋冬的演出契约。

看起来，我从 10 月中旬到明年的三四月都会非常忙碌。这些表演的收入，扣掉总经费，将会使我非常富有，远远超过我年轻时所能想象的数目。明年结束前，我可能都不需要再表演了。

这让我对科尼希临走前的话中有话，想到一个合理的解释。

几个月前，我急着将“一道闪光”的舞台表现臻于完美，就想出了一个新奇的手法来结束表演。这灵感是来自我之前走过死亡边缘的不祥经历。借由仔细安排的灯光位置和化妆术，在被传送的表演尾声，我会看似比表演前更加憔悴狼狈，就像是因为这场艰难的表演而疲惫不堪，刚刚才遇见死神，身上还残留与死神交锋的痕迹。

这效果已经成为我表演中的一部分。整场表演从头到尾，我非常小心地行走，就好像保护手足，不让它们受伤，我僵硬地转身，驼着背走路。

我善加利用这种状况，然后在我表演完“一道闪光”之后，观众会看到我神奇地毫发无伤地抵达另一头，我让阴森的照明灯光打在我身上。当舞台幕布落下时，在大部分观众眼中，我看起来就好像快要不久于人世似的。

除了这个效果之外，我在心里已经盘算了好长一段时间，准备自己的死亡。

其实，我对这概念并不陌生。多年以来，茱莉亚扮演寡妇，而我则扮演死人的角色。再加上经过特斯拉仪器的地狱般转换，让我可以很轻易地演出死亡。

明年我希望能永久从舞台上退休。我要从无尽的巡回表演、漫长的旅程、夜宿剧院宿舍，和剧院管理部门无止境的争辩中解脱。我对保密感到厌烦，也害怕另一轮来自博登的攻击。

最重要的是，孩子们正在长大成人，而我希望能陪伴他们成长。爱德华很快就会离家去念大学，女儿们大概也快嫁人。

明年的这个时候，就像我说的，我将经济独立，谨慎投资的克德罗房地产会提供我和家人后半辈子生活无忧。而对世人而言，在1903年秋天，伟大的丹顿，鲁伯特·安吉尔的生命，将因艰困工作所引发的绝症，一步步走向终点。

同时，没有公开仪式或宣言，凯特德伯爵十四世就会在此时开始继承家产。

这就是我对科尼希评论我的健康身体状况所下的解释。他是一个敏锐的人，对于我，他知道的比我希望的还要多。因此，我一直在深思他所谓博登不止一个，而是有两个的推测。我仍然不确定。

这不只是因为这假设本身就很难相信……毕竟，我和鲁特在舞台上已成功瞒过观众——是生活上盘根错节的无止境欺骗。我最在意的是这些。

每天的日常生活呢？不管演艺生涯多么成功，没有一个演员会永远在工作。表演生涯有休息的时期，不管是自愿或非自愿的。上演和巡回演出都有可能在开演前临时取消。有假期、生病，也有家庭危机。

如果博登不是一个人而是两个，其中一个总是隐藏起来，让另一个博登好像是独一无二的艾尔弗雷德·博登，要躲在哪里，怎么躲呢？那个隐藏的博登在藏身时，过的是怎样的生活？他们兄弟如何联系？他们见过面吗？如果是，难道不怕被别人看见？

有多少人知道这个骗局？博登又如何确定知道内情的人能够保密？

而且博登的妻子和小孩呢？如果博登是两个人，对妻子来说，不会有两个丈夫，对孩子们来说，也不会有两个父亲，那么，他们两个里谁才是丈夫和父亲呢？博登的妻子出身很好，据说也不是笨女人。她知道多少？关于博登的真实身份，她一直被蒙在鼓里吗？

即使在夫妻共枕的床上，这样的隐瞒欺骗也能一直持续、不被识破吗？难道博登的妻子一点也没怀疑、没察觉到这两个男人之间的差异吗？

生活中的点滴、共享的记忆或亲密的行为呢？难道博登兄弟真能合作到这种程度，仅仅为了一项舞台魔术表演，连私生活也谨慎保密到如此地步？这可能吗？

相反地，如果一切都很难解释，不然就是博登的妻子知道事情的真相，并因某种原因准备忍受这样的事。

但若真的如此，这样的安排势必早就出差错了。

因为在这样的安排里，两兄弟其中之一，势必会被另一方视为较次要的伙伴，他们其中之一（姑且称为博登二号）就不会是进行结婚仪式的那一个。因此在他妻子眼里，比起博登一号，他就不像个丈夫，接下来的夫妻生活该怎么办？

更深一层来看，对孩子们来说博登二号也不是实际上的父亲，而是叔叔，不可能对他没有差别待遇。情况充满变数。

上面两种解释都不太可能，让我不得不相信第三个解释：博登兄弟蓄意没告诉他（们）妻子事情的真相，并且意图欺骗她，而她也使得这欺瞒变得无关紧要。

换句话说，博登的妻子后来一定知道了真相。（怎么可能不知道呢？）但是基于某些考虑，她决定默许一切。

虽然这第三种解释还是有些漏洞，我却觉得这是最合理的解释。虽然如此，这整件事还是缺乏可信度。我会极力来保护秘密，但我不会让秘密成为一个摆脱不了的包袱。博登和他假设的弟弟会像科尼希的调查一样，对保密执着到这种程度吗？

我依然相当存疑。最重要的是，戏法就是戏法，观者都知道那是被表演出来的欺瞒。但是茱莉亚却因这长期的仇恨遭受极大的痛苦，我的生活也因此走向尽头。我相信博登就是这样一个迷恋秘密的人，而我却不幸地得跟他纠缠不清。

然而，这也算是我的幸运，因为长期的针锋相对，让我无意中找到致富的幻觉表演。

1902年11月27日

在维克菲尔德和利兹之间。

在德比郡与茱莉亚和孩子们共度一段有益健康的长假之后，该回到巡回演出的生活模式中去了。明天在利兹的威廉国王剧院是首场演出，一直到下星期结束，我每晚有两场的表演。

接着去多佛的奥佛克利夫剧院领衔表演。最后到朴茨茅斯，一直表演至圣诞节。我疲倦不堪但很快乐。

有时候人们会注意到我的仪容外表，并好意提醒我注意身体状况是否不佳。我会坦然面对。

1903 年 1 月 1 日

到了鲁伯特·安吉尔势必要放弃他人生的这一年了。我还没为我的死亡选定日子，应该会是在结束美国之旅以后。

明天我们会从利物浦启程，去纽约待上三周，直到 4 月才会离开美国。重要的表演产权处理问题只解决了一部分，但事实上，如果一星期平均只表演一次“一道闪光”，问题会小一点。如果有必要，就照之前的做法，但亚当宣称他已经找到了解决方法。无论如何，“一道闪光”都要上演。

这次巡回表演期间茱莉亚和孩子们会跟我一起。这场秀无疑会是鲁伯特·安吉尔的告别巡回演出。

1903 年 4 月 30 日

我告诉尤恩到今年年底甚至明年年初，都可以继续接受演出邀约。然而我将会在 9 月底死去，也许就是 9 月 19 日星期天。

1903 年 5 月 15 日

游历过令人眼花缭乱的纽约、华盛顿特区、巴尔的摩、里士满、圣路易斯、芝加哥、丹佛、旧金山、洛杉矶之后，我落脚在萨福克的洛斯托夫特。在美国我可以致富，但在洛斯托夫特大庭园剧院这样的地方，我赚的钱只够生活。

明天我开始表演，且持续一个星期。

1903 年 5 月 20 日

我取消今晚两场的演出，明天的表演也即将取消，现在我正焦急地等待茱莉亚的到达。

我是一个笨蛋，该死的大笨蛋！

昨晚的第二场表演，节目进行到一半，发生了一件事。最近我加了一项新的纸牌魔术到戏码里。表演中会有一位观众被请到台上，拿一张牌在上面签下名字。我撕下这张牌的一角，然后请这位志愿者拿着。缺一角的牌会被放入一个信封里，然后被点火燃烧。

当火焰消失时，我会变出一颗大柳橙，切开后，观众会看到那张被签上名字的缺角纸牌在里面，且当然与观众手中还握着的缺角相吻合。

昨天晚上，我认为找来的志愿者是位当地人：他高大且体型粗壮，气色红润鲜明，说话有萨福克口音。表演一开始我就发现他，他坐在前排中间，看起来和蔼可亲而且老实敦厚，所以我挑上他。而当我找观众上台时，他也很快就自愿上台，我当时就该觉得不对劲，可能有麻烦了。然而，当我在表演这魔术时，他很称职地在一旁陪衬，甚至用憨厚的幽默引来观众的笑声。

（我说："选一张牌。"他睁大眼睛回答："什么？我可以把牌带回家吗？"）

我怎么会没猜到那是博登呢？他甚至给了我一个线索，因为他在纸牌上签的名字是艾弗·瑞登，一个显而易见的近音造词，然而因为我全神贯注于表演，竟毫未察觉。完成这项魔术纸牌的表演，我和他握手道谢，我的现任女助理赫斯特带他下台，我加入观众为他鼓掌喝彩。

当我继续要开始表演"一道闪光"时，我并没有发现明明已经过了几分钟，瑞登的位子仍然是空的。

在表演的紧张气氛下，我虽然隐约觉得怪怪的却只能置之不理；我知道有些不对劲，但此刻我实在无法仔细去想可能会发生什么事。当电流开始在特斯拉仪器流窜，高压电流蛇形缠绕着我，观众的期待也到达了最高点，我终于注意到瑞登不在位子上了。事情的严重性，就像雷击一样轰隆闪过我脑袋。

但太迟了，机器正在运作中，而我必须要完成这项魔术。此时此刻，表演已无法做任何修改。甚至我选择的目标地都无法更改了，机器的设定太复杂费时，只能在表演前设定好。前一晚，我已经为这两场表演调整好仪器，让我会被传送到达舞台左侧最高处的包厢，那个包厢在这两场表演时会保持净空的状态。这左侧包厢和主要的观众席高度差不多，所以观众席的任一部分应该都能看到我的现身。

我安排自己将出现在包厢的横木上，聚光灯会打在那里，我会从高处朝下面对观众，看似努力保持平衡，两臂挥动、身体猛力地抽动等。

第一场表演里一切都按照计划进行，我神奇地移动自己，让观众担心尖叫不已，大吼着要我小心，最后我用赫斯特丢给我的绳子滑向舞台，随即观众发出如雷般的喝彩。

要在包厢的横木上出现，并且脸朝下对着观众，我必须背对包厢站在特斯拉仪器里。观众当然不知道，我在仪器里摆出了什么姿势，在瞬间落地时，也是一样的。

而当我在仪器里时，我无法看到即将落地的地点。但博登在某处，他一定会再次妨碍我。如果他藏在包厢里，在我到达时推我一把呢？强烈的紧张笼罩着我。我感觉到一股电流流窜在我的身体四周，忍不住还是转过身，瞄了上方的包厢。透过那致命的蓝白色电光，一切好像都没问题，没有任何东西阻碍我的落地，而且即使我看不清楚包厢里的座位是什么情况，似乎也不像有人在那里。

但博登的意图是更为邪恶的，我马上就发现了。就在我转身抬头看包厢时，同时发生了两件事。

第一是我身体的传送真正开始。

第二是仪器的电力被忽然关掉，蓝白色的火花消失。

我仍然在舞台上、所有的观众眼前，站在仪器的木条笼子里。

表演被打断了！但是传送已经开始，现在，我看到在横木上自己的影像，那是我的鬼魂，和我长得一模一样的生灵分身！当我转身看它，它站着不动，半扭曲半蜷缩。那是一个单薄、没有实体的自我复制。这个分身惊慌地站直，摊开双臂向后跌，消失在包厢里。

我被眼前的景象惊吓得毛骨悚然，赶紧跨出特斯拉仪器之外。那时，聚光灯按计划亮起，照亮整个包厢，好让观众看出我原本计划好的落地现身。观众抬头看包厢，已经在期待这个魔术的结果。他们开始喝彩，但很快喧杂声就消散了，因为他们看不到任何东西。

我独自站在舞台上，幻觉表演已经被破坏。

我朝舞台两侧大叫："幕布！放下幕布！"

似乎过了一辈子那么久，技术人员才听到我的话，幕布终于落下，将我和观众隔开。赫斯特随即跑过来，她原本应该是当我出现在包厢的横木上、接受观众的喝彩时才上台，但现在职责和困惑把她从侧厅唤回台上。

她大声问："发生了什么事？"

"刚才那个上台来的志愿者！他在哪里？"

"我不知道！我以为他已经回位子了。"

"他在后台！你应该要确认这些人真的离开舞台的！"我很生气地把赫斯特推到一边，掀起这些强化的幕布，此时观众席的照明灯已经全亮，观众正慢慢散场。很明显地，观众被搞糊涂了，而且不太高兴，但他们已不再注意舞台上的动静。

我抬头看那个包厢，聚光灯已经关掉，而在观众席的照明灯下，我仍然看不到任何东西。但包厢后方传来女人的尖叫声，之后又是一声。

我赶快走进舞台侧厅，遇见急急忙忙要上台找我的亚当。我气喘吁吁，不知道为什么，我的肺觉得很不舒服，我指示亚当尽快拆卸仪器并把它装到大木板条箱里。我急忙冲过他的身旁，直奔通往包厢的楼梯。

有些观众从楼上走下来，而我开始往上爬，穿梭在他们之间，他们对我没礼貌的行为发出不满的牢骚，但很明显地没有人认出我是那个在他们面前出差错的表演者。这个不明的失败发生得太突然。

我很艰难地踏出每一步，喉咙发出咯咯的喘息声，而且我能感觉到自己的心跳，就好像刚跑完一公里的上坡路。我的体能状况一向很好，对运动得心应手，但现在我突然觉得自己有如虚弱过胖的人。

爬到第一段楼梯顶端时，我已经完全爬不上去了，只好靠在栏杆旁喘气，下楼梯的人潮被迫从我身旁走过。我休息了几秒钟，才开始勉强地继续爬上去。

爬不到两个阶梯，我开始咳嗽，猛烈的力道使我痛苦又震惊。我的体力已达极限，心脏像锤击般跳动、脉搏剧烈起伏、汗流浃背，痛苦的干咳就好像要挖空胸腔一般。我非常虚弱，呼吸困难，勉强再吸口气，就立刻又咳起来，感到胸口一阵可怕的喘息与剧痛。

我站不直，最后一些走下来的观众经过我时，我往前跌倒在石阶上，观众们的靴子几乎只离我几寸远。我不知道也不在乎他们看见我躺在那里会怎么想。

最后是亚当发现我。他把我抬起来，我则奋力恢复正常的呼吸。好一阵子之后，我的心跳和呼吸才变得规律，紧接着却袭来一阵寒意。尽管我深呼吸，避免再咳起来，但胸口还是像有个大脓包般疼痛。

我勉强开口问亚当："你有看到发生什么事吗？"

"老板，博登一定到后台了。"

"不是，我是指断电那一刻发生了什么事？"

"我像平常一样在操作开关，老板。"

在"一道闪光"的表演中，亚当的位子是在舞台后，藏在被黑布掩盖的隔间里，观众看不见他。虽然我做任何动作的每一刻他都能与我保持接触，但在大部分的表演中他是看不到我的。

我喘着气跟他描述我短暂看到自己的幽灵。亚当好像很困惑，随即跑去包厢。我则无助且不舒服地继续躺在冰冷的石阶上。

一两分钟后亚当跑回来说在上面没看到任何人。包厢的椅子倒在地毯上，除此之外看不出任何异样。我相信亚当的说法，他是一个很机警而且可以信赖的助理。

亚当扶我下去，再回到舞台上。这时我已经恢复得差不多了，不需搀扶。我扫视上面的包厢和空旷的观众席，的确没有什么幽灵的痕迹。

于是我决定不再多想。更重要的是，我的身体突然之间变得非常虚弱。每次动作都很费力，胸口也很不对劲，剧烈的咳嗽似乎随时会再次爆发。我小心翼翼地行动，试着让每次呼吸和缓下来。

亚当雇了一辆马车把我送回旅馆，并且立刻通知茱莉亚。医生被叫来，姗姗来迟后随便帮我做了检查，并说没什么地方不对劲，我付钱打发他走，决定隔天早上再找别的医生来。我辗转难眠，最后勉强小睡了片刻。

早上醒来后，我觉得好多了，还能自己走下楼。亚当正在旅馆大厅等我，并告诉我茱莉亚将在中午抵达。他说我看起来不太好，但我坚持自己已经渐渐康复。尽管吃了早餐，但我还是觉得没什么力气。

情非得已，我取消了今晚的两场演出，这就是事情的经过。

1903 年 5 月 22 日

我已经回到伦敦。在茱莉亚强烈的要求和亚当的忠告下，我取消了洛斯托夫特剩下的演出。下星期的表演也取消了。至于原本排好 6 月第一周在阿斯托里亚的表演，我还没决定该怎么办。

我试着在这件事上尽可能抱持正面想法，但内心深处我有着不为人知的恐惧。

简单地说，我担忧自己现在的虚弱状态似乎无法再做任何演出。在经历博登的攻击后，我已经变得一半残疾了。

从洛斯托夫特旅馆来看我的医生算起，到目前在伦敦的医生，我已经被三位医生检查过。每位医生都宣称我的身体状况很好，没有什么病症。我抱怨呼吸困难，他们就听听我的胸部，然后叫我多呼吸新鲜空气。

我告诉他们，爬楼梯时，心脏就加速跳动，他们就告诉我要注意饮食、心情放轻松。我说我很容易疲倦，他们则建议我多休息并早点睡。

我要求伦敦一位熟识的医生做更详细的检查，所以他采了一些血液样本，只是为了平息我的恐惧。检验报告说，我的血比较“稀”，但在我这年纪的男人身上并不算罕见，于是他开了一些补充铁质的药方。

医生离开后，我量了一下自己的体重，结果却令我吓了一大跳。我瘦了将近30磅！

我成年后体重大多在168磅上下，很少改变。但今天早上，我的体重只比139磅多一些！镜子里的我看起来还是跟以前一样：脸没有比较瘦、双眼也没有充血，两颊没有凹陷，下巴也没有多消瘦。我只是看起来很疲倦，更正确地说，我的气色不佳。但我看起来还是不像爬一小段楼梯就会上气不接下气，也不像一个轻了将近六分之一体重的人。

这一切没有任何合乎逻辑的解释，一定是特斯拉仪器未转移完全所导致。第一个撞击已经发生，但只有部分被传输。而博登的忽然打断发生在第二次撞击前，阻碍了任一方完整的重组。

又一次，因为博登，我接近死亡边缘。

茱莉亚决定要把我养胖，恢复我的体力，今天的午餐就非常丰盛。然而，吃到一半，我就因为疲惫和恶心，再也吃不下。于是我睡了一个短暂的午觉。醒来时，我想到一件事，直到现在还挥之不去。

现在，在这秘密的日记里，我要公开一件事：每当我使用特斯拉仪器，不管是在排演还是真正演出时，我总会确认口袋里放着两三个金币。我这么做的原因是：我最近财富上金钱的取得并非仅来自演出的酬劳。

我必须摸着良心说，特斯拉曾经警告过我，他反对这样的行为。他是个很有道德感的人，一直告诫我关于这伪造的事。不只是道德感，同时还有科学上的理由，这仪器是以我的体重作为转换标准的（有一定安全限度的考虑），所以如果我带着沉重的东西例如金币，会造成原本设定计算的误差。

因为信任特斯拉的科学知识，一开始我只携带纸钞，但钞票上的序号也会被复制因而重复。有时转换中我仍然会带着一些大面额的纸币，但大部分时候我比较喜欢携带黄金。

特斯拉警告我的误差问题从没发生过，也许是因为我转换行经的距离都很短。

今天午觉醒来后，我找出星期二傍晚放在口袋里的三个金币。握着它们，我就确定它们比以前轻，然后我把它们放在秤上和同样的金币比较，它们确实是比较轻。

它们大约少了六分之一的重量。外表跟正常钱币一样大，掉在石阶上也会发出一样的声响，但不知怎么的，它们的确掉了一些重量。

1903年5月29日

这礼拜我的身体还是没有改善的迹象，仍是疲惫不堪。

尽管我还是很正常、没发烧、没有明显外伤、无病无痛，但从事任何需要体力的事情时，我马上就会很累。茱莉亚试着照顾我恢复原来的健康，但我的体重只有小小的进展。我们俩都假装我的身体情况有所改善，拒绝承认一件已经很明显的事——我将无法恢复消失的那部分重量。

虽然身体这么虚弱，但我的心志还是很正常，这更增加了我的沮丧。

在身边所有人的建议下，我很不情愿地取消了未来所有的演出。为了分散沮丧的心情，我启动特斯拉仪器，并放了一些黄金进去。我不贪心，也不希望太过富裕引起一些不受欢迎的注意。我只需要一定数量的钱确保我和家人长期的富足。每次结束，我都仔细称每个钱币的重量，全都和原来的一样。

明天，我会回到克德罗祖宅。

1903年7月18日

在德比郡。“伟大的丹顿”逝世。幻术家鲁伯特·安吉尔因为在洛斯托夫特的表演中出了差错，受到了致命的伤害。他死在伦敦高门的家里，身后留下一位遗孀和三个小孩。

凯特德伯爵十四世仍然健在。当他在报纸上读到自己的讣闻时，其实有种复杂的愉悦感，因为很少人可以享受到这种特权、这种经验。

当然这份讣闻是没有署名的，但我知道不是博登所写。里面对我表演生涯的评价是很公平且正面的，再加上我没看见猜忌或那些诡秘怨恨的暗流，通常如果请对手来记录同伴过世时都会如此。但至少我很放心，博登并没有牵涉在这件事里。

安吉尔的后事由律师事务所处理。当然他是真的死了，遗体也真的放在棺木里。我看到安吉尔最后的魔术：他自己葬礼的安排处置。

茱莉亚已是寡妇，而他的小孩变成孤儿。他们都参加高门墓园的葬礼，殡丧典礼仅限死者亲属参加。在遗孀的要求下，记者们留在外面，也不见任何魔术迷或仰慕者。

同一天，我隐姓埋名与亚当一家人回到德比郡。他和格特鲁德同意领薪水继续留在我身边。我能够给他们优渥的报酬。

三天后茱莉亚和孩子们也会回到这里来。茱莉亚暂时是寡妇安吉尔夫人，但当我们从人们的记忆里消逝，她将会渐渐不动声色地成为凯特德夫人，这是她的权利。

我以为我能从自己的死亡里逃离，但这一次这个诡计再也无法称心如意。因为我无法再回到舞台了，我现在扮演的是之前哥哥不承认我的角色，我开始怀疑未来的日子该如何度过。

在洛斯托夫特受到可怕的攻击之后，我已经安排好这次新的存在。我没有衰老，身体状况依然稳定。我很虚弱，看起来却不像会突然猝死。这里的医生重复伦敦的医生告诉我的话：关于我的身体，营养的食物、运动和正面思考就可以逐渐治愈。

所以我发觉自己正重拾从科罗拉多回来后所计划的生活。房子和庄园周围因多年来未好好照料，如今都已衰毁。幸运的是，这一次，我和家人能用一部分资金来整理财产。

我叫亚当在地下室安装特斯拉仪器，我是这么告诉他的，为了重回舞台，我偶尔会排演“一道闪光”。不过它真正的功能，当然是其他的用途。

1903 年 9 月 19 日

今天原本是我安排鲁伯特・安吉尔死亡的日子，所以我想值得一提吧。但现在，今天就像其他日子一般平静地流逝，而我继续对自身健康忧心不已。

1903 年 11 月 3 日

我在慢慢康复中：肺炎侵袭，让我几乎一病不起。从 9 月底我就待在谢菲尔德皇家医院，最后奇迹般地活下来。今天是我回家的第一天，还可以久坐写东西。从窗户往外望，旷野景观相当壮丽辉煌。

1903年11月30日

继续康复中。从伦敦回来后，我几乎已经回复原来的状态。也就是身体还算好，但也不是太好。

1903年12月15日

今天早上10点半亚当来到我的书房，告诉我楼下有位访客等着见我。是亚瑟·科尼希！我惊讶地看着名片，纳闷着他此行的用意。“告诉他我现在没空。”我回书房陷入沉思。

他的来访跟我的葬礼有关吗？对于我死亡的造假，其实算是一种欺诈，也许也算是违法，不过这个结果应该是不会对任何人造成伤害的。

但事实是科尼希现在人在这里，摆明知道这葬礼是个骗局。他是来勒索我的吗？我仍然不是很信任他，也不了解他的动机。我让他在楼下焦急地等了15分钟，然后请亚当带他上来。

科尼希看起来很严肃。彼此问候后，我让他坐在面对我的一张安乐椅上。他一开口就向我保证他的来访跟记者工作无关。

他说：“我是以侦探的身份前来，阁下。我以私人身份接受某人的委托，他知道我对魔术世界的兴趣，而且他要我去找尊夫人。”

我很惊讶：“接近茱莉亚？为什么，你有事要告诉她吗？”

科尼希看起来很不自在：“阁下，尊夫人，也就是鲁伯特·安吉尔的遗孀。我被某人委托去找她。但我想到过去的事，所以认为先来你这儿才是明智的决定。”

“到底是什么事，科尼希？”

科尼希带来一只小皮箱，将它放在膝盖上，然后说：“这位委托我办事的某人，他发现了一本记事本，一本私人的自传，觉得尊夫人应该会有兴趣。尤其，我的委托者认为凯特德夫人，也就是安吉尔太太也许会想买下它。但我的委托者并没有发现阁下你，仍然活着，我想我不仅背叛了我的委托人，也背叛了安吉尔夫人。但在这样的情况下，我真的觉得……”

“是谁的记事本？”

“艾尔弗雷德·博登的。”

“你带来了吗？”

“当然。”

科尼希从箱子里拿出一本附锁扣的布面记事本，然后递给我好让我能检查，但这笔记本是锁着的，哪能知道里面是什么。我回头看科尼希，他手里握着一把钥匙。

“我的委托者要求五百英镑，先生。”

“这是真的吗？”

“我很确定。你只要读几行就会相信了。”

“但是，它值五百英镑吗？”

“我想等你看完会认为它值更多钱。这是博登的笔迹，直接提到他的魔术秘密。里面详述了他魔术的理论，并且说明他完成的许多项魔术戏法。双胞胎的隐瞒生活也略为提及。我觉得那是最有趣的，我敢保证你也会这么认为。”

我掂了掂这本书，对一切感到怀疑。

“科尼希，是谁委托你的？谁想要这笔钱？”

他看起来很不自在，明显很少做这种事。

“你说你已经背叛委托你的客户。你现在良心不安？”

“是的，我很不安，阁下。从你的反应看来，我猜你没听过我带来的这些消息。你知道最近博登过世的消息吗？”

无疑地，我受惊的表情已经给了他答案。

“正确地说，我相信他们兄弟俩其中一位死了。”

我问：“听起来你也不太确定，为什么？”

“因为没有确实的证据。我们都知道，博登兄弟是如何成功隐瞒他们的双重生活，所以当其中一人死去时，活着的另一个也必须消失，这并不令人意外。这足迹很难再继续跟踪下去了。”

“那你是怎么知道的？噢！我知道了，是委托你的那个人。”

“有间接证据。”

“例如？”

“那有名的幻觉表演，已经不再出现在博登的戏码里了。过去这6个星期里，我去看过他好几次表演，但他再也没有表演那项节目。”

“那也许有很多原因。我也看过他的表演好几次，本来就不是每次都包含这项魔术。”“确实不是每次。因为这表演每次都得需要两兄弟。”

“告诉我是谁委托你，科尼希。”

“阁下，我相信你一定曾经听过一个叫奥莉薇娅·温斯康的美国女人。”

我以为科尼希说的是奥莉薇娅·史文森。但科尼希讲的似乎是另一个人。最后我想起来，奥莉薇娅接近博登时，是用她母亲的姓。

最后当所有事都明朗时，我说：“你知道，基于某些原因，我从未提过史文森小姐。”

“是，是。很抱歉我提到她，然而她真的和这本记事本有很深的关系。我了解温斯康小姐，或是你知道的史文森，多年前曾受雇于你，后来却投向博登的阵营。她当博登的舞台助理有一阵子，但为时不长。我想你就是因此和她断了联络。”

我承认确实如此。

科尼希继续说：“结果是，博登双胞胎在伦敦北部有一个秘密藏身之处。霍恩西一间有钱人住的公寓，其中一个博登在此匿名生活，另一个则在圣约翰伍德享受舒适的家居生活。他们定期轮流替换。投靠博登之后，温斯康小姐就被安排住进了小套房，此后一直住在那儿。如果法院不对她提出诉讼，她会继续住着。”

“诉讼？”一次来了太多讯息，我很难立刻理解。

科尼希说：“温斯康小姐因为没付房租而收到一张驱逐的传票，必须在下星期前搬走。她是没有居留权的外国人，如此一来马上就会被驱逐出境。所以她来找我商量。她知道我对博登的事很有兴趣，认为我或许能帮助她。”

“所以你是为了钱来找我。”

科尼希的表情不太高兴：“也不完全是这样，但是……”

“继续。”

“你应该会很想知道，温斯康小姐并不知道双胞胎兄弟这件事，她到现在还是不相信自己被骗了。”

“我问过她，她知道我在怀疑，但她很坚持博登是一个人。我简直不敢相信。”

“死去的那个博登住在霍恩西公寓时便病魔缠身。听说他好像是死于心脏病，是温斯康小姐找来医生的。博登的遗体被带走后，警察有去看过，并做更进一步的调查，但也没下文。之后温斯康小姐无法直接联络到医生，只有医生的助理告诉她，博登生病又快速复原，已经出院了！

“博登死的时候，温斯康小姐一直在他身边，所以她无法相信！她又去警察局，但令她惊讶的是，警察也是这么说。”

“这些我全是听温斯康小姐说的。依她所言，她并不知道博登还有第二个家庭。博登完全将她蒙在鼓里。而就她所知，博登大部分时候都和她在一起，就算他外出，她也都知道他去哪里。”

“温斯康小姐为了博登的猝死相当震惊且沮丧，她看不出这件事有任何异常。根据她的说法，博登的确是死了。她说在医生抵达前，她在尸体旁待了一个多小时，医生到时，遗体已经冰冷。医生也很仔细地检查，证实眼前之人的确已死亡，然后才回去医院开了死亡证明。”

“然而现在所有相关人士都否认，还有一件事，艾尔弗雷德·博登继续公开出现在舞台上表演魔术，很明显地，他并没有死亡。”

“如果奥莉薇娅一直认为博登是一个人，那她究竟是怎么解释博登死而复生？”

“当然我有问她，你也知道，她对魔术戏法并不陌生。她告诉我，几经思考后，她有个悲伤的结论，那就是博登利用魔术来捏造他的死亡，例如吞下某种药，煞费苦心地布下这场骗局，只为了离开她。”

“你告诉过她博登有双胞胎兄弟吗？”

“有。但她一笑置之，还表示她和这个男人已经在一起五年，有关他的一切她一清二楚。她完全拒绝也许有两个博登的看法。”

我之前也曾如此自问，关于博登双胞胎和他们的妻子和孩子们之间的关系。现在事情更明朗了。看样子，情妇也被蒙在鼓里，而她不愿意承认或她真的从来不知道。

我说：“所以这本记事本意外出现了，解决了她所有的问题。”

科尼希注视着我，然后说：“不是所有问题，但的确是最迫切的几个问题。阁下，为了表示我的诚实，我可以免费让你检视这本记事本。”

他递给我钥匙，然后坐回椅子。

我开了锁。这本日志的字体很小，工整地刻写在纸上，匆匆一瞥并不容易看清楚。我看了开始数页后，后面就迅速翻阅，手指像就在一副纸牌的边缘游走。魔术师的直觉告诉我要小心提防博登的诡计。长久累积的仇恨早已显示他很想伤害我。

我翻完这本记事本的一半，凝视着它，陷入沉思。

这可能是到目前为止，博登对我做出的最精心策划的攻击。科尼希所说的来自奥莉薇娅的消息，和这本包含博登最有价值的魔术专业秘籍的笔记书，这一切都可能是杜撰的。我只有科尼希的话可以相信。假使这本记事本又是另一个诡计，那它实际的内容是什么？一个错综复杂的骗局？会操纵我让我陷入错误的反应？奥莉薇娅·史文森这个人会不会再次威胁到我现在的安定生活，以及我和茱莉亚奇迹般挽回的婚姻？

即使只是拿着这本记事本，我都好像又将自己投身于险境中。

科尼希的声音打断我的思绪。

“阁下，我能猜到您现在在想什么吗？”

“不，你猜不到的。”

“您在怀疑我，你认为博登付我钱，或用了什么方法逼我把这个带来给你，设计陷害你，是这样吗？”

我没回答，只是盯着那本半开的记事本。

“你可以去查证我所说的事。一个月前，法院审理了公寓房东对温斯康小姐提出的诉讼。你可以去查验法院记录。还有医院方面，工作人员那边的记录有一名身份不明的心脏病患，年纪外表都和博登相吻合，而且正好是在温斯康小姐说博登猝死的那天被送到医院。”

“科尼希，十年前你误导我追查了一连串造假的证据。”

“是这样没错，我也一直很懊恼。我已经说过，我这么投入在你们之间的秘密正是因为这个错误。现在我向你保证，这本日记绝非造假，我也已经说过日志为什么会出现。而且，活着的博登可是非常希望取回它。”

“日记怎么没有落在他手上？”

“温斯康小姐察觉到它可能的价值，也许可以被出版。她急需用钱，所以想到也许对你或你的夫人来说，这本日志会更有价值。所以她把记事本藏起来。博登当然不能为这本日志而亲自去找她，但十天前刚刚有人闯入她的套房翻箱倒柜，这应该不是巧合吧？没有东西被拿走。而这本日记被她藏起来了，所以现在才会在这里。”

我再次翻开笔记本，心想这快速翻阅纸张的动作，就好似魔术师要求观众选择一张特定纸牌的经典动作。我看到某一行时，更加强了这想法：我的名字被写在上面，就好像博登故意让我选上那一页似的。我凝视这个笔迹，那句话是：

这也是安吉尔无法破解这整个魔术的真正原因，除非我给他答案……

“你说她要五百镑？”

“是的，阁下。”

“好，这钱我出。”

1903年12月19日

科尼希的来访令我疲惫不堪，他带着六百镑离开，多出来的部分，是给他因遭受的麻烦的一点补偿，也是为了堵他的嘴，今后别再出现。

我躺回床上一直到傍晚，之后写了日记。然而接连两天我都很虚弱，除了吃点东西外，只能昏睡，什么也不能做。直到昨天我终于好一些了，于是又读了记事本。一如科尼希所预料的，我发现这本日志真的很令人着迷。

我筛选了一些部分给茱莉亚看，她也同样觉得有趣。她比我对博登的自大更为反感，劝我不要又因博登而发怒，耗掉我宝贵的精力。事实上，我已经不会被愤怒煽动，博登对一些事情的扭曲让我觉得既可悲又生气，毕竟那些是我也知道或经历过的事。

最令我着迷的是最后终于可以证明，艾尔弗雷德·博登是这对双胞胎阴谋的产物。他们从未承认过，但这本日记的内容显然是出自两个人。他们互相以第一人称称呼对方。我一开始也很困惑，或许这是故意的。我和茱莉亚讨论，她发觉这本日记显然不是要给外人读的。

原来博登兄弟习惯叫彼此“我”，这表示他们一直都这么做。读出这本日记的弦外之音后，我开始了解发生在他们生活中的大事小事，可以被归纳为一个共同经验。就好像他们从孩童时，就是为准备这幻觉表演而活着，一个人能够秘密地取代另一个。

他愚弄了我，愚弄了他的大部分观众，但无疑地，最终被愚弄的笨蛋是博登自己！两个生命合成一个，意味着他们的生活也被一分为二。当一个活在这世界上时，另一个就必须藏匿在阴暗处，简直就像不存在一样，一个躲在暗处的灵魂、分身、一场魔术骗局。

如果还有体力的话，希望我明天可以再多写一点。

1903 年 12 月 25 日

前两天这地区被大雪所笼罩，对外交通完全阻断。但我们仍能取暖并有贮藏的粮食，所以也不需要出门。

我们享用了圣诞大餐，现在孩子们正在玩圣诞礼物，我则和茱莉亚在一起。

然而，我没有告诉茱莉亚一件事，最近我这虚弱的身体出现了可怕的病痛：我的胸部、上臂和大腿有好几处发紫溃烂的伤口，即使涂药膏也不见好转。

等到雪一融，我就得再把医生叫来。

1903 年 12 月 31 日

医生建议我继续涂药膏，好像有了成效。他离开前告诉茱莉亚，这些不舒服的疹子也许是一种更严重的器官或血液疾病的征兆。每晚睡前，茱莉亚都会温柔地帮我上药水。

我的体重持续减轻，即使这阵子溃烂的症状已渐渐好转。

新年快乐！

1901年1月1日

我记下新的一年的到来，心中却有股不祥的预感，怀疑自己是否能活到今年结束。

看博登的日记可以分散我对自己病痛的注意力。我已经从头到尾读完，得承认我被这日记深深吸引了，有关博登的表演方式、观点、疏忽、错误及自欺等。

不管我多么讨厌和惧怕博登（我无法忘记他仍然在某处活动着），但他对魔术的看法确实相当先进，具有启发性。

我向茱莉亚坦言，没想到她也同意。虽然她没有说太多，但我能感觉到，她觉得如果我和博登可以合作，会比敌对更好。

我也开始这么觉得。

1904年3月26日

我病得很严重，至少有两周，我以为自己已经落入死神的手中。我的症状很可怕：持续不断地恶心呕吐、溃疡扩散、右脚麻痹、嘴巴溃烂，后背难以忍受的疼痛。不用说，我被关在谢菲尔德的护理之家很长一段时间。

然而现在，似乎发生了一个小小的奇迹，我发现自己明显好转。溃疡和烂疮已经消失，且未留下任何痕迹，右脚已经有点感觉，可以移动，而且自转换中断所产生的疼痛不适也渐渐退去。

我回到家中待了一个礼拜，尽管久卧在床，但我的精神开始慢慢好了起来。

今天我下床，去温室待在躺椅上。远方的大地有树木点缀，房屋后方隆起的石壁还有尚未融去的点点白雪。我处在精神最佳的状态下，将博登的日志一读再读，愈读愈起劲。

1904 年 4 月 6 日

我总共读了博登的日记三次，还做了详细的诠释和参照笔记。茱莉亚最后会准备好一份我修改过并大为增加的校正本。

虽然病痛持续减轻，我自己也感觉得到好转，但我整个健康状况确实都在走下坡路。因此，我打算在生命结束前最后几个月报复我的敌人。是他造成这个状况的，他必须付出代价。他的日记提供了我一个报复方式。

我计划出版这本书。魔术文献资料不是随处都有。许多出版的魔术书籍都是给儿童阅读的简单版本；少数几本关于戏法或花招的书籍也不是由一般出版社出版，而是由非常专业的出版社出版，也仅限于在魔术专业团体间销售的。

这些书出版发行的数量通常只有 48 或 60 册，因此也相对昂贵一些。取得这些书的收藏版可谓困难重重，只能在有魔术师去世时，他的家人会以低价出售，其他魔术师才买得到。

经过这些年的收购，我用这些书建立起一间小图书室，我常常参考这些书，改编自己的魔术手法。在这方面，我和其他的魔术师并无不同。这种书的读者很少，但可想而知他们是最聚精会神且消息灵通的读者群了。

当我在读博登的日记时，我屡屡想到，为了魔术师同伴的福祉，这本手册应该出版。关于魔术艺术和戏法技巧，日记里有很多有道理的评论。博登曾写到他的日志仅为亲近的家人而写，及他自己想象的“后代子孙”，但我怀疑，无论博登写作的意图是什么，他都已无法亲自出版这本日志。

他不小心弄丢了这本笔记，真是非常不小心啊！

我把出版这本笔记视为最后的报复行为：完成我做注解的版本后，我要亲自确认它的出版事宜。如果博登活得比我久（目前看来很有可能），他会发现我的报复行为有多巧妙。

一开始博登会惊觉，他最伟大的秘密在没有他的允许之下就被公开了。一旦他知道那是我做的，他会陷入极端的苦恼。假使他以为我是在死后才这么做，那他会更加困惑。（我从日记的内容猜出，他认为我死了。）

最后，如果他读到加注的内容，就会发现我最后报复的精心诡计。简言之，我加了很多文字解释来减少博登日记原本的晦涩难解。我详述了许多他仅止于暗示的有趣话题，还以很多例子来说明他所谓的默许协定，并以多位伟大幻术家的手法来描写。

关于他发明的每项戏法，以及我知道他能胜任的表演，我都详加补充、仔细说明，每个例子似乎都详细做了解释，实际上并没有真正透露秘密的关键。尤其是，他称为“新瞬间转移”魔术的神秘性，我可没有吐露任何秘密。事实上，甚至没有博登兄弟是双胞胎的暗示。缠住这两个男人一生的秘密持续成为一个谜。

幸存下来的这个博登会因此知道，在这场争斗中，我取得了最后的决定权，仇恨已经结束，而我大获全胜。当我用注释侵入他的私生活时，我展现了对他的尊重。出于这点，我希望他能够了解，我们之间的敌意毫无意义，当我们互相中伤时，我们是在浪费双方的才能。我们应该成为朋友才对。

我会留给他这本书，让他在剩下的人生中，可以深思反省。

还有另一个最重要的报复：博登绝不可能发现特斯拉机器的秘密。

1904 年 4 月 25 日

修改博登日记的工作进行得很顺利。

上周我写信给三位专业魔术出版商，两位在伦敦，一位在渥彻斯特。信中说明，我是一位魔术爱好者，并含糊表示，过去几年我利用地位和财富赞助了各种层级的魔术师，我编辑了一位幻觉派魔术师的回忆录（我在信中没有提到名字）。我相信，他们会有兴趣出版这本书。

到目前为止，已有两家出版商回复。他们没有承诺出版，却鼓励我交出这份资料。这些回复也提醒我，我不应该提到自己的财富，因为他们在信中都提到了，若我能赞助经费，出版这本书会更合适。

既然如此，在做出决定前，我和茱莉亚期待第三家出版商的回复。

1904年5月18日

随着修稿工作的完成，我们已经提交手稿给选择的出版商。

1904年7月2日

我已经同意和伦敦东部的麦斯古德温 & 安德森出版社合作。他们会在今年年底之前出版博登的日记，初版75册，每本售价为3基尼。

他们承诺寄发大量插图和广告给他们的老顾客。我已经同意支付一百英镑的印刷费用。古德温先生已经读了原稿，还建议我可以写些小说。

1904年7月4日

过去一个月，我身体的疼痛还是没有改善，之前所有的病痛又再度复发。

刚开始是身上紫色的烂疮，一两天之后嘴巴和喉咙也出现溃烂。

接着，我的一只眼瞎了；再过一两天，另一只眼睛也看不见了。

上周开始，我无法咽下固体食物，但是茱莉亚一天三次喂我清淡的炖汤，让我继续保持生命力。如此的疼痛折磨下，我只能躺在床上，甚至连抬头都已经没办法。医生每天来两次，他表示我太虚弱了，无法送至医院。

我的症状令人相当忧心，我无法详细形容，医生解释说因某种原因我的免疫力已经损害。医生告诉茱莉亚（她随后告诉我）如果我的胸腔再次受感染，可能就没救了。

1904 年 7 月 5 日

我度过了一个不舒服的夜晚，清晨时，我想这将是我在这世上的最后一天。然而，现在快午夜了，我还活着。

今天傍晚我开始咳嗽，医生过来看我。他建议用冷毛巾擦拭身体，可以让我感觉舒服些。我已经完全无法移动身体。

1904 年 7 月 6 日

今天凌晨 2 点 45 分，我突然心脏不适，接着是一阵咳嗽及内出血，我的生命到达终点。

对茱莉亚、孩子们及我自己而言，我的垂死很混乱、令人困扰。所有人都因为我面临死亡的悲惨而十分震惊，手足无措。

死亡围绕着我！

我曾经假装死亡，让茱莉亚就此成为不被丑闻缠身的寡妇。以我的经验，一星期几次使用特斯拉仪器会带来死亡。当鲁伯特·安吉尔虚假地永别于世，我则为死亡做活生生的见证。

我从死神手中逃过很多次，因此对我而言，死亡是种不真实的感觉，已成为司空见惯的事，不知为何我总是可以侥幸存活。

现在我看到了自己的奄奄一息，死于多种绝症；在令人厌恶和痛苦的死亡之后，我现在在日记里描述这个事件。

我在 1904 年 7 月 6 日星期三死亡。没有人应该如此悲惨，看见我所看到的。

从现在起，我从博登那里借用一项技巧。所以我同时是“我”。这里写字的我和已经死掉的我是不同的。

在洛斯托夫特那晚，当博登中断特斯拉仪器运作，我从此变成两个实体。我们分道扬镳。自 3 月底我回到克德罗住宅，刚好是绝症疼痛暂时缓和时。我们又再次会合。

我活着时，维持一个人的幻象表演。当另一个“我”记录下我最后的日子时，我正在垂死边缘。自 3 月 26 日以来，换成“我”写下日记内容。

我们是互相的分身。我枯死的分身躺在楼下尚未密封的棺材里，两天之后就会被安放进家族墓穴，而我，分身的影像，继续向生命前进。

本人是可敬高尚的鲁伯特·安吉尔，凯特德伯爵十四世，茱莉亚的丈夫，爱德华、莉蒂亚以及佛罗伦丝的父亲，英国德比郡，克德罗庄园的主人。

明天我将叙述“我”的故事。像家里其他人一般，分身的死亡让我除了悲伤之外，再也不抱任何一丝希望。

1904 年 7 月 7 日

我生命的其余部分从今天开始展开。像我这样的人还有希望吗？以下是我的自白。

1

1903 年 5 月 19 日傍晚，我出现在洛斯托夫特庭园剧院无人的包厢中，就此展开我的这一段生命。

我无法在横木上保持平衡，往后重重跌在包厢地板上，原本整齐的椅子被我弄得散乱不堪。

我满脑子都是可怕的念头：博登会不会已经来包厢等我了。但显然没有！我跌跌撞撞地试着站稳，发现即使博登不知怎么的破坏了仪器，转换还是完成了。

而博登不在这里。

聚光灯往我的位置照过来，两三秒就停止。我心想：还有机会挽回这场表演！我可以爬回横木上，向观众挥手致意。但正当我准备爬上横木时，舞台上有人大叫："把幕布放下！"

我往前爬，往下瞧着舞台，在幕布放下之前，瞄到了舞台——上面竟然也有一个我！

我的分身正一动也不动地站在台上！

装设在特斯拉仪器底部的是一个小暗门，让我的分身可以在转换完成的瞬间从舞台掉进去，我的旧躯体、分身，就可以藏起来不让观众看到，达到转换幻象的最佳境界。

但博登搞鬼的中断使暗门无法发挥作用，我的分身才会暴露在众目睽睽下。

我脑中闪过许多念头。亚当与赫斯特都在后台忙着处理紧急状况。我还活着，身体安好，思绪清晰，我想到现在该做的事，我得和博登当面对质。

我冲出包厢，然后跑上阶梯，与一位女接待员擦身而过，我停在她面前："你有没有看到谁离开后台？"

我的声音尖锐又刺耳！

那女人直瞪着我，然后开始尖叫，我无助地站在原地，她吸了一口气，睁大了眼，然后又开始尖叫！

我不想浪费时间，就将她轻轻推开，但我的手却陷入她的身体。

她双腿一软跌坐在地，不停呻吟并颤抖；我找到了通往后台区的一道门，猛力把门一推，却发现自己的双手陷进木头里，但我只想着尽快找到博登，根本没空把注意力放在其他事情上。

这时亚当从我眼前经过，他完全没注意到我；我叫他，他也没听见。

我迟疑了一下，开始猜博登最有可能在哪里：他能够将连接到仪器的电力切断，就表示他一定到了舞台下面的夹层区域。管理部在地下室新装设了电力接线，所以亚当和我把每样东西都放在那里。

我跑下通往地下室的楼梯，然后听到有沉重的脚步声朝上而来，不一会儿，博登出现了。他仍旧穿着那滑稽的乡巴佬衣服，脸上易容的油彩也还残留着。他两步并作一步地爬上来，我愣住了。

他在距我不到五尺处，抬起头来看我！当时他的表情就和那个女接待员极度害怕扭曲的脸一样。他带着惊讶的神情走向我，双臂护胸摆出防卫的姿势。

就在那一瞬间，我们撞在一起，然后双双重跌在石板上。博登马上爬到我身上，但我将身子移开，伸手想抓住他。

“离我远一点！”博登摇摇晃晃地迅速离开。

我扑向他，用手抓住他的脚踝，但他逃开了。他胡乱吼叫，声音中满是恐惧。

我向他大喊：“博登，停止这场危险的竞赛吧！”但我的声音沙哑到几乎听不到，呼吸声都能盖过。

博登大叫：“我不是故意的！”

他很快跑走，但仍不时回头看我，流露出一脸惊恐。我放弃了，任由他去吧！

2

当晚我就回到了伦敦，准备在这座城市住上十个月，这是我自己的选择与决定，居住在不完整的世界里。

特斯拉仪器的那场意外，让我的身心处于对立的状态。我是一个附属于前任自我的鬼魂。

我能呼吸、进食、排泄，能看能听，也能体会冷暖，但我在肉体上已是个幽灵。在太阳底下，如果不靠近看，我看起来还算正常，只是有点苍白。但当天色暗些或是在室内的灯光下，我看起来就像是个透明的幻影。

我还是可以被看见，却也会被看穿。

我的轮廓还在，若人们仔细看，还是可以看出我的长相、穿着等，但对大部分人来说，我只是可怕的鬼魅幻象。那位女接待员和博登看到我时的反应，就好像看到鬼，的确，他们是看到了鬼。

我很快就发现自己很引人注目，不只吓到那些遇见我的人，同时也使自己陷入危险。人们在恐惧时，会做出许多异常的行为，有几次，陌生人还向我丢东西，要我滚开。有一次我差点就被一盏点燃的油灯砸到，从此我避开人群，尽量不被看到。

相反地，我的心绪忽然从肉体的桎梏中解放，我变得很机警。而且很奇怪地，我常感觉自己很强壮，无所不能，但事实是，大部分需要体力的动作我都做不到，就连握住一支笔都很困难，如果我不集中注意力，它就会掉下来。

看到自己变成这样，我沮丧且感到恐惧，脑海中常常浮现博登攻击我的画面，每当这时，我就会因厌恶充满力量。博登仍继续削弱我的心智能量，就如同他削弱我的肉体能量一般。

总之，在这世上我已变成隐形人，如同死了一般。

3

没过多久，我就发现自己可以随心所欲地隐形或现身。

若我好好挑选服装并在黄昏行动，几乎可以去任何地方都不被看见。但若我想正常地移动，就可以穿上其他衣服，拿表演用的油彩，将脸涂得明显些，以增加肉身的质感。

但这样的伪装并不完美，我的眼睛仍旧空洞，令旁人不安。有一次，灯光昏暗的公车上有人注意到我袖子与手套之间的缺口，就大声嚷嚷，我只得迅速下车。

金钱、食物、住处对我来说都不是问题，我可以隐形拿走任何东西，当然也可以付钱买。对我来说都是小事。

我唯一担心的，是我分身的处境。

我从一份新闻报道上得知，我在舞台上看见的事还有下文。报道说“伟大的丹顿”在洛斯托夫特的表演中受了伤，所以取消接下来的所有演出，在家里休养，等恢复后再回到舞台。

听到这消息，我松了一口气，却也很吃惊！当幕布放下时，我瞥见的是我的分身，半死半活地呆立在台上，我称他为“分身的状态”。

分身是进行转换时的本体，转换发生后，便会像尸体般被留置在特斯拉仪器里。把分身安置妥当正是进行这项表演最大的问题。

得知我的分身因身体不适而取消演出之后，我知道那晚一定发生了大问题。进行转换只完成了一部分，而我则是失误下的结果。大部分的我，还留在本体身上。

我和分身因为博登的破坏而变瘦弱，自顾不暇。我处于游魂的状态，而分身则体弱不堪。他还拥有实实在在的肉体及自由行动的能力，但那次意外后，他渐渐走向死亡；而我，则注定要避人耳目地活着，有着一个健康却透明的身体。

7 月时，距离洛斯托夫特表演已经两个月，我继续因那次灾难而饱受折磨，我的分身已经决定要以自己的方式，让鲁伯特·安吉尔死亡。如果我是他，一定也会那么做；当我这么想时，我惊觉：他本来就是我啊！这是第一次我们分别做出相同的决定，尽管形体各自独立，但心灵本是属于同一个人。

不久后，我的分身回到克德罗住宅处理遗产。如果是我，也会这么做。

而我，得继续待在伦敦，因为有件事得秘密执行，而且不能与凯特德有任何牵连。

简单地说，我必须处置博登。我打算杀了他，或者该说，杀了他们其中之一。他过着双重生活，这使我的谋杀计划更可能实现：他篡改了双胞胎存在的记录，一直都只以一个人的身份生活着。只要我把另一个博登给杀了，他的诡计就会被揭发，我可以很有效率地达成目的：杀死博登兄弟俩。

我判断，以我目前的游魂之躯，绝对不可能被逮到，而且我的家人们已经为鲁伯特·安吉尔举行了一场公开的丧礼，我更不可能被怀疑。

于是我待在伦敦，准备进行杀人计划。

我隐形跟踪博登。不管他待在家里或是在工作室里准备彩排，我都在旁边；他登台表演时，我就隐藏在舞台一侧；甚至追踪到他与奥莉薇娅·史文森同居的公寓。

有一次，我偷看到博登与他的双胞胎兄弟，他们偷偷摸摸约在暗巷里，迅速交换讯息，显然是有急事必须当面讨论，并做出决定。

见到博登与奥莉薇娅在一起，我下定决心要他死。往日的背叛就像在愤怒的伤口上撒盐。

不过真的去做，是整个杀人计划中最难的部分；我是个非常温和的人，不会轻易动怒。虽然我从没有伤害他人的念头，但成年后，我却常常说要“杀了”博登或“做掉”他。

这些诅咒都是私下说的，甚至常常没说出口，是来自无辜受害者的一些无能抱怨。

所以以前，我从未认真想过要杀博登，但洛斯托夫特的攻击事件改变了一切。我变成透明的鬼魂，而另一个我在慢慢消逝，那一晚，博登可以说是杀了我和我的分身，愤怒至极的我决定发动复仇行动。

单是杀人的想法，就带来了满足及兴奋感，我的个性也完全改变。我，变成一个超越死亡的游魂，活着就是为了杀戮。

杀博登的事不可再拖延。博登兄弟的死亡就是我通往自由之门的钥匙。

但我从来没有使用过暴力，所以在动手前还得先想清楚。我想要一个快速又独一无二的作案手法，让博登在垂死时能惊觉到是谁动的手。

几经思考，最后我决定要用刀刺死他。光是想象执行这样可怕的行动，就激起我毛骨悚然的期待感。

我决定用刀子是因为：用毒药太慢、有失败的可能；一枪毙命又太吵。加上我没体力，所以任何要用到力气的方式，如用乱棍打或用绳勒毙，都不太可能。

或许如果我两手各执一把利刃，还是可以刺穿血肉之躯的。

4

完成准备后两天，我跟踪博登进入了位于伦敦西南区的皇后剧院，博登整个星期都是节目单上的领衔主演。那天是星期三，他有日场及晚场的表演，我知道博登的习惯是在两场表演间，回更衣室打个小盹。

我在阴暗的舞台侧翼看着博登的演出，之后跟着他进入更衣室。他一进房就关上门，后台的纷扰吵闹全都被阻隔在外。我走到预藏凶器的地方，小心穿透更衣室的墙壁到外面的走道，确定已没有其他人在附近。

我身上穿着那件在洛斯托夫特表演时穿的服装，所以没有人可以看到我，但我的刀却没有做任何特别的处理。这时如果有人，他会只看到一把刀飘浮在空中：我不能冒险让任何人看到我。

在博登房外，我静静站着，调整呼吸，试着控制狂乱的心跳。我在心里从一数到两百。最后确认附近真的没有人了，我走到门前，身倚着门，将脸紧靠着木板，几秒后，头部就穿透过去了，我可以看见房间里的景象。只有一盏灯是亮着的，这个房间又小又乱。博登正躺在躺椅上，双眼紧闭，双手交扣在胸前。

我把头抽回，紧握着刀，开门走进去。

博登动了一下，朝我这里看。我关上门，拴上门闩。

“是谁？”博登眯着眼问。

我不是来和他吵架的，我走了两步，跳上躺椅，压坐在他身上，双手举起刀。博登先看见刀子，然后才看着我。在昏暗的灯光下，我的形体大概还算清楚。而且我就坐在博登面前，他可以清楚看见我手臂的轮廓，而刀锋就在他胸口前晃动。

我已经超过两个月没刮胡子或剪头发，脸部瘦削憔悴，看起来一定既疯狂又恐怖。但我顾不了这么多了。我压在博登身上，准备用手里的刀，做致命的一击。

“你是什么东西？”博登倒抽了一口气。他抓着我的手腕，试着推开我，但要甩开他是轻而易举的。

他再度大吼：“谁？”

“受死吧，博登！”我大叫，但博登听到的只是嘶哑恐怖的低吼，因为我现在只能发出那样的声音。

“安吉尔？求求你！我不知道我做了什么！我不是有意的！”

“是你做的吧？还是另一个？是你还是你的双胞胎兄弟？”

“我没有兄弟！”

“你都要死了！快诚实地说出来吧！”

“只有我一个人！”

“太迟了！”我把练习已久最有力的握刀姿态摆好，胡乱猛刺的话，刀可能会抓不稳，所以我把刀移到靠近博登心脏的位置，然后开始用力，我知道这样做会让刀锋慢慢深入它的目标。博登胸前的衬衫已经裂开，刀锋直挺挺刺入了他的胸口。

博登的表情因为极度恐惧而全身僵硬、无法动弹，只能勉强举起双手试着抵抗。他的嘴巴微张，舌头也伸出来，几乎被口水呛到，呼吸变得急促。他无法言语，但还是努力地想开口。我只听到一个将溺毙在自己恐惧里的男人，发出的断断续续的嘶吼。

这时我才发现，博登已不再强壮。他的头发略见灰白，眼周已布满疲惫的纹路，脖子上也出现皱纹。他就躺在我下面，对抗一个准备杀死他的游魂。

这个想法让我停了下来，我不能就这样完成这件任务。我不能用这种方法杀人。所有的恐惧、愤怒和压力，全部从我体内涌出。我把刀丢在一旁，灵敏地翻身跃下。这才发现我没有任何防备就来了，或许我反而该害怕博登会做出什么不利于我的事。但博登依然气喘吁吁地躺在躺椅上，恐惧得直发抖。

我静静站在那儿，为我刚才的所作所为感到羞愧。过了一会儿，博登终于平静了。

“你是谁？”他的声音因为害怕而尚未恢复，有些岔气。

“我是鲁伯特·安吉尔。”

“但你不是已经死了吗？！”

“没错。”

“那你怎么可能……”

“我们根本不该展开这场竞赛，博登。杀死你并不是结束的方法。”

我觉得自己差点做出的事实在很差劲，一直以来规范我的道德感直到这一刻才又重新出现。我怎么会以为自己竟能冷血地杀人呢？我懊悔地转身离开，让自己倚在木板门上，慢慢穿过去，此时，我听到博登惊恐的嘶吼声。

5

我对自己真是失望透顶，更没想到自己怎么会想杀了博登。我背叛了自己，背叛了我的分身（他并不知道我所做的一切），还背叛了茱莉亚、孩子们、我父亲，还有我所有的朋友。

到最后，我才领悟自己与博登之间这长久的仇恨真是大错特错。不管我们过去对彼此做了些什么，都无法合理化我的杀人念头。

我沮丧地回到住所。我已无力再为我的人生做些什么，活着已经没意义。

6

我想死，但灵魂会一直存在，我无法做主。

我以为绝食就可一死，但我对水的渴望是如此强烈难挡，只不过是喝几滴水，死亡就又往后延。食物也一样，饥饿是头猛兽。

不久后我找到一个容身之处，我还活着，一个来自分身世界的可悲游魂，那是我和博登创造出的境界。我深深觉得自己是个失败者，然后度过了一个糟糕的冬天。

2 月时，我内心深处有股感应，起初我还以为是洛斯托夫特事件带来的深刻失落感：自那之后我就再也没见到茱莉亚或孩子们。我拒绝接受事实，骗自己说只要能回去，他们会接受我这可怕的模样。但几个月过去了，这悲伤愈来愈痛苦、深沉。

一直到我想到另一个我，洛斯托夫特事件之后被留下来的另一个我，我才恍然大悟。我的分身一定有麻烦了。他一定发生了意外，不然就是被威胁（也许是某一个博登做的？），还是他的健康状况恶化得比我预期还快？

我立刻做出决定。我的分身生病了，甚至在垂死边缘，我得待在他身旁，尽一切所能帮他。这时我已经没有多余的体力。虚弱的身体、奇差的胃口加上缺乏运动，令我像具骷髅。我很少离开肮脏的房间，除非在晚上没有人看得到我时。我知道自己变得面目可憎，与僵尸无异。可以想见前往德比郡的旅程一定充满危险。

理智告诉我该整理整理门面了。我开始适量进食，剪掉凌乱的头发，还偷来一套新衣服。我还需要几周，才能看起来和从洛斯托夫特回来后差不多，但我的确觉得好多了，精神也恢复得不错。但相反地，知道分身正在承受莫大的痛苦更让我难以忍受。

我终究得回家，终于，在 3 月最后一周，我买了张夜间车票准备回谢菲尔德。

7

对于我的返乡，我所知道的最重要的一点是：我的分身不会因我突然现身而惊讶。

到达克德罗时已是正午，在阳光和煦的春日照耀下，我的身体状况也很不错。即使如此，我知道自己的样子还是很令人惊讶，从谢菲尔德车站转计程车的短短旅途中，我已引起许多路人好奇的眼光。

我在伦敦时就已习惯别人的好奇注视，但伦敦人本来就习惯对陌生怪异的人多加留意。而在这乡间，一个骨瘦如柴的男人，穿着不搭调的黑衣黑帽，参差不齐的头发和古怪空洞的双眼，的确很奇怪。

在家门前我敲了门。虽然我可以自己开门，但不知道接下来会发生什么事。没人知道我要回来，我想我最好谨慎一点。

是霍顿开的门。我脱了帽然后站在他面前。看清楚我之后，他愣住了，面无表情不发一语。根据我对他的了解，那表示他现在很惊慌。

我给他足够的时间去接受眼前的主人，我说："霍顿，真高兴再见到你。"

他开口似乎想说话，但还是什么都没说。

"霍顿，你一定知道在洛斯托夫特发生的事。我，就是那意外的不幸结果。"

他终于说话了："是的，先生。"

"我可以进来吗？"

"需要我通知夫人您回来了吗？"

"我想先跟你说几句话，霍顿，我想我的出现可能会引起骚动。"

他带我去厨房旁边的用人休息室，倒了杯热茶给我。我喝了一些，不知该怎么解释。我一向很欣赏霍顿的冷静，他也很快就恢复平静。

"我想，最好由我向夫人通报您回来了，我相信她会下来见您的。您最好想一下见面要说什么。"

"告诉我，我的分身……我是说'他'的病……"

"他之前病得非常严重，然而目前还不错，这星期才刚从医院回来。我们把床移到花房去，现在他在那里休养。我想夫人现在也在那里。"

"不可能，霍顿。"

“确实如此，先生。”

“你们怎么会相信……”

“你我，和所有人，先生。我知道在洛斯托夫特剧院里发生的事。主人，如果您还记得的话，我参与了许多分身遗体的处理事宜。这房子里没有秘密。”

“亚当在吗？”

“是，他在。”

“真高兴听到这消息。”

过了一会儿，霍顿出去了，大概五分钟后带着茱莉亚走进来。茱莉亚盘着发髻，一脸疲倦。她直接朝我走来，我们紧紧抱住对方：但其实我们俩都很紧张，拥抱时，我可以感受到她全身一阵紧绷。

霍顿留下我们独处。我向茱莉亚保证我不是什么恐怖的冒牌货——虽然在刚刚过去的漫长冬季里，我也曾怀疑自己的身份。真实已被虚幻的假象取代，但似乎也只有这样，一切才有答案。

事实是，我曾经是鲁伯特·安吉尔，但现在除了回忆我的一切都被剥夺了；还是我根本是个疯子，自认为是安吉尔？我告诉茱莉亚我身上发生了什么事；如何在阴暗处隐遁，又怎么穿透那些坚硬的物体。然后茱莉亚告诉我，我的分身一直在承受绝症之苦，但最近奇迹似的，痛苦慢慢地消退，他才可以再回家，我也是。

“他可以完全复原吗？”

“医生说有时候这种病会自然痊愈，但大多数时，痛苦的纾解是很短暂的。医生认为他的状况，他……”茱莉亚看起来快要哭了，我握住她的手。

她停了一会儿才哀伤地说："医生认为现在的状况只是暂时好转罢了，肿瘤已经四处转移，情况更不乐观了。"

然后茱莉亚告诉我一个更惊人的消息：博登双胞胎兄弟的其中一个死了，而他的秘密记事本现在在我们这里。接下来听到的消息更令我讶异。比如，博登在我攻击他过后三天猝死，我觉得这两件事必然有关联。茱莉亚说传言博登是心脏病发猝死的。

该不会是我把他吓死了吧？我还记得他费力地呼吸及痛苦的呻吟声，还有疲惫的模样。我知道压力会引发心脏病，但我以为博登会慢慢恢复的。

我向茱莉亚坦承我的罪行，但她认为这两件事一点关系都没有。更有趣的是博登日记的消息。茱莉亚说她已经读了一些，博登的生涯、传奇全都记录在这日记里。我想我的分身一定对这本日志有所盘算，但茱莉亚说他的病中断了全部计划。

茱莉亚说："你对博登的愧疚他很了解，因为他也有同感。"

我说："他在哪儿？我得见见他。"

"他很快就会醒了。"

8

我和自己的见面一定是有史以来最不可思议的事。我和他是完美的互补。所有我缺少的都可以在他身上找到，而我有的他也都没有。

我们当然是一模一样的，比双胞胎更加亲近。当我们其中一人说话时，另一个人可以轻易把句子接完。我们的动作、手势、态度都一模一样，而且心有灵犀。我知道他的一切，他对我也有相同的认识。这几个月分开的生活是我们之间唯一的不同，而这个不同只要聊个天就可消弭。他颤抖地听我述说我如何破坏博登的生活，而我也很难过他得忍受病痛的折磨。

我们在一起了，再也没有任何事可以把我们分开。我让霍顿在花房准备另一张床，好让我和我的另外一半可以时时相处在一起。

我回来的消息没有瞒住家里其他人。因为我害怕事情揭发对孩子们会有更可怕的影响，所以我和茱莉亚达成共识，说出事实比另一个谎言要好。我很快就和孩子们、亚当、格特鲁德和管家霍顿太太见面。每个人都兴奋地讨论两个我聚在一起的双倍效应。

但不久绝症就对我们相处的甜蜜时光发出警示，我们知道如果有什么愿望，应该立刻付诸实现。

9

从 4 月初到 5 月中，我们都忙着校订博登的日记准备发行。我的双胞胎哥哥（如此想象我的分身比较合适）很快又发病了，他之前对这本书的发行出力甚多，但完成这本书的是我，我不断和出版商沟通。

我一直使用他的身份，为他写日记一直到他死去。就在昨天，我们的双人生活结束，我短短的人生故事也画下句点。我又再度回到死亡边缘。

1904年7月8日

今天早上我跟亚当去地下室检查特斯拉仪器。完全运作良好，只是距离我上次使用到现在已经有一段很长的时间了。

我照着艾利的说明书确认一切都没问题。我很喜欢和远在天边的艾利先生合作。他详细的说明让我的工作轻松许多。亚当问我是不是要把机器拆开。

我想了一下，然后说：“等葬礼后再说吧！”

葬礼定在明天中午。亚当离开后，我把地下室的门锁上，启动仪器转移复制更多金币。想到未来即将成为第十五世伯爵的儿子及我的妻子，我再次发觉我的虚弱不但阻碍了自己的前途，更波及我无辜的家人。

我从来没算过靠这部机器赚了多少钱，但我的分身给我看过他藏在天花板夹层里的存款。因茱莉亚需要用钱，我从里面拿出两千镑，然后再放了一些新的硬币进去。我来不及铸造出足够的钱币。

然而，我将特斯拉仪器维护得很好，也将艾利的说明书放在一起。有一天当爱德华发现这日志，他就会知道该如何好好利用这部仪器。

离葬礼开始只剩下几小时，我没有太多时间写日记，所以简单记述如下。

现在是晚上八点，我在花房里，分身死亡前我就是在这里陪他度过最后的时光。美丽的晚霞映红远处山坡。虽然这个房间不能直接看到日落，还是可以看到琥珀色的阳光穿透云层的美景。几分钟前我在家中游荡，呼吸空气中的夏日气息，聆听儿时最喜爱的荒野宁静。

在这美好暖和的傍晚，故事要结束了，最后的结尾。我只是一个废人，生无可恋。我所爱的一切，现阶段都成了禁忌。我的家人接受我。他们知道我是谁、我是什么，也知道我的情况不是我造成的。

即使如此，他们深爱的人死了，我却无法替代他。最好的情况是我离开，他们才可以真的放心为死去的人哀悼，开始释放哀伤。法律上来说，我现在连存在的实体也没有了。鲁伯特·安吉尔已经死了。而第十四世凯特德伯爵明天也将安葬。

我再也没有形体，只剩下可悲的半人半鬼生活。我不能安全地四处走动，除非挖空心思伪装自己，不然会把路人吓得半死，让自己陷入危险。继续身为游魂是我对生命唯一的期待。我将永远徘徊在家人的生活周围，缠绕着我的过去和他们的未来。

所以现在一定要结束，该走向死亡了。但生存的诅咒却萦绕心头。期待生存的念头在我心里燃烧绽放，我不能杀人，当然也不会自杀。有一次我确实很希望自己死掉算了，但这个念头不够强烈。

我想全然的绝望才能让自己死去。

写下这些之后，我会把这本日记和之前几本和墓穴里的分身一起封存。天花板上的夹层还有许多金子，总有一天我的儿孙会找到。但绝不能让他们找到这些日记，这等于是我伪造钱币的自白书。

一切都完成后，我会将特斯拉的仪器充电，最后一次使用。独自一人，秘密作业，我将跨越天际，达到表演事业的巅峰。

最后一小时我检查所有的设备，准备就绪，尽心排演就如同台下正有数千名观众。但这次这神奇魔术秀只能有我独自在场，因为我要把自己传送投射到分身的躯体。一切终将落幕。

我的计划应该会成功，因为特斯拉机器从没出错过。但那些疾病的病毒组织还会存在吗？如果我失败了，将会被永远困在分身已经死了两天的僵硬躯体内，我会马上死去。明天当他们埋下分身尸体，也将同时埋葬我。

但我相信会有另一种结局，老天可怜我存在的结局。这次的转换可能不会杀死我。我相信，我如果可以和分身的躯体合而为一，那他就可以起死回生。我们终将重逢永不分离。

我残缺的一切将与他仅存的遗体融合，再度成为完整的人。我有他缺乏的心灵精神，我的灵魂会使他的躯体复活。我有他现在已被病魔夺走的意志力和欠缺的活力。我将用我纯洁的身体治疗他的病痛，让血液再度充满他的血管，柔软他僵化的关节和肌肉，红润他苍白的肌肤，我们将再次成为一个完整的我。

我是不是疯了？是也无妨，因为我将再度复活。我应该是疯了，才会继续盼望着。也因为这个期盼，我才有力量继续前进。

复活之躯将爬出棺材，快速离去。所有的禁忌都可以抛在脑后。

我爱我现在的生活，也爱我的家人、忠心的朋友，但我相信所有犯过错的人都能理解这仅存的希望：我一定要离开，离开我爱的人、事、物，迎向这个世界，做我能做的事。

该是行动的时候了。我将独自一人走向结局。

第五章 分身

1

弟弟不断对我说话，他说："我在这儿，别走，陪我，我就在离你不远处，过来。"

我躺在冰冷的大床上想睡一下，咒骂自己怎么不在风雪来临之前离开，否则早已躺在父母家温暖的床上。但每当我出现这念头时，那个声音就又响起：留在这里，不要走，来我这儿。

我一定要下床，随手套上外套去厕所。这房子寒冷阴暗而且沉静。在厕所时，我呼出的气都成了白烟。我除了外套之外什么都没穿。回房时我朝楼梯间看了一下，注意到底下房间门缝中透出的光线。

回到冷清的房间，我无法再说服自己回到冰冷的床上。还记得餐厅火炉旁有个躺椅，我很快穿好衣服下楼去。这时已经超过午夜两点了。

弟弟说：“是时候了。”

凯特还坐在火炉旁的椅子上，收音机里的音乐在四周流转。她看到我时似乎不太惊讶。

“我觉得很冷，没办法入睡，我得去找我弟弟。”

凯特对着窗外一片漆黑说：“外面比这里冷多了。你会需要这些的。”

她在一张椅子上放了几件保暖的衣物，像是厚毛衣、大衣、围巾、手套，还有一双胶鞋和两支手电筒。

弟弟又在说话了，我无法忽视他的讯息。

“你怎么知道我打算去找他？”

“我早就想到了。”

“你知道我接收到什么讯息？”

“嗯，我也知道你一定会去找他。”

“你想和我一起去吗？”

她猛力摇头：“绝不！”

“你知道他在哪里？”

“我一直都知道，只是选择遗忘比较容易。认识你最痛苦的一件事就是发现原来我从小就想避开的伤痛，还是一直在那下面，那个地下室。”

2

雪停了，但强风和冰冷的空气似乎可以穿透任何东西。花园已积满了雪，在中间不那么深的地方，还可以踏着崎岖湿泞的土壤缓步前行。我滑了几下，但没有跌倒。

凯特打开警报器，整间屋子顿时灯火通明，让我可以看清前方景象，但我身后，除了灯光，只剩下一片漆黑。

弟弟又在说话了："我在等你，好冷。"

我继续前行。远处地势突然隆起，深邃的树林遮蔽视线：循着火炬的微弱光线，我看到了凯特之前提过的砖造拱廊。拱廊地上已经积满层层的雪。

门没上锁，很轻易就能打开，我让大门往外敞开，刚好可以挡住飘过来的雪。我用力抓住实心橡木门，从门缝钻进去，把风雪挡在外面。凯特说外面一定不够亮，于是给我两支手电筒。

"如果你还要的话，就回屋子里来拿。"

我问她："你为何不带支手电筒跟我一起去？"

她却坚决地摇头。我开门，拿较大那支手电筒照着前方，往内瞧了一下。里面没什么特别的。倾斜的屋顶、倾斜的楼梯，楼梯最下方有另一道门。

我脑海中浮现："就是这里。"

第二道门也没锁，一碰即开。手电筒的光线摇曳着，我四处照照并确定方向。突然间我撞到了地上一个突起的东西。我腋下夹住的手电筒掉在地上破裂了。我蹲在地上，用一只膝盖支撑，还好我还有另一只手电筒。

“那里有灯。”弟弟告诉我。

我用手上的手电筒往里照，的确，门旁有条电线蜿蜒在木缘上。我找到了开关。打开开关，一开始没有任何动静。

然后，在更深的洞穴下方、山丘深处，我听到一台引擎的声音。当发电机开始运转，洞穴里逐渐变得明亮。一些低度的电灯泡，被装在岩石材质的屋顶，由电线组成的隔板阻隔着，现在光线已经足够，我不再需要手电筒。

3

洞穴看样子是大石岩自然裂开所形成的，后来又加上许多人为的隧道及坑洞。突出的石头就像是天然的层架，配合着隧道壁上的些许凹洞。地面看起来有费力磨平的痕迹，散落着数个大小不一的凿口。

入口墙面，一条细缝有水流滴下，长久累积成了一大块黄色碳酸钙的痕迹。地面有一个天然却仍在运行的排水管，跟其他许多的现代管线连在一起，将水导入一个布满碎石的水洼里。这里的空气出人意料的芬芳，且明显比外面温暖许多。

我往洞穴里走了几步，双手扶着两侧石墙以维持平衡。地面相当不平整而且龟裂，电灯泡的光亮十分微弱，在这广大的空间，要找到安全站立的地方，还是很困难的。

我大约走了50码的距离，山洞转向右方，我注意到左侧隧道有个巨大凹洞，依入口的弧度看来，应该是人工凿出来的。洞穴顶端约七英尺高，一般身高在这里活动还绰绰有余。凹洞开口处没有电灯，因此我用仅有的手电筒往里照。

但我马上就后悔了。那里放满古老的棺木。大部分是平放叠起来，另外有一打左右直立地靠在墙上。各种尺寸都有，但绝大部分都是小型的，很明显是小孩子的。棺木腐蚀程度不一。水平放置的是最老旧的：木质变黑、卷曲、甚至破裂。还有很多棺材盖坍塌散落，放在成堆棺木最上面的几具，侧板都已脱落。

那堆棺木中，最下端有些棕色碎片，看来应该是骨头。而直立放置的棺木，棺盖皆已松脱，只是勉强靠在棺材边上罢了。我赶快退回通道，往上瞄了一眼入口。再一个转弯，出口现在已经看不见了。也许在洞穴深处的某处，发电机还在持续地运转着。

我在发抖。那离我有段距离的引擎和我手上的手电筒，已经是我与突如其来的黑暗之间唯一的阻隔。但我无法回头。我弟弟在这里。

我决定尽快解决这件事，我顺着走道往右前方走，弯道离出口愈远，就愈见险峻。接着是另一段阶梯，这里因为阶梯高度不一且转了个弯，所以安装了较多的灯泡。我用手扶着墙壁一阶一阶往下走，很快地，隧道前端连接到一个更宽阔的洞穴。

洞穴里满是金属架子，上了棕色亮光漆、由镀金铬的螺帽和螺栓组合而成。每个架子有三大层，像上下床铺一般，每个架子间都有条窄窄的阶梯，中间走道则有大厅那么长。架子间的每条通道顶端都有一盏灯，照亮它所负责的范围。

4

架子上每一层都是没被包裹住的尸体。每一个都是男性，盛装，穿着晚礼服、合身的燕尾服外套、白衬衫加黑领结、印花背心，以缎布装饰的窄管长裤，白袜及漆皮皮鞋。手上还戴着白色棉质手套。

每一具尸体都长得一模一样。苍白的脸孔，鹰钩鼻加细细的八字胡，细眉薄唇，抹油往后梳的头发。有些脸孔朝上盯着上面的架子或石块屋顶，其他则是侧面朝向，面对左或右。

所有尸体的眼睛都是睁开的。大部分的尸体是露齿微笑，嘴角左上方的臼齿全都有个缺口。所有尸首均以不同姿势摆放，有些直放，有些被扭曲或趴过来放。没有一具尸体是躺好的，都是一只腿抬高着。

每具尸体都有一只脚悬在空中，手臂则放在不同的位置，有些放在头上，有些伸向前方像在梦游。这些尸体都没有腐烂的迹象，就像是被活生生瞬间冰冻起来，失去了生气而非真的死去。全部的尸体身上都没有一点灰尘，也没有任何气味。

5

每层架子前端都有一张手写的卡片被放在固定好的塑胶套子里。我看到的第一张纸片上这样写着：

多明尼剧院，基德明斯特

1901 年 4 月 14 日

下午 3 点 15 分

2359/23

25 千克

上一层的架上，小卡片看起来几乎一模一样：

多明尼剧院，基德明斯特

1901 年 4 月 14 日

晚上 8 点 30 分

2360/23

25 千克

第三具尸首的标示为：

多明尼剧院，基德明斯特

1901 年 4 月 15 日

2361/23

25 千克

隔壁架上有另外三具尸体，同样被标上编号和日期。依日期先后放置。接下来剧院的名字有所不同：北汉普顿的命运剧院。那里有六场演出。接着约有两个礼拜的空当，才是一系列单场的演出，三天中在不同省份的剧院，12 具按顺序被标示的尸体。而布莱顿的皇宫剧院那一季，5 月整整半个月 18 个架子，18 具尸体。

我继续往下看，走向狭窄洞穴的另一头。在最后一摞架子最上面的一层，我找到一具小男孩的尸体。

6

小男孩死时疯狂挣扎。他的头向后仰，嘴巴张开，眼睛睁得大大的，头发凌乱。他的四肢僵硬，像是极力要奔向自由。他穿着紫红汗衫，衣服上的字是“魔术旋转木马”，还有蓝色牛仔裤和一双蓝色的帆布鞋。

他的标示卡以同样的笔迹写着：

克德罗大宅

1970 年 12 月 17 日

下午 7 点 45 分

0000/23

0 克

最上方是小男孩的名字：尼古拉斯·裘力斯·博登。

我拿起标牌，塞进口袋，然后一把将他抱起。当我碰到他那一刻，弟弟不断传送的讯息随即消逝而去。

我这才发觉他已经不在了。我看着怀里的小男孩，试着调整姿势让他比较舒服。他的四肢和躯体柔软中带着僵硬，好像一团橡胶。我可以改变他的姿势，但一旦放开，就又恢复原样。

我再试着梳顺他的头发，但还是马上就恢复他原本的样子。

我把他紧紧抱在怀里。他的身体不冷也不暖，那因恐惧紧紧握拳的手，碰触着我的脸。找到他，我终于放下重担，心里只剩下一些这地方带来的恐惧。我将我的过去抱在怀里，想转头走出这里，却不知道之后还要迎接什么。

不过，还是有些什么。

7

我没看路就向后退，到主通道才慢慢转过身来。尼克的头碰到了邻近尸体高举的脚。一只穿着漆皮鞋的脚前后晃动，我害怕地闪身。这洞穴的尾端有另一个洞穴，离我站的地方并不远，发电机的声音是从那里传过来的。我走过去，洞穴的入口很低矮，通行不易。

发电机的声音愈来愈大，我也闻到汽油味。后方洞穴中有好几盏灯，灯光透到外面崎岖不平的地面，我不得不放下尼克的身体，才能通过那窄小的通道，想看看洞穴里有些什么。

我只能瞄到一小段石头地面，接着我竖直身躯不想再看，只觉一股战栗。我没看到什么。发电机哇啦哇啦的声响淹没了一切。里面似乎没有动静。我后退一步，再一步，尽可能不发出声音。

洞穴里，有个人安静地站在里面，就在我视线范围外，伺机而动。我赶紧往后走向阴暗狭窄的通道，瞻前顾后，以免尼克的头或脚擦到层架上的一具具尸体。恐惧在榨干我的力气。我的膝盖颤抖，手臂肌肉因抱着尼克过度使劲，而快抽筋了。

一个男人的声音从洞穴里传来，在走道中回荡着："你是博登家族的人，是不是？"

我没说话，吓得无法动弹。

"我就知道你最后会为他而来。"那声音疲惫、单薄，只比耳语大声一些，但洞穴产生了回音的效果。

"他就是你，博登，而这些都是我。你要带他一起离开吗？还是你要留下来？"

我看到一丝阴影在洞穴入口移动，让我惊恐的是发电机的声音迅速远离。

灯泡也渐渐昏灭：光线由黄色转为琥珀色、暗红色，最后陷入黑暗。我身处看不透的黑暗中，手电筒在我的口袋里。我换手抱尼克，以便同时握住手电筒。

我颤抖着打开手电筒，同时紧抱住尼克，光线闪烁晃动。洞穴墙上有影子绕着我四周摇晃。我笨拙地用双臂护着尼克的头，跌跌撞撞地沿着架子走，肩膀和手臂不时碰到那些架子，撞掉好几张标示卡片。

我不敢回头看。那个男人跟着我！我双腿无力，随时都会跌倒。

我拖着弯曲的步伐向前走，头还撞到屋顶的石板，痛得我差点失手将尼克的身体摔落。我弓着背一直往前走，甚至没法让手电筒光线保持稳定。

现在是上坡路段，随着向上的每一步，尼克的尸体都更加沉重。我跌跌撞撞地扶着隧道的墙面，踉跄地继续走。恐惧驱动着我。

一扇门终于出现在前方，我毫不迟疑地用脚拨开门，逼迫自己前进。

在我身后，隧道的石板地面上，稳健的脚步声跨越松脱的石头紧随而来。我跑上阶梯到达洞穴最上层，但雪已经吹进，覆盖了阶梯。我滑了一跤，向前倒，尼克从我怀中滚落！我向前倾，使尽全力把门推开。

外面是白雪覆盖的大地，漆黑的大房子有两扇窗透出光线，后门处有盏灯亮着，空中大雪狂降。弟弟在我脑里大喊！

我转身找到被摔在阶梯上的他，把他抱起，走入大雪之中。我摇晃着踏在雪地上，努力走向房子，还不时回头看看那打开的黑色地窖，害怕会看到那一直跟着我的鬼魅，不论它是什么。

暴风雪快要把我吞没，突然，防盗系统的灯光亮起，让我什么都看不见。而凯特穿着厚外套出现在门口。我想大叫警告她，但根本喘不过气，只能在雪中时而打滑，时而蹒跚步行。我把尼克抱在怀里，用滑行的方式横越雪地，终于到了门前，马上推门进入明亮的玄关。

凯特沉默地盯着我怀中小男孩的尸体。我倒抽一口气方才转身，看着布满大雪的花园，还有那分辨不出外形的地窖入口。凯特站在我身旁。

“你看地窖！仔细看！”这是我唯一能说出来的话。

雪地对面没有任何动静。我把尼克放下，然后在口袋里乱掏，摸出尼克层架上的标示卡，塞给凯特。我还在挣扎着拼命吸气，好像再也无法正常呼吸：“你看这个！笔迹！是不是一模一样？”

凯特接过卡片，在光线下专注地盯着。然后她看着我，眼神充满着恐惧。

我大叫：“没错，对不对？”

她握住我的手臂，靠了过来。我感觉得到她在发抖。防盗系统的灯光熄灭。

“把灯打开！”我大叫。凯特胡乱摸索找到开关，然后又紧挨着我。灯光下雪花疾速落下。借由灯光，地窖的出入口隐约可见。我们看到了一个男人模糊的身形出现在地窖门口。

他穿着深色衣服，紧紧包住身躯以抵挡严寒的天气，防风帽下的长发散落，举起手来要抵挡刺眼的强光。

他似乎对我们一点也不好奇或恐惧，虽然他一定知道我们在注视着他。没有多看我们，连房子也没有看上一眼，这男人在大风雪中弓着背行走，转向右方，穿越树林，走下山坡，远离了我们的视线范围。

做好书